TANJA ROTH

Die geschenkte Sau

Tanja Roth studierte nach einer Ausbildung in der Gastronomie Kommunikationsdesign. Das Schreiben ist schon immer ein wichtiger Teil ihres Lebens. Gerne verbindet sie Arbeit und Reisen, sie lebte unter anderem in München, Orléans und Rom. Wenn sie sich keine Geschichten ausdenkt, liest sie selbst, fotografiert, schießt Bogen oder genießt gutes Essen und Ausflüge in die Natur.

TANJA ROTH

Die geschenkte Sau

Filder-Krimi

SILBERBURG

1. Auflage 2019

Umschlaggestaltung: Christoph Wöhler,
Tübingen.
Coverfoto: © Wylius – iStockphoto.
Lektorat: Sabine Besenfelder, Tübingen.
Satz und Layout: César Satz & Grafik, Köln.
Druck: CPI Clausen & Bosse GmbH, Leck.
Printed in Germany.

ISBN 978-3-8425-2150-6

Montag

Einer winzigen Insel gleich ragte der grasbewachsene Hügel aus dem Bodennebel. Kahle Bäume reckten sich aus grauem Dunst in den noch dunklen Nachthimmel. Nieselregen durchdrang die Schwaden, und die kalte Luft war vom Kerosingeruch des nahen Flughafens erfüllt.

Der feine Wasserfilm hatte sich auch auf den toten Körper gelegt, die Haut schimmerte bläulich im kalten Licht.

Kriminaloberkommissarin Katharina Bundschuh nahm einen Schluck kalten Kaffee, bevor sie vor dem Toten in die Hocke ging. Stocksteif lag er zwischen zwei altertümlichen, gedrungenen Steinkreuzen. Seine Arme waren mit Seilen an den Querstreben festgebunden, während der Rest seines fülligen Körpers im nassen Gras lag. Der Mann wirkte durch seine der Schwerkraft enthobenen Arme, als ob er im Begriff sei abzuheben. Sein nur mit Feinrippunterwäsche bekleideter Körper wirkte wächsern. Sie zwang sich, in das Gesicht zu sehen. Aus wässrig-grauen, blutunterlaufenen Augen starrte der Mann sie an, er konnte auch gar nicht anders, denn sein Mörder hatte ihm Zahnstocher durch die Augenlider gebohrt. Nun schaute der Tote, ein Filderstädter Gastronom namens Gerhard Beitle, ins Dunkel, als ob er auf den Sonnenaufgang wartete. Der Nieselregen hatte das geronnene Blut auf seinen fleischigen Wangen wieder verflüssigt. Kaltes, weißes Scheinwerferlicht entblößte jeden Quadratzentimeter, jeden Grashalm am Tatort. Die Außenwelt wirkte dadurch noch dunkler, Äcker, Höfe, Feldwege, die Siedlung auf der anderen Straßenseite. Nur auf der nahen B27 flogen beständig Lichtpunkte vorbei.

Es war nur ein Mord. Ihr Tagesgeschäft. Und trotzdem. Katharina widerstand dem Drang, der Übelkeit nachzugeben.

Sie drückte sich hoch. »Ungewöhnlicher Tatort«, murmelte sie, um überhaupt etwas zu sagen.

»Wem saget Se des?« Der Beamte von der Spurensicherung nickte bestätigend, um gleich darauf weiter mit seinem Kollegen übers Wochenende zu plaudern, während beide mit Tütchen und Pinzetten bewaffnet den Boden nach Spuren absuchten.

Katharina ging hinüber zur Hinweistafel, die von einer Fehde Plattenhardter Brüder im 15. Jahrhundert berichtete. Ihr Blick wanderte wieder zu den moosbewachsenen, grob behauenen Kreuzen. Von den ursprünglich acht Sühnekreuzen waren nur noch fünf zu sehen, drei davon bereits halb im Boden versunken.

Die Sonne würde erst in über einer Stunde aufgehen, dafür tauchten die tanzenden Blaulichter der Einsatzwagen die nahen Gebäude in ein flirrendes Licht. An der Hofwiesenstraße befand sich linker Hand ein Industriegebiet, dazu Getränkemarkt, Bio-Supermarkt, Pizzaservice, Neuwagen auf dem Schotter. Auf dieser Seite bestimmten Äcker das Bild, weiter hinten durchbrochen durch die Bundesstraße, davor ein paar Bauernhöfe, wie zufällig in die Landschaft gestreut.

Weiter drüben beendeten Kollegen die Befragung des Hundehalters, der die Beamten alarmiert hatte. Sein Mischling wedelte mit dem Schwanz, offensichtlich erfreut darüber, dass das Ausharren in der Kälte nun ein Ende hatte.

Ein einsamer Mitsubishi schoss mit hoher Geschwindigkeit durch den nahen Kreisverkehr. Reifen quietschten, und der Fahrer hielt mitten auf dem gegenüberliegenden Gehweg. Katharina verdrehte die Augen. Samuel. Ungelenk stieg er aus dem Auto und zog seine Jacke in Form, bevor er zu ihr herüberhastete.

»Morgen, Lieblingskollegin.«

»Kommst du direkt aus dem Club?«, fragte Katharina.

Samuels Anblick bestätigte den Eindruck, den sie vorhin am Telefon gewonnen hatte. Vollkommen zerknautscht, sein dunkles Haar stand in alle Richtungen ab. Was war denn da los, nicht einmal Zeit für Haargel?

»Fast. Oh, hab' ich Kopfweh.« Samuel gähnte ausgiebig, dann streifte auch er den Tatort mit einem Seitenblick.

Katharina bückte sich nach dem zweiten Kaffeebecher, den sie auf einen Stein gestellt hatte. »Hier, für dich. Dachte, den kannst du brauchen.«

Er nahm einen großen Schluck und hustete. »Gab's den auch in warm? Und in lecker?«

»Mit nichts zufrieden, was? Wie riechst du überhaupt?«

»Nicht mal mein teures Parfum kann den Kerosingestank überdecken.« Samuel warf ihr einen Blick zu, der ihr allein die Schuld daran gab, dass er zu nachtschlafender Zeit aus seinem Bett gerissen worden war. »Raubmord kann man ausschließen?«

»Bei dieser Auffindesituation mehr als unwahrscheinlich. Nein, Autoschlüssel hatte er bei sich und Wertsachen waren im Auto.« Katharina schüttelte den Kopf.

»Was ist das überhaupt für ein Tatort? Ein uralter Friedhof?«

»Kannst du nicht lesen, Schrothi?« Katharina seufzte. »Sühnekreuze. Steht auf der Infotafel.«

»Sühnekreuze. Aha.«

»Na, lieber Herr Schroth, soll ich Sie ein bisschen rumführen?« Kriminalrat Gunther Hartwaldt, Dezernatsleiter im Reutlinger Präsidium, nahm ihn freundlich am Ellenbogen. Wie Katharina den Kriminalrat aus früheren Ermittlungen kannte, hatte er Samuel bestimmt schon beobachtet und war zu dem Schluss gekommen, dass der Kommissar zu wenig Aktivität zeigte.

»Guten Morgen, Kriminalrat Hartwaldt. Das freut mich

aber.« Samuel war anzusehen, dass eher das Gegenteil der Fall war.

Tja, für die Zeit der Sonderkommission würde Hartwaldt wieder bei Ihnen in Esslingen ein Büro beziehen. Ihr direkter Chef war im Urlaub, und der Reutlinger Hartwaldt ein Mann mit Erfahrung. Katharina musterte die beiden Männer. Sie sahen sich in ihrer morgendlichen Aufmachung ähnlicher, als beiden wohl lieb war, mit ihren hängenden Schultern und dunklen Augenringen. Die Nacht war für beide definitiv viel zu kurz gewesen.

Doch egal in welchem Zustand der Soko-Leiter sich befand, Hartwaldt trieb immer das blanke Interesse am Fall. Böse Zungen behaupteten: das blanke Interesse am Tod. Bei ungewöhnlichen Fällen lief der Kriminalrat zu Höchstform auf, und das Gerücht machte die Runde, er sammle die spektakulärsten Bilder in einem sorgsam gehüteten Ordner. Natürlich konnte Katharina sich auch getäuscht haben, und es handelte sich um eine Fallakte, die Hartwaldt neulich hastig zugeklappt hatte, als sie den Raum betreten hatte. Jedenfalls schien das heute ein Fest für ihn zu sein, wie der große, dürre Mann am Tatort herumgetänzelt war.

Katharina ging mit Samuel zum Hügel hinüber und zählte die ersten Erkenntnisse auf, während ihr Kollege immer wieder verstohlene Blicke auf den Toten zwischen den Kreuzen warf. Dann stieß Samuel auf und drehte abrupt um. Katharina folgte ihm. Jeder von ihnen hatte schon einmal gekotzt, aber Katharina verstand, dass er das um jeden Preis vermeiden wollte. Wenn er sich hier übergab, würde er für Wochen Thema in der Direktion sein.

Samuel verlangsamte seinen Schritt und atmete vorsichtig tief ein. »Muss das sein? So ein Mord in ’ner arschkalten Märznacht?«

Was war denn los? Gerhard Beitle war doch nicht Samuels

erste Leiche. Und nach den Fällen, die sie schon miteinander gelöst hatten, konnte ihnen eigentlich so schnell nichts mehr auf den Magen schlagen. Wahrscheinlich war eher die viel zu kurze Nacht der Grund für seine Übelkeit, vermutete Katharina. Aber der späte Vogel musste damit rechnen, dass es auch mal früh rausging, also hielt sich ihr Mitleid in Grenzen.

Katharina spürte Hartwaldts Radarblick für untätige Beamte im Nacken und beeilte sich, den im Dunklen liegenden Feldweg mithilfe einer lichtstarken Stablampe zu beleuchten. Sollte sich Samuels Magen erst mal beruhigen, während sie die Umgebung absuchten. Der Asphalt war geradezu ungewöhnlich sauber. Eigentlich klebten auf Feldwegen doch immer Erde und Mist – und damit eine Menge Spuren. Hatte vielleicht der Täter einen solchen Aufwand betrieben und geputzt? Nein, auch die Wege weiter drüben waren frei von Ackerdreck. Schade.

Ein Audi legte neben ihnen eine Vollbremsung hin. Der Fahrer hatte offensichtlich bemerkt, dass da am Straßenrand etwas Spannendes passierte. Er lenkte sein Fahrzeug nun in Schrittgeschwindigkeit vorbei und hing mit großen Augen über seinem Lenkrad. Fehlte noch, dass er mit dem Handy zu filmen begann.

»Weiterfahren, bitte!« Katharina winkte ihn entschieden weiter. In etwa einer Stunde würde der Berufsverkehr in Schwung kommen. Hoffentlich waren sie bis dahin fertig. Sonst fand der heutige Stau nicht auf der B27 statt, sondern hier im Plattenhardter Industriegebiet. Kostenlose Unterhaltung garantiert.

Samuel nahm noch einen Schluck vom kalten Kaffee. Dann konnte die Übelkeit ja nicht ganz so schlimm sein. Bei Seysers Hoflädle drehten sie schließlich um und gingen zurück.

»Schade, dass die noch nicht geöffnet haben. So ein frisches Brot wäre jetzt nicht das Schlechteste.«

Katharina nickte und wich dem Fahrer des Leichentransporters aus, der mit den Schuhspitzen übers Gras scharrte wie eine Amsel, die nach Regenwürmern suchte. Sein Regenwurm war noch nicht zum Abtransport bereit. Der Amtsarzt dagegen hatte seinen Alukoffer bereits vor fast zwanzig Minuten zugeklappt und es eilig gehabt, als Erster zurück ins Trockene zu kommen. »Diagnose: Nix mehr zu machen.« Dann hatte er über seinen eigenen Witz gelacht und war in seinem warmen, silbernen Kombi verschwunden.

Katharina fragte sich, ob sie diese Umgehungsstraße schon jemals benutzt hatte. Sie kam nicht oft in diese Gegend, weil sie im Stuttgarter Westen wohnte und in der Esslinger Direktion arbeitete. Jedenfalls wurde auf den Fildern und speziell in Filderstadt nicht viel gemordet. Die Leute hatten bestimmt keine Zeit für Verbrechen, so viel, wie sie im Stau standen, wenn man den allmorgendlichen Verkehrsnachrichten zur B27 Glauben schenkte.

Tiefes Brummen deutete darauf hin, dass hinter Bernhausen die Flugzeugmotoren warmzulaufen begannen, während im Vordergrund Scheinwerfer harte Schatten auf die mittelalterlichen Kreuze warfen. Was für ein Kontrast.

»Kommst du mit rüber?« Katharina deutete auf das einzige freistehende Haus, das etwa 100 Meter entfernt vom Tatort stand. Im ersten Stock brannte Licht. Vielleicht gab es dort etwas zu erfahren.

Katharina wartete an der Haustür auf ihren Kollegen und schaute sich den grünen SL an, der neben dem Haus parkte.

»Diese verdammten Kopfschmerzen«, jammerte Samuel unter ihrem strengen Blick. »Wie schaffst du es nur, so fit und blendend auszusehen?«

War das etwa ein Kompliment? »Danke.« Katharina zuckte mit den Schultern. Die blonden Haare hatte sie aus praktischen Gründen wie immer unter der Dienstmütze zu einem

Zopf gebunden. Der einzige Unterschied war ein bisschen Make-up auf den Wangen und um ihre braunen Augen, damit man ihr die Müdigkeit nicht gleich ansah. Sie schminkte sich selten und für den Dienst so gut wie nie, außer, wenn es so früh rausging wie heute.

»Was Frauen eben so unternehmen, um einen ebenmäßigen Teint zu bekommen, schon klar«, meinte er mit einer winzigen Portion Neid in der Stimme.

»Tja, Frauen haben morgens um fünf zwei entscheidende Vorteile: Farbe und Feinmotorik.« Katharina grinste und drückte auf den Klingelknopf.

* * *

Einen Moment später schob sich im ersten Stock eine Gardine zur Seite, und das Fenster öffnete sich. Eine etwa sechzigjährige Frau mit rundem Apfelgesicht und blondierter Dauerwelle beugte sich heraus.

»Sie wünschen?«

Während Katharina sich noch fragte, ob ein einfaches »Sie wünschen?« zur Situation passte – schließlich mussten die Anwohner doch etwas von dem Halligalli vor ihrem Haus mitbekommen haben – rief Samuel schon: »Polizei! Bitte kommen Sie einen Moment herunter.«

Das Fenster schloss sich, der Vorhang wurde wieder in Form gezogen, und kurz darauf öffnete sich die Haustür.

»Guten Morgen!« Ein mittelgroßer Mann mit Vollbart und Hornbrille, offensichtlich der Herr des Hauses, öffnete in Schlafanzug und Pantoffeln. Er musterte sie von Kopf bis Fuß. »Gehringer. Möchten Sie reinkommen?«

Katharina stieg hinter Herrn Gehringer die Holztreppe hoch. Ein kurzer Flur, in dem Familienbilder hingen und ein Trockenblumenstrauß auf einem Schemel stand, führte in ein geräumiges Wohnzimmer, wo die Frau des Hauses im Bademantel hastig ein paar Zeitungen zur Seite räumte. Katharina warf einen Blick an ihr vorbei zum Fenster. Einer der Scheinwerfer blendete so stark, dass es ein Wunder war, dass die Gehringers die Rollläden nicht heruntergelassen hatten.

Samuel hatte sich bereits gesetzt und rieb sich die Stirn. Katharina zückte ihren Block. »Entschuldigen Sie, dass wir so früh stören. Haben Sie heute Nacht etwas Ungewöhnliches bemerkt?«

Frau Gehringer wechselte einen kurzen Blick mit ihrem Mann, bevor sie antwortete. »Für gewöhnlich gehen wir früh ins Bett, so gegen halb zehn. Erst durch den Lärm, den Ihre Kollegen da draußen vollführen, sind wir vor etwa einer halben Stunde – war es halb fünf, Hase? – aufgewacht.«

»Leben Sie alleine hier?«

»Unsere Kinder sind schon eine Weile flügge, der Sohn wohnt in Leinfelden und die Tochter in Minnesota.«

»Minnesota, nicht schlecht.«

»Ja, nur haben sie es aktuell noch ein paar Grad kälter als wir«, Herr Gehringer lächelte. »Im Sommer fliegen wir vielleicht hin.«

»Und sonst ist Ihnen nichts aufgefallen? Vielleicht gestern Abend oder in den letzten Tagen?«

Frau Gehringer betrachtete interessiert ihre Hausschuhe. Während Samuel seine Schläfen rieb, stellte Katharina ein paar Fragen zu den Anwohnern der umliegenden Höfe – das Haus der Gehringers war als einziges kein Bauernhof – brachte aber auch nichts Ungewöhnliches zutage. Doch immerhin waren sie hier drinnen im Warmen. Katharina schaute sich ein wenig um, betrachtete gestickte Wandteppiche mit floralen Ornamenten und kleinformatige Ölbilder, ebenfalls floral gemustert. Nur mit gutem Willen gingen sie als Kunst durch, dem Pinselstrich nach hatte wahrscheinlich Frau Gehringer selbst Hand angelegt.

»Ihnen ist wirklich nichts aufgefallen? Auch kleine Beobachtungen helfen oft weiter.«

Doch die Frau schüttelte nur den Kopf, als ob sie einen Gedanken abschüttelte. Es folgte ein schlichtes »Nein.«

Hielt ihr Mann sie davon ab, mehr zu sagen? Dabei wirkte Frau Gehringer eigentlich nicht so, als ob sie sich leicht bremsen ließ.

»Einen guten Ausblick auf die Sühnekreuze haben Sie von hier aus.« Samuel kniff die Augen zusammen beim Versuch, in den Scheinwerfer zu schauen.

»Wir haben andere Sachen zu tun, als den ganzen Tag aus dem Fenster zu glotzen«, bemerkte Herr Gehringer, der sich im Türrahmen positioniert hatte, vorwurfsvoll.

»Würde man nicht unbedingt annehmen, wenn man das Fernglas hier sieht«, Katharina ging zur Fensterbank und musterte den Feldstecher zwischen perfekt gepflegten Orchideen. Direkt davor stand zusätzlich ein bequem aussehender Stuhl mit dickem Kissen. Der perfekte Aussichtspunkt.

Doch bei diesem Ehepaar bissen sie auf Granit. Dass die beiden nicht die ganze Wahrheit sagten, war mehr als offensichtlich, aber warum? Sie verabschiedeten sich. Es gab eine Menge zu tun, und vorladen konnten sie das Ehepaar immer noch.

Als sie sich der Treppe zuwandten, löste sich Herr Gehringer aus seiner Erstarrung und fragte mit großen Augen: »Und wer ist das da draußen, bei diesen Kreuzen?«

* * *

»Wir sehen uns gleich in der Direktion, Hase.« Damit schloss Katharina den Golf auf und ließ ihren Blick über den Parkplatz des Kleintierzüchtervereins schweifen, der etwa 300 Meter vom Fundort entfernt lag. Da hatte sie ja Spürsinn bewiesen und gleich an der richtigen Stelle geparkt. Weiter hinten, inzwischen mit Absperrband abgetrennt, stand nämlich immer noch Beitles M-Klasse. Was hatte er mitten in der Nacht am Rand von Plattenhardt gewollt? Hatte er jemanden hierher mitgebracht oder war er allein unterwegs gewesen?

Ein Schild wies bereits auf die 750-Jahr-Feierlichkeiten von Plattenhardt im Sommer hin, darüber ein Aufkleber, der die Eröffnungsveranstaltung am vergangenen Wochenende beworben hatte. Dahinter ging ein Kiesweg vom Parkplatz ab, und hinter einer hohen Hecke lag ein Bauernhof, dessen Anwohner, so hatten die Kollegen herausgefunden, verreist waren. Ohne diesen Hof hätte man von hier aus freien Blick aufs Gehringer-Haus und vermutlich auch die Sühnekreuze. Beitle musste diesen Kiesweg genommen haben. Die Spurensicherung hatte in dem ganzen Areal jeden Stein umgedreht, und Katharina war gespannt, was sie nachher bei der ersten Besprechung erfahren würden.

Es klopfte an der Seitenscheibe. Katharina drückte auf den kleinen Schalter, und das Glas surrte herunter. »Ja, Samuel?«

»Meinst du, er braucht mich jetzt gleich?«

»Die erste Besprechung ist um acht angesetzt. Komm nicht mal auf die Idee, vorher ein Nickerchen einzulegen. Der Hartwaldt hat gleich Lunte gerochen, als er dich aus dem Auto hat steigen sehen. Vor Kriminalern kann man nichts geheim halten … Du weißt ja, Spuren sind überall.«

»Und Hartwaldt? Der sieht auch nicht gerade aus wie der frische Morgen!«

» Er hatte in den letzten Jahren ausreichend Schlaf, sagt er.«

Damit schloss Katharina die Scheibe, startete den Wagen und fuhr auf die Umgehungsstraße. Als sie den Tatort passierte, bauten die Techniker gerade die Scheinwerfer ab. Die Leiche von Gerhard Beitle war bereits auf dem Weg in die Pathologie. Kurz entschlossen bog Katharina in den Feldweg ein und hielt einen Moment an, um selbst zu sehen, was ein vorbeifahrender PKW-Fahrer vielleicht hätte mitbekommen können von dem Verbrechen. Nicht viel, noch dazu in stockdunkler Nacht. Der Hügel lag hinter einer Kurve, man musste den Kopf drehen, um beim Vorbeifahren mehr als ein paar Bäume und Steine zu erkennen. Bei Tempo 50 unmöglich, und die meisten fuhren mit Sicherheit schneller, denn die Strecke war wie geschaffen dafür. Vermutlich stockte die Stadt hier ihre Einnahmen gerne mithilfe von Blitzern auf.

Als Katharina den Rückwärtsgang einlegte, fluchte sie. Verdammte Kurve. Aber drehen und über die Gerätschaften der Kollegen fahren konnte sie auch nicht. Im Schneckentempo tastete sie sich rückwärts, und als sie die Kurve endlich überblicken konnte, sah sie eine ganze Kolonne Autos, die vom Kreisverkehr aus Richtung Filderklinik kamen. Warten oder fahren? Keine Sau war sonst unterwegs, man konnte den Eindruck gewinnen, die hätten alle nur auf sie gewartet. Entschlossen drückte Katharina aufs Gas. Der Golf fuhr zackig an. Eine Sekunde später ruckelte es, als ob sie eine Steigung hochgefahren wäre – da war doch nichts gewesen? –, doch Katharina hatte zu viel Schwung, um rechtzeitig zu reagieren. Ein dumpfer, metallischer Schlag, und der Golf stand mitten auf der Kreuzung. Jetzt schrillte das PDC im Dauerton. Na danke. Sollte das Gerät nicht den Abstand kontrollieren, *bevor* man irgendwo aufschlug? Was um Himmels Willen war das gewesen? Hatte sie irgendwelche Aufbauten übersehen, die die Kollegen auf die Straße gestellt hatten? Katharina stürzte aus dem Wagen. Die Kolonne war inzwischen vor der Motorhaube des Golf zum Stehen gekommen, und der erste Fahrer stellte fest, dass er nicht vorbeikam. Tonlos motzte er hinter seiner Scheibe und hupte. Gleich darauf stimmte der hinter ihm ein und ein ganzes Konzert begann. Katharina besah sich den Schaden.

Eine Verkehrsinsel hatte den Wagen abrupt gestoppt. War die vorher auch schon da gewesen? Eins der beiden Richtungsschilder hatte sich eng an den Kofferraum geschmiegt und die blöde Kunststoffstoßstange eingedrückt. Ein beachtlicher Kratzer im roten Lack darüber, ganz zu schweigen von der Delle, verursacht durch das Stahlrohr. Verdammt. Es war wie verhext, der ganze blöde Morgen. Katharina trat einen Schritt zurück.

»Soll ich Ihnen einen Scheinwerfer dalassen?« Ein Techniker feixte zu Katharina herüber. Die Autofahrer hupten zum Glück nicht mehr, denn inzwischen hatten sie die Polizeibeamten bemerkt und waren nun damit beschäftigt, kollektiv nach rechts zu starren und zu rätseln, was hier wohl Spannendes vorgefallen war.

Samuel tauchte in seinem Mitsubishi neben ihr auf und fuhr die Seitenscheibe herunter. »Auf Spuren achten! Du weißt ja, die sind überall.« Damit ließ er seine Reifen quietschen und raste davon.

»Arschloch!« Katharina stieg ebenfalls wieder ein. Das kaputte Schild würde sie von der Direktion aus melden.

* * *

»... Und für alle, die immer noch glauben, der Tatort wäre ein historischer Friedhof: nein. Es handelt sich um sogenannte Sühnekreuze. Speziell im Südwesten taucht diese Art von Kreuzen gehäuft auf. Diese hier hat man im fünfzehnten Jahrhundert errichtet. Die Legende besagt, dass sieben Brüder aus dem Geschlecht der Herren von Plattenhardt ...«

»Gibt es den Ort schon so lange?«, staunte Samuel ein bisschen zu laut.

»... Ja, den gibt's schon ein paar Jährchen länger als Sie, Herr Schroth. Vor genau 750 Jahren erstmals urkundlich erwähnt.« Ein stechender Blick, dann fuhr Hartwaldt mit seinem historischen Exkurs fort: »... dass sieben Brüder sich in einem tödlichen Kampf erschlagen haben, und zur Buße wurden diese acht Kreuze errichtet, von denen heute noch fünf zu sehen sind. Sieben Brüder, acht Kreuze, bevor Sie fragen: Jede Überlieferung hat so ihre Lücken. Ob das achte Kreuz von Anfang an für unseren Herrn Beitle gedacht war, daran habe ich so meine Zweifel. In unseren Ermittlungen wird es keine solchen Lücken geben, das steht fest. Und nur der Vollständigkeit halber: Die Kreuze sind von verschiedenen Orten an den aktuellen verbracht worden, er hat also keinerlei tiefere Bedeutung.«

Kein Zweifel, Soko-Leiter Gunther Hartwaldt hatte verborgene Talente. Leidenschaftlicher Ermittler, Tangotänzer und jetzt auch noch Hobby-Historiker. Katharina staunte. Man konnte seine Kollegen schwer einschätzen, wenn man nicht auch privat engen Kontakt hatte. Aber ob man den zu Hartwaldt wollte? Es reichte ihr schon, dass er ihnen hin und wieder in einer Sonderkommission auf die Pelle rückte. Ein Reutlinger Dezernatsleiter war aufgrund der Zentralisierungsreformen nie so weit weg, wie man es sich manchmal gewünscht hätte. Bei den Kollegen dort war er fraglos am besten aufgehoben. Zweifelsfrei war der Kriminalrat ein sehr erfahrener Ermittler, allerdings arbeitete er hin und wieder mit fragwürdigen Methoden, war zudem mit fiesem Humor und bisweilen unerträglichen Launen ausgestattet. Wahrscheinlich alles Gründe, warum er bisher nicht weiter als bis zum Kriminalrat aufgestiegen war, für knifflige Fälle wurde er trotzdem – oder gerade deshalb – gern ausgewählt. Gerüchteweise hatte Hartwaldt in jungen Jahren in der Fremdenlegion gedient.

»Fink, Karin, was habt ihr über den Ritualmord-Ansatz herausgefunden?«, schallte sein Bass durch den Raum.

Die beiden Kollegen präsentierten erste Recherchen über religiöse Gruppen und Vorfälle auf den Fildern in den letzten Jahrzehnten. »Ein sezierter Igel, den Anwohner in den Neunzigern auf einem Sielminger Grab gefunden haben. Täter könnte aber auch eine Katze gewesen sein, die den Ort für ihr Vesper schlecht gewählt hat. Seitdem nichts Auffälliges«, schloss Karin Kaspars, eine Kollegin vom Dezernat Betrug.

Der Ansatz eines religiös motivierten Mordes erschien durchaus plausibel. »Warum stellt jemand eine Leiche auf diese Weise und an so exponierter Stelle aus?«, fragte Katharina in die Runde. »Warum hat jemand Beitle zusätzliche, symbolische Verletzungen zugefügt? Ist es Zufall, dass das Opfer an diese Kreuze gebunden worden ist?«

»Bestimmt nicht«, antwortete Kaspars. »Aber ob wir es mit religiösen Eiferern zu tun haben, muss geprüft werden. Mit Sicherheit allerdings war das der erste Mord dieser Art in der Region, denn die Datenbank hat nichts annähernd Vergleichbares ausgespuckt.«

»Was hat man zur Ausrichtung des Leichnams herausgefunden?«, fragte Katharina.

»Hat womöglich eine Rolle gespielt. Wir werden aber keinen Fallanalytiker brauchen«, erläuterte Hartwaldt selbst. »Denn der Täter hat in absoluter Unkenntnis der Himmelsrichtungen gehandelt.«

»Und das heißt?«, fragte Fink, ein junger Beamter.

»Ist die Kenntnis von Himmelsrichtungen bei einem Ritualmord vonnöten?«, fragte ein anderer.

»Die korrekte Ausrichtung des Leichnams gehört zur Grundausbildung eines jeden Sektierers«, behauptete Hartwaldt.

In der hinteren Reihe entspann sich eine Diskussion.

»Etwas mehr Ernsthaftigkeit bitte!«, rief jemand.

»Man kann sehr wohl davon ausgehen, dass es auch parareligiöse Gruppen gibt, denen die Himmelsrichtung wurscht ist«, erklärte ein anderer.

»Und mir ist Ihre Meinung wurscht«, erklärte Hartwaldt mit leiser Stimme. »Was gibt's zu den Spuren am Tatort?«, richtete er sich nun an die Spurensicherer.

»Es hat erst nach Mitternacht zu regnen angefangen«, las einer von einem Blatt ab.

»Na prima, dann ist auch noch der Spurengott gegen uns.«

»Wir *glauben* nicht, wir sind hier, um zu *wissen,* Kommissar Schroth«, dozierte Hartwaldt. Katharina ließ den Blick durch die Reihen schweifen. Meistens ergab sich in den ersten Stunden ein Ermittlungsansatz, eine Spur am Tatort oder eine Aussage der Angehörigen, die zum Täter führte. Meistens.

Bisher fehlte diese Spur noch, aber zweifellos war dieser Fall ein Leckerli jenseits der üblichen Routine für den erfahrenen Hartwaldt und für seinen Sammelordner. Nun referierte ein Kollege über mögliche Anlaufstellen, die Beitle in der näheren Umgebung besucht haben könnte. »Kurz vor oder um Mitternacht herum hat nicht einmal mehr die einzige Gaststätte im Industriegebiet geöffnet, und hinzu kommt noch, dass es die Nacht von Sonntag auf Montag war.« Beitle war auch nicht auf der Überwachungskamera eines in der Nähe des Tatorts gelegenen Unternehmens zu sehen, deren Speicherchip sie bekommen hatten.

»Also ist es wahrscheinlich, dass er nicht im Industriegebiet unterwegs war. Da hätte er woanders parken können, ohne viel Aufmerksamkeit zu erregen. Vielleicht hat er sich am Kleintierzüchterheim mit jemandem getroffen. Die Kleintierzüchter überprüfen wir gerade«, schloss der Kollege.

»Vielleicht stand er auf junge Hühner«, meinte Samuel. »Gibt's in diesem Industriegebiet 'nen Puff?«

»Ja, sogar fußläufig und mit Google-Bewertung. Wir prüfen, ob er dort war.« Hartwaldt zeigte mit dem Laserpointer auf eine Stelle auf dem an die Wand projizierten Stadtplan. »Wir stehen bereits mit den Kollegen auf dem Filderstädter Revier in Kontakt, vielleicht haben die eine Idee.«

»Auch sonst keine Auffälligkeiten. Kein Einbruch gemeldet, keine Besonderheiten in dieser Nacht. Die Mietshäuser, die zwischen den Firmen verstreut liegen, geben nichts her. Und wenn wir ein Treffen zwischen Beitle und dem großen Unbekannten auf dem Parkplatz der Kleintierzüchter oder dem Feld vermuten – Straßenlampen gibt es dort nicht.« Karin Kaspars schüttelte den Kopf.

Perfekt also für ein Tête-à-Tête, von dem keiner etwas mitbekommen sollte. Mit wem auch immer. »War er bereits tot, als er zu den Kreuzen gebracht wurde?«, fragte Katharina.

»Die Wunden an den Augen und die Blutspuren zeigen, dass er noch gelebt hat. Fehlende Abwehrspuren deuten jedoch darauf hin, dass er zumindest handlungsunfähig war«, erklärte der Rechtsmediziner anhand der an die Wand gepinnten Fotos. »Es ist möglich, dass wir es mit einem besonders gefühlskalten Täter zu tun haben. Einem, der kontrolliert sein Werk zu Ende bringt.«

»Gehen wir von einem Zufallsopfer aus? Müssen wir mit einem Serientäter rechnen?«

»Das ist zum jetzigen Zeitpunkt noch nicht klar.«

»Ob Beitle diese Qual bei vollem Bewusstsein erlebt hat?«, flüsterte Katharina. Was für ein furchtbarer Gedanke. Der Gerichtsmediziner trat nach vorne und erläuterte seine Eindrücke anhand einer schlecht kopierten, mit viel Fantasie handkolorierten Folie, die Gewebsschichten darstellen sollte. Und das in Zeiten der digitalen Medien. Katharina verdrehte die Augen. Trotzdem ließ das Gesagte sie aufhorchen. »Hirntote haben noch Vitalfunktionen«, erklärte er. »Wenn das Hirn nicht mehr reagiert, reagiert das lebendige Gewebe immer noch, zieht sich zusammen, wird stärker durchblutet oder ähnliches. Manche Hirntote atmen sogar noch hörbar«, erzählte der Mediziner mit ausschweifenden Bewegungen. »Für einen Außenstehenden ist es mitunter nicht ersichtlich, ob die Person nur bewusstlos oder bereits hirntot ist. Aber …«

»So genau wollte ich es gar nicht wissen«, murmelte Samuel.

»… wir gehen aktuell davon aus, dass er während des Übergriffs bei Bewusstsein war. Die Blutungen lassen keine genauen Rückschlüsse zu. Der Tod ist durch Erfrieren, die Blutungen oder beides zusammen etwa gegen ein Uhr eingetreten.«

Nun gab der Kollege von der Spurensicherung seine Erstanalyse ab. Trotz des nachmitternächtlichen Regens konnten nicht nur bei den Kreuzen, sondern auch gut 300 Meter entfernt auf dem Parkplatz Blutspuren sichergestellt werden – auf dem Verbindungsweg dazwischen jedoch keine. Katharinas Bauchgefühl sagte ihr, dass die Tests ergeben würden, dass auch die Blutspuren auf dem Parkplatz von Beitle waren. Die Ergebnisse würden erst im Laufe des Tages auf ihrem Schreibtisch liegen. Bei der Tatwaffe handelte es sich vermutlich um einen stumpfen Gegenstand, der die Verletzung am Hinterkopf verursacht hatte. Von diesem fehlte jedoch noch jede Spur. Weitere Kollegen suchten soeben bei Tageslicht die Umgebung ein weiteres Mal ab. Es gab einiges zu tun.

»Erste Befragungen in seinem Büro und bei seiner Frau legen nahe, dass Beitle allein unterwegs war. Der Pförtner meinte, er sei noch bis etwa 23 Uhr in seiner Firma in Leinfelden gewesen«, berichtete Fink.

»Seit ein paar Jahren führt er ein Cateringunternehmen im Leinfeldener Industriegebiet in der Benzstraße. Hier ist er meistens. War er meistens. Außerdem besaß er Lokale in Neuhausen, in Degerloch und in Scharnhausen. Das in Neuhausen gehört ihm schon über 25 Jahre, damit hat er angefangen.

Seit etwa 2005 hat er dann das Catering für sich entdeckt und beliefert inzwischen sämtliche Feste und Veranstaltungen in der Umgebung. Das Geschäft geht gut, Beitle besaß eine Art Monopol «, erklärte Karin Kaspars. »Steuern hat er bezahlt, sonst keine Auffälligkeiten.«

»Davon hat er nicht schlecht gelebt«, schloss sich Hartwaldt an. »Ein Ferienhaus auf Malle mit zugehöriger Jacht, eine prächtige Villa in Filderstadt-Bonlanden, die drei Kinder waren auf Privatschulen …«

»Da gibt es sicher auch Feinde«, warf Katharina ein.

»Ein sensibler Chef war der Beitle bestimmt nicht. Aber so kommt man auch nicht weiter.« Hartwaldt lachte wissend. »Gleichwohl wird das ein erster Ansatz sein. Also Kollegen, auf geht's!«

Die Beamten teilten sich auf, um verschiedene Kontaktpersonen Beitles zu vernehmen und weitere Informationen einzuziehen. Katharina und Samuel erhielten den Auftrag, mit Beitles Witwe zu sprechen. Nach der am frühen Morgen überbrachten Todesnachricht war sie hoffentlich mittlerweile in der Lage, sich den Fragen der Beamten zu stellen. Katharina fragte sich, wie sie sich die Frau eines solchen Machers vorstellen konnte. War dieser Beitle ein sympathischer Mensch gewesen? Warum richtete jemand einen so erfolgreichen Menschen hin, wie viel Dreck hatte der Unternehmer selbst am Stecken?

* * *

»Geht's dir besser nach dem Brötchen, Schrothi?« Katharina konnte sich das Necken nicht verkneifen, als sie den Einsatzwagen den Esslinger Zollberg hoch in Richtung Autobahn lenkte. Sie stellte den Scheibenwischer auf Intervall. Wie immer bei Regen gab es nicht die perfekte Stufe – zu viel für Intervall, zu wenig für Dauerbetrieb. Wenigstens hatte Samuel jetzt ein bisschen Farbe im Gesicht. Eine hübsche Kollegin von der Streife hatte ihm vorhin tatsächlich ein Brötchen mit Fleischküchle vorbeigebracht – wieder eine andere Dame als letzten Monat. Was übrigens bemerkenswert war: Samuel trainierte zur Zeit viel im Fitnessstudio und hatte sich eigentlich einen Ernährungsplan auferlegt – keinen besonders ausgewogenen, wovon die Dosen mit chemisch-bunt gefärbtem Eiweißpulver auf seinem Schreibtisch kündeten.

Samuel reagierte nicht auf ihre Frage und zog sich demonstrativ seine Wollmütze ins Gesicht. »Weck mich auf, wenn wir da sind.«

»Gibt das keinen Ärger unter deinen Schnecken im ersten Stock?«

»Da unten steht 'ne eins a Espressomaschine. Ich werd' mir den Kontakt doch nicht mit Frauengeschichten versauen.«

Aha. Ob das auf Dauer funktionierte? Samuel sprach nicht gern über seine Liebschaften, und Katharina war sich sowieso sicher, dass sie den Überblick schnell verlieren würde, falls er es denn täte, insofern gab sie sich zufrieden. So offensiv, wie Samuel sich durch die Kolleginnenliste flirtete, würden Reibereien über kurz oder lang nicht ausbleiben. Ein Wunder, dass es noch keine gegeben hatte, zumindest keine, die bei ihnen im zweiten Stock angekommen waren. Das mit der Kaffeemaschine war jedoch in der Tat ein Problem. Jeder im Morddezernat schimpfte über den Filterkaffee, aber die feine Siebträgermaschine von daheim brachte leider auch keiner mit.

»Vielleicht wechselst du am besten dein Revier.«

»Ich hab's fest vor«, brummte Samuel hinter seiner Mütze. »Am Freitag ist Blaulichtparty auf dem Pragsattel, da werd' ich die Sanka-Mädels abchecken.«

»Dann hoffen wir mal, dass der Fall bis dahin abgeschlossen ist.« Die Single-Polizistinnen, die Samuels Vorstellungen entsprachen, hatte er bald alle durch, da blieb tatsächlich nichts anderes mehr übrig, als die Branche zu wechseln. Andererseits hatte er doch gerade das Fleischküchle-Mädel …

Schon wieder eine Baustelle. Sie arbeiteten sich Autolänge um Autolänge auf der vollen Autobahn voran und Katharina ging in Gedanken ihre Fragen durch. Wenigstens war Beitles Ehefrau schon informiert, somit blieb ihnen das Überbringen der Todesnachricht erspart. Trotzdem, angenehm würde das Gespräch bestimmt nicht werden.

Wenig später erreichten sie die Bonländer Ausfahrt und fuhren von der B27 ab, der Himmel klarte auf. Immerhin regnete es nicht mehr.

Nachdem sie die Bonländer Hauptstraße passiert hatten, ging es durch eine verkehrsberuhigte Zone, dann den Berg hoch und an einer Kirche vorbei. Ein hübscher kleiner, historischer Ortskern. Vor ihnen schob eine Frau den Kinderwagen in aller Seelenruhe über die Straße, schließlich hatte hier ja der Fußgänger Vorrang, und das musste demonstriert werden. Katharina vermutete, dass das Navi mal wieder nicht die beste Route anzeigte. Sie bogen in die Oberdorfstraße ein, und am Ende der 30er-Zone erreichten sie das Wohngebiet. Offensichtlich eines der besseren.

»Hier muss es sein! Aber da kommt nichts mehr.«

Tatsächlich, hinter dem letzten Haus ging die betonierte Straße in einen Feldweg über.

»Sandbühlstraße. Stimmt. Aber wo ist die Nummer 34?« Links Streuobstwiesen mit noch kahlen Apfel- und Birnbäumen, rechter Hand schloss an das letzte Haus ein kleines Wäldchen an. »Stimmt die Adresse?«

»Sandbühl 34, steht da. Komm, wir fahren noch ein Stück.« Katharina lenkte den Wagen vorsichtig über den holprigen Feldweg.

»Und hier darf man bauen?«

»Wenn man Beitle heißt, vermutlich schon.«

Zwei Pferde schauten träge vom Grasen auf. Der Dienstwagen arbeitete sich noch mehrere hundert Meter vor, bis hinter einer Kehre zwischen Büschen und hohen Bäumen ein gusseisernes Tor erschien.

»Schau mal da, eine Einfahrt! Und …«

»… ein Streifenwagen. Frau Beitle hat schon Besuch. Weißt du Bescheid, weshalb die Kollegen hier sind?«

Sie parkten ihren dunkelgrauen Daimler hinter dem Polizeifahrzeug und stiegen aus. Katharina ließ den Blick schweifen. Feudal, allein diese Einfahrt inmitten eines Wäldchens, asphaltiert wie eine öffentliche Straße. Die schweren Torhälften zu beiden Seiten waren geöffnet, den Abschluss bildeten Marmorsockel, auf denen jeweils ein steinerner Löwe wachte.

»Kann man mögen«, murmelte Samuel.

Vor ihnen tauchte ein Beamter auf, den Katharina noch nie gesehen hatte. Unwillkürlich hielt sie den Atem an. Er war etwa einen Meter achtzig groß und besaß eine sportliche, definierte Figur. Katharina schätzte sein Alter auf um die vierzig. Er hatte braunes, kurz geschnittenes Haar und strahlend blaue Augen. Unglaublich strahlend blaue Augen.

»Guten Morgen. Alexander Schumacher vom Revier Filderstadt-Bernhausen. Kriminalrat Hartwaldt hat mir gesagt, dass ich Sie hier finde.« Sein Blick ließ Katharinas Knie butterweich werden.

»Frau Bundschuh, ich habe da eine Anzeige für Sie. Äh, gegen Sie.«

Das flaue Gefühl war genauso schnell verschwunden, wie es gekommen war. »Bitte?«

»Sie haben in Plattenhardt an der Osttangente, Ecke Mörike- und Hofwiesenstraße, also am Auffindeort des Toten, Herrn Beitle, ein Verkehrsschild umgefahren. Anwohner konnten Sie identifizieren.«

Anwohner. Soso. Bei den Gehringers – den einzigen Anwohnern, die wohl infrage kamen – musste man also von stark situationsbedingter Aufmerksamkeit sprechen. Einen Mord bekam man nicht mit, weil man ja angeblich seit halb zehn schlief, um dann allerdings den minimalen Regelverstoß einer Beamtin zu melden, die versuchte, eben jenen Mord vor der Haustür dieser ach so aufmerksamen Bürger aufzuklären.

»Oh, das. Ja, wollte ich noch melden.« Das schlechte Gewissen drückte Katharina nun doch. In dem ganzen Trubel hatte sie komplett vergessen, Bescheid zu geben. Sie senkte den Blick, um nicht in diese wunderschönen Augen schauen zu müssen, die sie komplett von ihrer Wut ablenkten.

»Ja. Allerdings gehen wir als gutes Beispiel voran und können uns bei den ganzen Vergehen nicht erlauben, dass es heißt, wir würden die Gesetze selbst nicht beachten.«

Wieder wurde es Katharina heiß und kalt, diesmal allerdings aus ganz anderem Grund. Setzte Gunther Hartwaldt wegen so einer Lappalie tatsächlich eigens einen Filderstädter Beamten auf sie an, der sie vor dem Haus des Toten abfing? Typisch Hartwaldt, mit Kanonen auf Spatzen schießen! Aber diesmal ging er zu weit.

»Und dafür veranstalten Sie so einen Aufwand, während wir in einem Mordfall ermitteln?«, brachte Samuel die Sache auf den Punkt. Manchmal konnte man ihn wirklich brauchen.

Der Einschub brachte Schumacher aus der Fassung. Aber nur kurz. »Kriminalrat Hartwaldt meinte, dass ich Sie hier antreffe. Wir haben in Filderstadt eben aufmerksame Anwohner.«

Regungslos stand dieser, dieser … Streifenpolizist vor ihr. Neutraler Blick, eingefrorene Mimik, nichts verriet auch nur ansatzweise, was er dachte. Katharina war sauer – und nicht zuletzt darauf, dass der Blick dieses Trottels so eine Wirkung auf sie hatte.

»Schreiben Sie mir eine Rechnung!«, motzte sie schließlich. »Und jetzt muss ich arbeiten.« Damit umrundete sie Schumacher und schritt entschlossen die Auffahrt hoch.

Samuel kicherte. »Dem hast du's aber gegeben!«

»Jetzt warten Sie doch mal!« Der Beamte beeilte sich, hinterherzukommen. »Ein einfaches ›Oh, hab' ich vergessen‹, würde mir schon reichen.«

»Oh, hab' ich vergessen!« Katharina beschleunigte weiter. »Brauchen Sie auch ein ›Tut mir leid‹?«

Schumacher überholte. »Würde ich auch akzeptieren.« Es blitzte in seinen Augen, und der rechte Mundwinkel zog sich schräg nach oben, als er versuchte, Katharina auszubremsen. »Eigentlich bin ich hauptsächlich deshalb hier, um Ihnen meine Unterstützung anzubieten.«

Katharina legte eine Vollbremsung hin. »Was?«

»Warum sind wir denn bitteschön nicht vors Haus gefahren?«, schimpfte Samuel von weiter hinten.

Katharina drehte sich zu ihm um, dann musterte sie Schumacher. Sein Blick nervte sie. Da war es wieder, dieses blöde Kribbeln, das sie so überhaupt nicht brauchen konnte. Noch dazu bei so einem Idioten. Der bildete sich ganz schön was ein. Und jetzt lächelte er auch noch.

»In der Soko-Besprechung war keine Rede von lokaler Unterstützung«, behauptete sie. Die war allerdings, das musste Katharina zugeben, durchaus üblich und in den allermeisten Fällen natürlich von großem Nutzen. Je nach Fall verlegte die Sonderkommission ihren Stützpunkt sogar in die örtlichen Reviere.

Eine Amsel krächzte. Für betörende Frühlingsgesänge musste sie noch eine Menge üben. Die Villa lag still vor ihnen. Richtig edel sah das weiß gestrichene Haus mit dem kleinen Balkon aus, auf dem nur ein einzelner Hocker und ein Tischchen standen, darauf eine schlichte Vase mit knospenden

Kirschzweigen. Samuel schloss zu ihnen auf und schnaufte demonstrativ. Gerade öffnete Katharina den Mund, um ihn zu fragen, wieso ein trainierter Fitnessstudio-Fan wie er wegen einer so kurzen Strecke klage, da nahm sie ein eigenartiges Geräusch wahr. Es klang wie ein … Schleifen? Und woher kam es? Jetzt entdeckte Katharina die weißhaarige, leicht bucklige Frau, die in Kittelschürze, mit Lockenwicklern im Haar und buntem Tuch darüber den Hof fegte, ohne von ihnen Notiz zu nehmen. War sie eben schon da gewesen? Etwas Gespenstisches hatte es schon, wie sie da kehrte, als ob sie schon seit Stunden nicht anderes täte. Der feine Regen hatte die verbliebenen Herbstblätter zu Boden geweht und dort festgeklebt – und so fand sich in der Hand der Frau auch kein Besen, sondern ein Schrubber. Katharina wusste nicht recht, was sie sagen sollte und sie schaute Samuel an. Der schaute zu Schumacher, Schumacher wiederum zu der Frau.

»Guten Morgen, mein Name ist Alexander Schumacher!« Mit ein paar Schritten durchmaß der Filderstädter Beamte den Hof und reichte der Frau die Hand, noch bevor sie überhaupt den Kopf gehoben und ihn wahrgenommen hatte.

»Grüß Gott.« Sie musterte ihn argwöhnisch, grummelte etwas, lehnte den Schrubber ans Geländer und verschwand behände über die Treppe im Souterrain.

»Müsste Frau Beitle nicht etwas jünger sein?«, fragte Samuel.

»Vielleicht hat er lieber reich als hübsch geheiratet. Oder sie ist die Putzfrau«, mutmaßte Katharina.

»Mit Lockenwicklern?«

»Stimmt. Sie kehrt die Einfahrt, als würde sie sein Tod nicht kümmern.«

Die alte Dame erschien wieder oben an der Treppe, zog das Tuch über ihren Lockenwicklern fester und drehte dann an ihrem Ohr herum. Ein Hörgerät.

»Ond jetzt, meine Dame ond Herra?« Ohne weiter abzuwarten, nahm sie ihre Arbeit wieder auf.

Katharina trat einen Schritt zurück, um dem Schrubber auszuweichen. »Bundschuh, grüß Sie Gott. Wie geht es Ihnen nach der Nachricht?«

»Nachricht?« Schrubben, Schnauben. »Ach so, d'r Gerhard.«

Frau Beitle schaute in die Runde, doch dass die Beamten sie irritiert musterten, bewegte sie nicht zu einer Reaktion. Katharina folgte einer plötzlichen Eingebung, als sie fragte: »Vermissen Sie Ihren Mann denn sehr?«

»Noi, eigentlich nimmer.« Die alte Dame blickte in die Ferne und schien ernsthaft einen Moment lang nachzudenken, bevor sie weitersprach. »Wisset se, mr g'wöhnt sich droh.«

Das ging ja schnell mit der Gewöhnung. Gerhard Beitle war gerade mal neun oder zehn Stunden tot, seine Frau wusste es seit vielleicht vier Stunden. Katharina schaute in die Runde und traf erneut die ratlosen Blicke ihrer Kollegen. Schumacher zuckte mit den Schultern. Wieso hatten die Beamten, die Frau Beitle am Morgen besucht hatten, dieses ungewöhnliche Verhalten nicht bemerkt? Ein Bild der Frau zog vor Katharinas innerem Auge auf, wie in ihrem hausmütterlichen Aufzug in stockfinsterer Nacht bei diesen Sühnekreuzen über ihrem Mann stand und ihn festband. Sie schüttelte den Kopf.

»Trotzdem wünsche ich Ihnen, … äh, herzliches Beileid.«

»Ihr Beileid hätt' i die letschde fümpf Johr braucht!« Die alte Frau schwang den Schrubber nach oben, und Katharina und die anderen zogen den Kopf ein. Doch das Putzgerät verharrte in der Luft und zeigte an der Fassade der verglasten Architektenvilla hinauf. »Da oba wohnt sei Frau, die Irene. Mei Dochter. Schwätzt grad mit em Bestatter. I ben die Agathe Schmied, die leidige Schwiegermutter, d'r Klotz am Millionärsbein, dem m'r nachem Tod vo meim Moh die donkle Wohnung em Sutteräh zugwiesen hat.«

»Gott sei Dank«, seufzte Samuel.

»Gott sei Dank?« Frau Schmied kniff ein Auge zu und sah mit ihrem Tuch und den Runzeln im Gesicht ein bisschen so aus wie eine Hexe beim Faschingsumzug.

»Jetzt schon ein Gespräch mit dem Bestatter?« Katharina sagte den Satz mehr zu sich.

Agathe Schmied nahm ihn gleich auf. »Die wisset halt auch, wo was zum hola isch, die Geier. Und wer als Erschter beim Beitle isch, der schnappt sich d'r ganz große Happa.« Schrubben. Schnauben.

»Wie goht's denn Ihrer Dochter?« Schumacher legte Frau Schmied die Hand auf die Schulter.

Tatsächlich hielt die alte Frau in ihrem Putz-Prozess inne. »Vermudlich besser, wenn sie dann in a baar Dag merkt, dass älles au sei gude Seit hat.«

Harter Tobak, die alte Dame nahm kein Blatt vor den Mund. Aber immerhin hatte Frau Schmied das Herz auf der Zunge und schien gesprächsbereit, auch wenn es Katharina Mühe bereitete, sie zu verstehen.

»Ist Ihnen bei Herrn Beitle in letzter Zeit etwas aufgefallen? War er religiös?«

Frau Schmied lachte ein kratziges Lachen. »Gerhard? Religiös? Ha, zom Gott Mammon koh mer ja au beta.«

»War d'r Beitle in irgendwelche Vereine aktiv oder hot er in ledschder Zeit seltsame Leut um sich versammelt?«, fragte Schumacher.

»Egal was d'r Gerhard g'macht hot, der hot immer komische Leit um sich rom ghet. Des g'hert zom guta Ton, wenn m'r sich auf Koschda anderer Leit bereichert.«

»Sie hatten also offensichtlich keine so gute Meinung vom Toten?«

Frau Schmied lehnte den Oberkörper zurück, schob die Unterlippe vor und betrachtete Katharina argwöhnisch.

Alexander Schumacher schaltete sich ein. »Der Beitle, der hot Sie arg triezt, oder?«

»Doh hen Se recht!« Die alte Dame verschränkte ihre Arme über dem Schrubber und wandte sich ganz dem Filderstädter Beamten zu, der ihre Lage offensichtlich besser zu verstehen schien als die anderen. »Und die Irene erschd, die hot arg zum Leida g'het. Aber saget Se des amol Ihrem Kend, dass es a schlechte Wahl troffa hot. Des macht na grads Gegedoil.«

»Wenn er so an Granadeseggl war, dann hot er aber beschdimmt a Menge Feinde ghet.« Alexander Schumacher schien zu wissen, welchen Knopf er drücken musste.

»Feinde? D'r Gerhard?« Für einen Moment schien Frau Schmied ehrlich überrascht. »Der hot sich mit jedem gut gschdellt, der für ihn nützlich war. Do a Flasch Woi, do a ›Wellnesswochenende‹ … Die Kumpaneia, die hend em gläga. Aber i sag Ihne, der hot Dreck am Stecka g'habt für Zehne. I han bloß noh nix g'fonda, aber i werd's beweisa!«

»Will die unseren Toten als Täter überführen?«, flüsterte Samuel.

»I breng Ihna Beweise, wia der Gerhard g'mauschelt hat!« Wütend blitzte sie den Kommissar an. Das Hörgerät funktionierte gut, kein Zweifel.

»Frau Schmied, Herr Beitle ist umgebracht worden, er hat niemanden umgebracht«, erklärte Katharina ruhig.

»Da wär' I mir net so sicher!«

In diesem Moment öffnete sich die gläserne Eingangstür, und zwischen zwei akkurat geschnittenen Buchskugeln trat ein schmaler Herr mit gegeltem Haar, Auftragsmappe und Schlips heraus, dahinter folgte offenbar die Witwe. Mausbraunes Haar, Pagenschnitt, mager, fahles Gesicht. Ob sie immer so blass war? Wie das blühende Leben konnte sich Katharina die Frau generell nicht vorstellen, keinerlei Anflug vom gesunden Teint der Mutter. Irene Beitle streifte die Beamten mit einem kurzen Blick und begleitete den Bestatter dann zu seinem schwarzen Wagen, auf dem in goldener Schrift der Name »Aeternitas Gotthelf« prangte. Im Gegensatz zu ihnen hatte er wohl keine Lust auf einen Spaziergang gehabt und direkt am Haus geparkt, in diesem Geschäft galt es wohl, keine Zeit zu verlieren. Zum Abschied nahm der Bestatter die Hände der Witwe in seine und sprach ihr offensichtlich Trost zu.

»Wie war das Verhältnis zu den Kindern?«, fragte Katharina Frau Schmied.

»Meins? Immer guad! Tolle Kender! Kennet froh sein, ihre Oma zu haba. Und d'r Opa Willi, als er no glebt hot. Gott hab' en sälig.«

Ah, das war also der Mann, der inzwischen nicht mehr vermisst wurde, weil fünf Jahre schließlich auch genug waren. »Und das Verhältnis zwischen den Eltern und den Kindern?«

»Die Irene, die hot sich gut kümmert, wenn sie net bei ihre Landfraue war. D'r Gerhard war nie derhoim, aber des hot ned g'schadet. Der Lucas, d'r Älteschte, des war onser Käpsele, scho immer gwä. Des hat er von meim Moh, vom Willi. Aber d'r Gerhard war bei ällem anderer Meinung. Die hen sich oft gschdritta. Für den Lucas war's gut, dass er zom Schdudiera auszoga isch. Die andere beide, Bianca und Tamino, waret auch liebe Kender, die hend Gott sei Dank au net allzu viel Negatives vom Vadder. Des oi oder andere, die Schdurheit, aber des verwächst sich bschdimmt.«

Stur war in dieser Familie bestimmt niemand sonst, am allerwenigsten die Oma. Katharina unterdrückte ein Lächeln. »Sie sagen, Herr Beitle war nie daheim?«

»Emmer g'schafft hat er oder in seine Netzwerk g'werkelt. Ond wenn er ned gschafft hat, war er bei de Proschdiduierde in Echterdenga.«

»Ach ja, das Etablissement mit dem Logo, das ein Freizeitbad vermuten lässt.« Das stach ins Auge, wenn man die B27 entlangfuhr.

»Freizeitbad; das isses ja auch irgendwie«, kicherte Samuel.

»Ja, ihre Kollega fahret dort au gern Streife. Nadierlich nur zur Kontrolle.« Frau Schmied zwinkerte. »Hier geits ja in jedem Flecka Nutta. Die Selbschdändige mit d'r roten Latern im Fenschder, die bodeständige Firma, die ihr oberes Schdockwerk vermietet, damit Se au nachts no verdient, i sags ihna, die Schwoba send gut im Verdiena, sogar noh im Liega. A Wunder, dass d'r Gerhard seine Finger da net mit drin g'het hot. Obwohl, wer woiß … Vielleicht fend ich no was, des des beweist.«

»Noch mal: Ihr Schwiegersohn wurde ermordet, er *hat* niemanden ermordet.« So langsam reichte es Katharina.

»Es kennet älles Spura sei.« Schumacher tätschelte Agathe Schmieds Schulter. Er machte das nicht schlecht. Sobald es Misstöne gab, besänftigte er die alte Dame, bevor sie sich aufregen konnte. Falls sie wirklich etwas zur Aufklärung beizutragen hatte, machte es Sinn, es sich nicht mit ihr zu verderben. Aber trotzdem war es ihre Aufgabe, auch unangenehme Fragen zu stellen.

»Was war das nochmal für eine Sache mit dem Einzug ins Souterrain? Da gab es Spannungen, oder?«

»Nochdem d'r Willi g'schdorbe isch, wollt mei Tochter mich aus Echterdenga zu sich hola. Ond die Wohnung im Dach war frei, seit d'r Lucas Sozialpädagogik schdudiert in Tübinga. Aber dem Gerhard, dem war des an Dorn im Aug. ›Agathe‹, hot er g'sagt, ›Agathe, mir krieget ons in'd Hoor, wenn du dich net raushälscht aus onserm Privatläba‹. Als ob i mi in irgendebbes eimische dät, oder? I!«

Nein, das war wirklich unvorstellbar. »Ond noh hat er mi in d'r Sutteräh g'schdeckt und i han mir mit d'r Butzfrau s'Gschäft teile müsse. ›Pack mit an, wenn du koschtenlos bei ons wohnsch‹, hot er g'sagt, der Mischdkerl.«

»Agathe, jetzt ist es aber gut!« Frau Schmieds Tochter kam mit großen Schritten auf sie zu, während sich der Bestatter mit quietschenden Reifen entfernte, um den Auftrag in trockene Tücher zu bringen. »Guten Morgen, Irene Beitle. Ihre Kollegen waren schon da.«

»Rufen Sie mich an, wenn Ihnen noch etwas einfällt.« Katharina drückte Frau Schmied schnell ihre Karte in die Hand. »Guten Morgen, Frau Beitle. Wir möchten Ihnen unser herzliches Beileid aussprechen und wollten noch einmal fragen, ob Ihnen etwas aufgefallen ist, da es beim Tod Ihres Mannes … nun ja, noch die eine oder andere Frage gibt.«

Frau Beitle schossen sofort Tränen in die Augen und sie presste die ohnehin schon schmalen Lippen aufeinander. Frau Schmied drehte am Rädchen ihres Hörgeräts, dann griff sie ihre Arbeit wieder auf. Irene Beitle schob die Mutter zur Treppe ihrer Souterrainwohnung. »Du musst jetzt nicht fegen. Ruh dich ein bisschen aus.«

»Mir isch's nie besser ganga!« Agathe Schmied lehnte den Schrubber gegen das Geländer und ging widerstrebend eine Stufe der Treppe nach der anderen hinunter.

Frau Beitle wischte mit einem Taschentuch übers Gesicht und schickte ihrer Mutter einen giftigen Blick. »Danke, Mutti! Möchten Sie reinkommen?«

Die Villa war von innen genauso tipptopp aufgehübscht wie von außen. Das Ambiente ein bisschen unterkühlt vielleicht, weißes Sofa, weiße Möbel, weiße Wände. Großformatige Kunst in kalten Farben und zwei mannshohe afrikanische Figuren mit großen Geschlechtsteilen. Ein ebenfalls weiß gemauerter Kamin brachte zumindest dann Wärme in den Raum, wenn das Feuer knisterte. Durch die bodentiefen Fenster dagegen herrlich in Szene gesetzt der großzügige Garten, dahinter mächtige Bäume, die das Grundstück begrenzten, bevor es steil hinabging ins Tal. Wenn in ein bis zwei Monaten die Sträucher blühten, war da ein kleines Paradies mit Teich und gemauertem Backhäuschen. Durch die Bäume entdeckte Katharina weiter hinten im Tal einen Gebäudekomplex. Was das wohl sein mochte? Doch dann nahm die ausladende Terrasse mit den weißen Marmorfliesen Katharinas Aufmerksamkeit wieder in Anspruch. Sie hielt beeindruckt die Luft an, ihren Kollegen schien es nicht anders zu gehen. Im Wohnzimmer war auf einem Tischchen ein opulenter Opernbildband ausgelegt. Diese Villa war definitiv eine Reportage in »Schöner Wohnen« wert. Irene Beitle wies ihnen einen Platz auf dem Sofa zu, weit weg vom fluffigen, weißen Teppich.

Frau Beitle stellte Gläser zu einer Karaffe, in der Zitronenscheiben wie schwerelos im Wasser schwebten. Samuel bediente sich gleich und leerte das Glas in einem Zug. Auch die Witwe setzte sich und spulte wie automatisch Allgemeines über die Arbeit ihres Mannes ab, über aktuelle Aufträge, die letzten Tage.

»Der Gerhard hatte immer so viel zu tun, und im Moment war es besonders schlimm. Wir haben ihn gar nicht mehr gesehen hier.« Sie erzählte weiter Belangloses, und Katharina fiel auf, dass sie ihren Mann über den grünen Klee lobte. Ganz im Gegensatz zu ihrer Mutter.

Inzwischen war die Witwe am Ende ihres Monologs angekommen. »Wie kann ich Ihnen sonst noch helfen? Ihre Kollegen haben …«

»… schon alles gefragt, ja. Frau Beitle, bitte denken Sie noch einmal nach. Gab es Streit? Wer würde von seinem Tod profitieren?«

»Aber … war es denn wirklich Mord?« Die Frau wirkte abwesend. »Ich meine, mit Sicherheit? Wer sollte denn Gerhard …?« Hatte der Arzt ihr Beruhigungsmittel verabreicht, die ihr Bewusstsein trübten? Offensichtlich hatten die Kollegen am Morgen mit Details gespart. Vorsichtig erzählte ihr Katharina das Nötigste, auch, dass er festgebunden gewesen war. Die Zahnstocher ließ sie fürs Erste weg. Die Frau würde ihren Mann ja im Laufe des Tages noch identifizieren müssen.

Katharina musterte sie verstohlen. Wieder presste die Witwe ihre Lippen zusammen. Nur nicht weinen. Wenn sie spielte, spielte sie gut.

»Haben Sie jemanden, der Sie in diesem schweren Moment unterstützt?«, fragte Alexander Schumacher.

»Bianca ist auf dem Weg. Sie war das Wochenende über mit einer Freundin in Dresden.« Ein dünnes Lächeln zog die schmalen Lippen auseinander.

»Und Ihre Jungs?«, hakte Katharina ein.

»Lucas ist immer so beschäftigt mit seinem Studium. Der hat gerade sein Auslandssemester in Costa Rica angefangen. Ist ein bisschen früher hingeflogen. Er wollte noch Urlaub machen und bei irgendeinem Hilfsprojekt mitarbeiten. Ich konnte ihn noch nicht erreichen, aber dort ist es ja auch noch mitten in der Nacht. Und unser Jüngster, der Tamino, macht Kunst in Berlin. Kinder werden halt flügge …« Irene Beitle begann zu weinen, so tonlos, dass Katharina es gar nicht gleich bemerkte. Dicke Tränen bahnten sich den Weg über ihre schmalen Wangen, ohne dass ihrer Kehle ein Laut entwich. Eigenartig, wie sie versuchte, sich trotzdem im Griff zu halten. Sie nahm ein Taschentuch aus der silbernen Box auf dem Glastisch, schnäuzte sich und kippte mit dem Oberkörper in Katharinas Richtung. Was sollte sie tun? Katharina schaute den Filderstädter Ermittler an, der ihr aufmunternd zunickte. Sie zögerte einen Moment, dann legte sie ihren Arm um die Schultern der Witwe. Der schmale Körper zitterte. Irene Beitle wirkte so verletzlich, und doch konnte Katharina nicht sagen, ob ihre Reaktion echt war oder nicht. Es gab Menschen, die weinten aus Verzweiflung über einen Verlust. Und es gab Menschen, die weinten aus Verzweiflung darüber, zu was sie fähig waren.

»Ist Ihr Mann gestern nach der Arbeit heimgekommen?« Samuel nestelte nervös an den Rändern des Notizblocks herum. Zu viel Emotion bügelte er sonst gern mit einem coolen Spruch ab.

»Er hatte gesagt, es würde wieder später. Er hatte so viel Geschäft, die ganzen kommenden Frühlingsmärkte, die ersten Feste … In diesem Jahr hat er den Zuschlag bekommen …« Frau Beitle rutschte wieder von Katharina weg, schnäuzte hingebungsvoll in ein neues Taschentuch und steckte das letzte in ihre bereits gut gefüllte Rocktasche, »… die 750-Jahr-Feierlichkeiten von Plattenhardt zu beschicken, den historischen Markt Ende Mai und das Festwochenende im Juli. Und dann fangen die Planungen für die Sommerfeste an, zudem wollte er erstmals das Krautfest in großem Stil beliefern.«

»Dann war er gestern Abend gar nicht zu Hause?«

»Er war immer lange bei der Arbeit.«

»Bei d'r Arbeit? Pah!«, schallte es plötzlich durch die einen Spalt geöffnete Küchen-Durchreiche. »Des glaubsch au bloß du! Meistens schloft d'r Gerhard auswärts oder unta em Arbeitszimmer!«

»Mutti!« Irene Beitle atmete tief ein. »Seit sie das verdammte Hörgerät hat, geht das so! Machst du uns einen Kaffee?«, und leiser: »Die Maschine ist so laut, dass sie uns nicht mehr hört.« Dabei zog sich ein kleines Lächeln über ihre schmalen Lippen.

»Für mich bitte nicht!«, wiegelte Katharina ab.

»Sehr gerne!« Schumacher trat unter dem Tisch gegen Katharinas Bein.

»Ich nehm auch einen!«, verkündete Samuel.

Und tatsächlich, hinter der Durchreiche trippelten Schritte davon, begleitet von widerwilligem Gemurre.

Frau Beitle trompetete in ein frisches Tuch und straffte ihren Rücken.

»Meine Mutter hält mir seit meiner Hochzeit vor, dass dieser Mann mich unglücklich macht und ich es nicht merke, weil ich zu naiv sei.«

»Waren Sie es denn? Ich meine … unglücklich?«

»Ach, wissen Sie … Den Gerhard muss man nehmen, wie er ist. Wie er war. Aber er war immer für mich und die Kinder da und hat ihnen nicht zuletzt eine gute Ausbildung gesichert.«

Um solch profane Dinge ging es nüchtern betrachtet vermutlich öfter, als man es sich vergegenwärtigte.

»Seine Pflichten hat er also erfüllt?«, fragte Schumacher.

»Und darüber hinaus. Er war ein guter Partner. Wenn auch einer, der selten da war. Aber wenn er da war …«

»… hot er älle rumkommandiert!«

»Mutti! Kaffee!«

»Die Maschin muss aufheiza! Ond a alde Frau isch koin D-Zug!«

»Und das Verhältnis zu Ihrer Mutter?«, fragte Samuel.

»Wir kommen aus einfachen Verhältnissen. Gerhard hat meinen Vater, einen Eisenbahner, unterstützt, als er damals an Krebs erkrankte. Mutti mischt sich überall ein. Aber als ich mit Kindererziehung und Gerhards Buchhaltung voll ausgelastet war, hat sie mich jeden Tag unterstützt.« Nichtsdestotrotz warf sie einen giftigen Blick auf die Durchreiche. »Und als Vati dann gestorben war und kurz darauf unser Sohn Lucas zum Studium ausgezogen ist, hat sie ihre Chance gesehen und gedroht, dass sie sich vor Kummer was antut, wenn wir sie allein in ihrer Wohnung in Echterdingen lassen.«

So war das also gewesen. »Harte Bandagen«, bemerkte Samuel.

»Wem sagen Sie das! Und seitdem mischt sie sich in alles ein. In wirklich alles. Gerhard hat schon mehrfach gedroht, sie rauszuwerfen. Nur wegen mir und den Kindern hat er es nicht gemacht.«

»Deshalb also Souterrain statt Dachwohnung.« Schumacher verstand es, den Finger in die Wunde zu legen.

Irene Beitle senkte den Kopf. »Sie bezahlt keinen Cent und der Kühlschrank ist immer voll.«

Die Fronten waren zementiert. »Gab es sonst etwas zum Lebensstil Ihres Mannes, das wir wissen sollten?«

»Viel Kaffee, Herzmittel, zu viel Arbeit.« Sie lächelte entschuldigend.

Diese Frau stand zu ihrem Mann. Oder sie tat zumindest so.

»Was, denken Sie, hat er dort auf dem Feld gemacht? Kennen Sie den Platz?«, fragte Katharina.

»Bei diesen historischen Kreuzen?« Frau Beitle lachte ironisch auf. »Bestimmt nichts. Vielleicht hat er den Tag der offenen Tür im Industriegebiet durchgesprochen, er macht ja überall das Catering.«

»Mitten in der Nacht?«, fragte Samuel.

»Schauen Sie sich im Büro um, vielleicht hat er etwas eingetragen. Den Kalender haben Ihre Kollegen ja schon. Aber von einem Termin weiß ich nichts.«

»Wie sonscht au«, schallte es erneut durch die Küchenöffnung.

Frau Beitle verschränkte die Arme vor ihrer Brust. »Ich verstehe das alles nicht. Ist er vielleicht angefahren worden und hat sich dort hingeschleppt? Oder wurde er überfallen? Warum sollte er da jemanden treffen?«

Frau Beitle war resistent gegen Tatsachen oder sie stellte sich offensichtlich unwissend. Katharina hatte ihr doch gerade gesagt, dass er an den Kreuzen festgebunden gewesen war. »Sie sagten, Sie machen die Buchführung?«

»Schon ein paar Jahre nicht mehr. Das ist mit seinen Firmen unübersichtlich geworden. Aber über die Vorgänge bin ich natürlich informiert.«

»Natürlich«, krähte es aus der Küche, was der Durchreiche erneut einen bösen Blick einbrachte.

Da Agathe Schmied offensichtlich zu sehr mit Lauschen beschäftigt war, gab es weder für Herrn Schumacher noch für Samuel Kaffee. Und so tauschten die Beamten noch ein paar Floskeln mit Frau Beitle aus, und Katharina bot Hilfe von Seiten der Polizei an, falls die Witwe Lucas weiterhin nicht erreichte oder sonstige Unterstützung benötigte. Die drei Sprösslinge der Beitles sollten sie unbedingt kennenlernen, das stand fest.

* * *

Kurz darauf standen sie unterhalb des Eingangstors bei ihren Dienstwagen. Katharina brummte der Kopf. Erst diese undurchschaubaren Gehringers und jetzt die allzu trauernde Witwe. Nun mussten noch die Alibis der engsten Mitarbeiter überprüft werden, und auch im Rotlichtmilieu gab es vielleicht Spuren. So oder so arbeiteten die Kollegen mit Hochdruck an jedem kleinsten Hinweis. Doch eine heiße Spur sah anders aus.

»Können Sie uns vielleicht etwas über Beitles Umtriebe auf den Fildern erzählen?«, fragte Samuel Alexander Schumacher.

»Über Gerhard Beitle als Person weniger, aber über seine Rolle für die Filderebene auf jeden Fall.« Als er das sagte, schaute er Katharina direkt in die Augen.

»Dann fahren wir jetzt zu Ihnen aufs Filderstädter Revier?«

Katharina merkte sofort, dass der Satz anders klang, als er sollte. *Zu dir oder zu mir?*

»Revier? Da weiß ich um diese Zeit was Besseres. Fahren Sie mir hinterher.« Damit stieg Schumacher in seinen Wagen.

Zweimal rechts abbiegen, dann ging es geradeaus einen gut ausgebauten Feldweg entlang, und schon hielt Schumachers Streifenwagen inmitten der Streuobstwiesen vor einer Art Biergarten. Über den offenen Feldern lag feiner Bodennebel, und die Sonne blinzelte hinter einer Wolke hervor. Sie stiegen aus, und Katharina entdeckte die beiden Pferde von vorhin wieder, die weiter unten auf dem sanft abfallenden Gelände an der Sandbühlstraße standen und neugierig zu ihnen hochschauten. Von hier aus überblickte man das Bombachtal. Sah man auch die Beitle-Villa? Tatsächlich ließ sich ein Dach zwischen den Bäumen erahnen. Doch sobald der Wald sein Blätterkleid trug, würde das Anwesen unsichtbar sein. Abgeschieden und für sich zu sein, das war für manche Leute der größte Luxus.

Ihr Filderstädter Kollege saß noch im Wagen und telefonierte, und so vertraten sie sich die Füße. Katharina atmete die kühle Luft ein. Ein Huhn gurrte freudig, legte den Kopf schief und bahnte sich einen Weg durchs Gras. Offensichtlich erwartete es, von den Fremden gefüttert zu werden. Samuel schlenderte zum Eingang hinüber.

»Und was wollen wir jetzt hier, Katharina?« Ein herzhaftes Gähnen folgte.

Das wusste sie auch nicht so genau. »Kennenlernen und ein erster informeller Informationsaustausch? Mehr über Beitle erfahren?«

Ein sehr alter Mann kam aus einem der Ställe, einen Korb mit Stroh unter dem Arm.

»Guten Morgen«, grüßte Samuel. Der Mann hob die Hand zum Hut, dann zurrte er seine Ladung fest und stieg auf sein Fahrrad.

Katharina grinste. »Mann, du hast ja tatsächlich Manieren. Das glaubt man gar nicht!«

»Auf dem Land, da grüßt man sich halt«, meinte er schnippisch, während ein Fasan hinter seinem Gitter den Kopf schief legte. »Warum steigt der Schumacher nicht aus?«

Aha, auf dem Land grüßt man sich halt. Und das ausgerechnet aus Samuels Mund. Sie warteten vor Schumachers Wagen, bis er ausstieg. »Ist das Ihr Buch?«, fragte Katharina mit Blick auf den Beifahrersitz.

»Mein Streifenwagen, mein Buch«, erklärte er ernst.

Samuel Schroth rollte mit den Augen und versuchte den Titel zu lesen. »Schaut alt aus.«

»Wie ich halt«, erwiderte Alexander Schumacher und sah dabei Katharina an. Erwartete er eine Entgegnung?

»›Der Fürst‹, interessant. Haben Sie das heute Morgen als Recherchematerial zu Gerhard Beitle eingepackt oder geht es um eigene Karrierepläne?«, fragte sie stattdessen.

Er lachte. »Sie kennen Machiavelli? Meiner Meinung nach ist ein Fürst weniger besser als einer mehr. Und das Höhere ist oft auch mit höheren Pflichten verbunden.« Das Blitzen in seinen Augen verursachte bei Katharina einen beschleunigten Herzschlag.

»Der heimliche Leitspruch aller Kriminalbeamten: ›Sieh das, was ist, nicht das, was sein soll.‹« antwortete sie. Also ein Mann, der gerne las. Das einzige Buch, das ihr Ex gelesen hatte, war Dieter Bohlens Biografie gewesen.

»Und der Zweck heiligt die Mittel. Da sollten wir tatsächlich mal drüber diskutieren.« Schumacher hielt den beiden Kommissaren die Tür zum »Hasenheim« auf.

Katharina schmunzelte. Jetzt waren sie tatsächlich schon beim Abklopfen von Interessen angekommen. »Erwarten Sie nicht zu viel, bei mir rufen abends eher Sofa und Fernseher«, erklärte sie ehrlich. Seit ihrer Trennung hatte sie kein Date gehabt und auch keine Lust verspürt, jemanden zu treffen, obwohl das alles schon über ein Jahr zurücklag. Manchmal fragte sie sich, ob dieses Verhalten immer noch zum Verarbeitungsprozess gehörte oder ob sie sich schon gehen ließ.

»Wir könnten mal …«

»*Ihr* könntet euch eure Briefmarkensammlungen nach Dienstschluss zeigen«, motzte Samuel und eilte durch den Flur, um Katharina die Tür zum Gastraum aufzuhalten. Sonst ließ Samuel ihr die Tür eher vor der Nase zufallen, als sie extra aufzuhalten. Katharina beschloss, die Sonderbehandlung zu genießen, solange sie anhielt. Es schien ihm ganz offensichtlich nicht zu passen, dass er nicht die einzige männliche Hauptrolle in ihrer ermittlerischen Dreisamkeit spielte. Wenn dieses Gegockel nicht so peinlich gewesen wäre, Katharina hätte sich geschmeichelt gefühlt.

»Anhalten«, forderte Schumacher und deutete auf die Bodenfliesen vor dem Gastraum. »Hier passieren Sie den Tatort eines der seltenen Morde Filderstadts.«

Katharina versuchte etwas ungelenk, einen großen Schritt über die Stelle zu machen, während der Beamte vom Mord an einer Putzfrau erzählte, der vor ein paar Jahren im Hasenheim stattgefunden hatte. »Kaltblütig erschlagen mit einer Weinflasche wurde sie …«

Das Gefühl der Beklommenheit traf sich unpassenderweise mit feinem Bratenduft, und beide rangen um Katharinas Aufmerksamkeit: Dem Geruch nach zu urteilen wurden hier bereits Vorbereitungen für den Mittagstisch getroffen. Ein Blick auf die Uhr, erst kurz nach zehn. Der Geräuschpegel war trotzdem beträchtlich, auch weil sich am Stammtisch eine Gruppe älterer Herrschaften versammelt hatte, allesamt mit Wanderstöcken ausgestattet. Einen kurzen Moment herrschte Ruhe, weil die Leute Schumachers Uniform wahrnahmen, dann ging das Geschnatter unbeirrt weiter. Das mit den Uniformen war so eine Sache, die Kollegen von der Streife trugen sie, Mitarbeiter der Kriminalpolizei nicht. Trug man Uniform, verschaffte man sich Respekt. Trug man sie nicht, kam man manchmal weiter.

Aufgrund des Lärmpegels schlug Schumacher vor, sich nach draußen zu setzen, und so nahmen sie auf Holzbänken unter einer Überdachung Platz. Gut, dass Katharina am Morgen den warmen Mantel angezogen hatte. Ende März hatte die Sonne noch nicht viel Kraft, und hier oben auf den Fildern war es ein paar Grad kühler als in Esslingen oder Stuttgart.

Wenig später brachte die Bedienung drei dampfende Kaffeepötte.

»Etwas frisch, aber hier lässt es sich etwas privater reden. Sind sie nicht schön, unsere Streuobstwiesen?« Schumacher lehnte sich zurück und ließ den Blick schweifen.

»Samuel kriegt doch schon in Stuttgart Kleinstadt-Beklemmungen«, witzelte Katharina.

»Woher kommen Sie denn?« fragte Schumacher neugierig.

»Stuttgart«, sagte sie. Dass sie ihre Kindheit in Frankfurt verbracht hatte, spielte keine Rolle.

Katharina zog den Mantel enger und umklammerte ihre heiße Tasse.

»In Stuttgart gibt's Feinstaub, und hier haben wir letztendlich auch alles, nur bessere Luft«, meinte Schumacher. »Die Leute laufen lieber auf dem Laufband, anstatt in den schönen Wäldern eine Runde zu drehen. Die Stadt macht immer alles so kompliziert.«

Katharina nahm aus den Augenwinkeln wahr, wie sich Samuels Nüstern aufblähten. Er liebte das Training im Studio. Auf dem Laufband konnte er seinen durchtrainierten Körper wohl besser präsentieren als in irgendwelchen malerischen Wäldern.

»Und Sie leben und ermitteln hier in Filderstadt?«

»Nein, ich wohne in Aichtal. Aber wenn man seine Kindheit hier in der Gegend verbracht hat, kennt man jeden Stein.« Schumacher nippte am Kaffee. »Nennt mich doch einfach Alex. Was wollt ihr wissen?«

Katharina konnte sehen, dass Samuel dieses so plötzlich angebotene ›Du‹ nicht recht war. Gleichwohl rührte er Zucker in den Kaffee und nuschelte: »Samuel.«

»Katharina«, sagte Katharina und sah Alexander einen Augenblick zu lange in die Augen. Zum Glück saßen sie, und so fiel das Zittern ihrer Knie nur ihr selbst auf. Was war denn los mit ihr? Vor gerade mal ein paar Stunden war ein Mord passiert, und sie hatten noch nicht einmal richtig damit begonnen, die Fäden auseinanderzusortieren. Und dann kam zum unpassendsten Zeitpunkt auch noch jemand daher, der ihre Gefühle in Aufruhr versetzte. Hoffentlich waren ihre Backen nicht allzu rot. Dieser Mann brachte sie mehr durcheinander, als es für die Ermittlungen gut war. Nicht viel besser machte die Sache der Umstand, dass er sie ebenfalls reizvoll zu finden schien, so wie er sich mit einer Hand durchs kurze Haar strich und immer wieder ihren Blick suchte.

Sie atmete tief ein. Zurück zum Fall, Professionalität waren sie jedem Opfer schuldig. »Hast du irgendeinen Ansatz für ein Motiv, Alexander?«

In knappen Worten schilderte er sein Wissen über das Opfer. Leider brachte das nicht viel Neues. »Beim letzten Tag der offenen Tür im Bernhäuser Revier hat Beitle die Bewirtung übernommen, daher kannte ich den Namen.« Er zuckte mit den Schultern.

»Ist dir dabei was aufgefallen?«, fragte Katharina.

Der Kollege dachte kurz nach und schüttelte dann den Kopf. »So wie Gastro sein soll: auffällig unauffällig. Es gab Würstchen, Pommes und Flammkuchen, viel mehr braucht's ja nicht, um die Familien glücklich zu machen. Einmal hat Beitle auf dem Parkplatz hinter dem Revier gebrüllt wie ein wild gewordener Löwe. Ein Mitarbeiter hatte vergessen, sich um Nachschub für die Getränke zu kümmern, glaube ich. Unser Revierleiter hat nur gelacht und gemeint, solche Leute bräuchte es mehr, dann würde die Jugend nicht vom rechten Weg abkommen.«

»Überall gleich, diese Leiter«, bemerkte Samuel, während Katharina sich diesen Teil nur dachte.

»Also war Beitle ein durchsetzungsstarker Macher. Was halten Sie … hältst du von einer Ritualmord-Theorie?«

»Wegen der Kreuze?« Seine Stirn legte sich in Falten. »Ich glaube nicht daran«, fuhr er fort. »Die meisten Morde haben schlichte Hintergründe, und bevor eine Gruppe aus religiösem oder rituellem Anlass solche Dinge anstellt, gibt es meistens andere Vorzeichen. Schwarze Katzen, denen der Schwanz abgetrennt wird, geschächtete Tiere auf der Wiese …«

»Woher kennst du dich so gut aus?«, fragte Katharina beeindruckt.

»Ich habe mich intensiver mit außereuropäischen Ansätzen zur Verbrechensermittlung befasst.«

Samuel sah Alexander mit großen Augen an. »Für die Streife? Mit FBI- und Profiling-Methoden?«

»Soweit würde ich nicht gehen«, wiegelte Alex ab, dem die Aufmerksamkeit sichtlich unangenehm zu sein schien. »Ich bin nur ein einfacher Streifenbeamter und schätze die Ruhe in diesem Job. Aber das Wichtigste ist, die Spuren zu deuten und …«

»… Spuren gibt es überall«, schloss Katharina.

»Genau! Mein Satz.«

»Spuren sind eben unser Job.« Katharina öffnete den Mund, um über die Erfahrungen aus ihrem ersten Profiling-Seminar zu berichten, aber dann schloss sie ihn wieder.

Wollte sie ihn beeindrucken? Das klang so unprofessionell, noch dazu hatte sie selbst bezahlt, weil die Staatskasse ja leer war und sie keine Mitarbeiterin des BKA. »Bei kniffligen Fällen werden Fallanalytiker hinzugezogen«, sagte sie knapp.

Alexander nickte. »Wenn ihr überhaupt benachrichtigt werdet. Aber für eine kleine Tierquälerei, einen abgeschnittenen Kaninchenkopf oder ähnliches, da gibt's oft gerade mal 'ne Anzeige gegen Unbekannt und aus die Maus. Ist wie Fahrraddiebstahl, wo soll man da groß anfangen? Sogar bei den vergifteten Hundeködern sind wir meistens zu spät. Die Dinger sind weg, bevor wir irgendwelche Spuren sichern können. Erst wenn kein kleines Wildtier oder ein Raubvogel, sondern tatsächlich ein Hund dran zugrunde geht oder wir einen Köder unversehrt finden, dann haben wir etwas, aus dem wir Informationen ziehen können. Aber finden können wir die Täter in den seltensten Fällen. Widerlich.«

»Was hast du gesagt: Hundeköder von Ritualmördern?«

»Das war nur ein Beispiel. Wer so was macht, neigt auch zu anderen Perversitäten. Manchmal sind solche Taten eine Art Initialzündung. Aber meistens sind diese Hunde- oder Katzenmörder Einzelgänger, die ein Ventil für ihren Frust suchen.«

Ein Köder hatte Beitle bestimmt nicht zu Fall gebracht dort auf dem Feld. »Zurück zum Ritualmord. Du meinst, wir können diesen Ansatz hier in der Provinz ausschließen?«, fragte Samuel.

»Provinz?« Alexander schaute Samuel leicht beleidigt an. »Wo kommst du denn her? Der Stuttgarter Flughafen liegt zum Großteil auf Bernhäuser Gebiet, dazu die Messe. Filderstadt ist der Nabel Baden-Württembergs!«

Samuel errötete. »Ganz meine Rede«, antwortete er kleinlaut.

Katharina schüttelte den Kopf. Dieser opportunistische Mistkerl! Sonst war er immer der Erste, der über hochgeklappte

Bürgersteige schimpfte, wenn die Esslinger Einzelhändler, die im Gegensatz zu den Ketten schließlich alle selbst hinter der Kasse stehen mussten, um sechs oder halb sieben abends ihre Geschäfte schlossen.

Sie setzte den Kaffee an und genoss die Wärme, die sich in ihrer Kehle ausbreitete und dort einen Moment vorhielt. Das Federvieh hatte inzwischen Verstärkung geholt, nun schritten die Tiere gemeinsam unter den Außentischen mit den zusammengestellten Stühlen herum. Es war ein idyllischer Platz, da hatte Alexander recht. Noch kahle, knospende Apfelbäume, ein verlassener Spielplatz mit taufeuchten Spielgeräten, die grüne Wiese, weitere Koppeln, die an das Gelände anschlossen, und in der Ferne ein Reitstall. Die Natur erwachte aus dem langen Winterschlaf. Bald würden hier die Gäste warme Sonnenstrahlen genießen, die Kellner mit genervtem Blick schwere Tabletts vor sich hertragen und tobenden Kindern ausweichen.

Samuel fragte Alexander nach seinen Fällen, während Katharina verstohlen seine Hände mit den langen, feingliedrigen Fingern betrachtete. Am linken Ringfinger deutete eine helle Stelle darauf hin, dass er über längere Zeit einen Ring getragen hatte. Verdammt. Es galt, einen Mord aufzuklären, und eine heiße Spur zu finden, nicht, die Hände eines Filderstädter Streifenpolizisten zu untersuchen. Katharinas und Alexanders Handys klingelten fast zeitgleich. Alexander nahm ab und verschwand in einem Gang, der zu den Vogelgattern führte. Was gab es denn so Geheimes, dass er aufstand und wegging?

»Bundschuh?«, fragte Katharina und ärgerte sich, dass sie nicht mithören konnte. »Ja, wir sind im Moment in Bonlanden … Nein, nicht Plattenhardt, aber nebendran … Noch mal? … Nein, nicht möglich …« Katharina nickte ihrem Kollegen zu, synchron leerten sie ihre Tassen.

Samuel legte Geld auf den Tisch. »Geht auf mich. Was ist?«

Katharina konnte sich über die neue Großzügigkeit ihres Partners nicht lange wundern. »Ein Wachmann aus dem Industriegebiet hat ausgesagt, dass er gegen zwei Uhr helles Licht bei den Kreuzen gesehen hat.«

»Und dann ruft er nicht gleich die Polizei oder schaut mal eben nach, was da los ist?«

»Er meinte wohl, dass die Bauern nachts wie immer mal wieder auf den Feldern arbeiten, und er hat sich erst keine Gedanken gemacht.«

»Aber doch nicht bei dem ekligen Wetter. Ist doch keine Ernte.« Oder war schon Spargelzeit? Katharina kochte eindeutig zu wenig. »Meint er vielleicht unsere Leute? Missverständnis ausgeschlossen?«

»Wann hast du mich geweckt? Nach vier? So falsch kann er die Uhrzeit nur eingeschätzt haben, wenn er ein Nickerchen gemacht und dem Chef irgendeine Lügengeschichte aufgetischt hat.«

»Soll vorkommen. Also nochmal zu den Gehringers?«

»Aber gerne!«

Auch Katharina freute sich diebisch darauf, die Anwohner mit ihrem lauschigen Beobachtungsplätzchen mit der Sache zu konfrontieren. Ein Überraschungsmoment sorgte oft für Abstimmungsschwierigkeiten und zeigte damit einen Blick hinter die Kulissen. Keine Zeit mehr für neue Lügen.

Alexander Schumacher tauchte erst auf, als sie gerade in den Wagen stiegen. Warum wirkte er mit einem Mal so nervös. Ein anderer Fall? Doch bevor Katharina fragen konnte, informierte ihn Samuel schon über die Neuigkeiten.

»Da komm ich gerne mit!« Damit zwinkerte Alexander ihr zu und stieg in seinen Dienstwagen.

* * *

»Wer genau hat ihn gefragt, ob er mitkommen will?« Samuel erinnerte sich nun wieder daran, dass er den Filderstädter nicht mochte.

»Und wer hat ihm gesteckt, was wir vorhaben?« Katharina kämpfte mit widerstrebenden Gefühlen. Einerseits freute sie sich über Alexander mit seinem Wissen über Leute und Gegend als willkommene Unterstützung. Andererseits machte er sie ganz allgemein nervös. Wieder andererseits machte er sie aus dienstlichen Gründen nervös. Kamen ihr seine Telefonate seltsam vor, weil ihre Gefühle irgendwelchen Frühlingsmist produzierten? Vermutlich hatte er den Tisch nur deshalb zum Telefonieren verlassen, um sie mit seinem Gespräch nicht zu stören, und nicht, weil er Geheimnisse vor ihnen hatte. Ihr Misstrauen vernebelte Katharina manchmal die Sicht. Da war es wieder, dieses nervöse Flattern im Magen. Na danke. Wahrscheinlich nur der starke Kaffee. Und vielleicht ein bisschen seine meerblauen Augen. Aber wirklich nur ein ganz kleines bisschen.

Schwungvoll wendete Katharina den Wagen, und die Reifen drehten auf dem Kies des Parkplatzes durch.

»Denk an herumstehende Straßenschilder«, warnte Samuel.

Sie folgten dem Streifenwagen, passierten einen Friedhof und durchfuhren ein ruhiges Wohngebiet. Ein Fehler, dass Katharina in Gedanken war und nicht auf Samuels Gestichel reagierte, denn mangels Reaktion setzte er gleich nach. »Ich bin da, um Ihnen meine Unterstützung anzubieten …«, imitierte Samuel genüsslich Alexanders tiefe Stimme, dann fügte er mit schriller, hoher Stimme hinzu: »Oh, was lesen Sie denn da? Einen Stracciatelli?«

»Trottel!« Wie passend, dass sie gerade eine Eisdiele an der Metzinger Straße passierten, vor der zwei riesige Kunststoffeishörnchen lockten. »Komm, schlaf ein bisschen. Dein

Kopfweh verwirrt deinen Geist. Wenn du einen hast.« Strenggenommen durfte Katharina sich gar nicht aufregen, schließlich machte sie auch dauernd Witze auf seine Kosten. Aber bei ihr gab es generell und speziell in Alex' Fall keinen, aber auch gar keinen Grund für Scherze.

»Packt der seinen Stracciatelli eigentlich immer gleich aus oder macht er das nur für dich?«

»Schrothi, für keinen Stracciatelli der Welt würde ich dich eintauschen!«, zwinkerte Katharina und bemerkte an der nächsten Ampel mit wohligem Schauer Alexanders Blick über den Rückspiegel.

»Also, ich weiß nicht ... irgendwas ist faul an dem.« Samuel kratzte sich am Kopf. »Er verbirgt irgendwas, das steht fest.«

Mit männlicher Konkurrenz kam er nicht zurecht. Katharina versuchte, ein Grinsen zu unterdrücken. Ein Traktor mit Tempo-20-Aufkleber schob sich zwischen die beiden Autos. Sein Abgas vernebelte ihnen die Sicht.

Während Katharina fluchte und den Rauchwolken auszuweichen versuchte, hauchte Samuel verzückt: »Ein Fendt!«

»Fendt hin oder her. Was der an Ruß ausstößt, ist bestimmt nicht legal«, knurrte Katharina. Immerhin war es bis zum Tatort nur ein Katzensprung, den würden sie auch ohne Ortskenntnis wiederfinden.

Jetzt klingelte auch noch Samuels Handy. »Hallo Angie«, gurrte er leise. Volltreffer! Dann hatte sie also richtig gelegen mit ihrer Vermutung über die aktuelle Herzdame.

Leider konnte sie dem Gebalze nicht folgen, denn nun ertönte eine Glocke, die langsam lauter wurde. Dann setzte die Gitarre ein. Mist, Katharinas privates Handy. Was war denn heute los?

Samuel feixte. »Hells Bells! Katharinas Mami! Nein, Angie, wir sind auf den Fildern bei einer wichtigen Ermittlung.

Wie, mit wem? Du kennst doch meine Kollegin Katharina Bundschuh.«

Du kennst doch meine Kollegin. Der Klang seiner Worte ließ sie sich gleich um zwanzig Jahre älter fühlen. Andererseits – das hörte sich schon eher nach dem echten Samuel an als dieses Türeaufhalten und Kaffeebezahlen von vorhin.

»Schrothi, diesen Klingelton verwende ich nicht nur für meine Mutter.« Katharina kramte das Handy aus der Jackentasche und gab es Samuel, während sie weiter hinter dem Traktor herschlichen, mit geschätzten 15 Stundenkilometern in der 50er-Zone. Und keine Chance zum Überholen. Ein Passant musterte die schwarzen Wolken und schüttelte den Kopf.

»Verbind mich bitte mal über die Anlage.«

»Aber ich tele… na gut. Angie, ich rufe dich gleich … «

Samuel tippte auf das Display der Multimedia-Anlage, und von einer Sekunde auf die andere erfüllte markerschütterndes, wütendes Geheul den Streifenwagen. Eine Kinderstimme trillerte sich in furchterregende Höhen.

»Was zum …? Nein, Angie, ich hab' keine Kinder. Ich habe dir doch gesagt, ich ermitt… Verdammt! Legt die einfach auf! Mein Gott, was ist hier überhaupt los?«

»Ich sehe aus wie ein verdammtes Einhorn!«, heulte eine Männerstimme parallel zum Babygebrüll aus der Anlage.

»Hallo, Lorenz.« Katharina verdrehte die Augen.

»Ich glitzere! Alles an mir glitzert«, heulte ihr Bruder hemmungslos in die Freisprechanlage. Er schien nicht mitbekommen zu haben, dass Katharina nicht allein war. Noch nicht.

Ließ er sich bei seiner Frau Viola eigentlich auch so gehen oder nur bei ihr? Die laxe Erziehung durch liberale Lehrer-Eltern und dazu noch eine große Schwester, die ihn viel zu oft gegen das Böse beschützt hatte. Wie sollte er sich da zu einem selbständigen Mann entwickeln?

»Ich glitzere!«, heulte er erneut, und sein jüngster Spross fiel – wohl aus Solidarität – wieder mit ein.

»So genau will ich mir das gar nicht vorstellen. Was ist denn passiert?« Katharina versuchte sich auf den Verkehr zu konzentrieren. Zum Glück war mangels Geschwindigkeit die einzige Anforderung, inmitten der Rußwolken nicht auf den Traktor vor ihnen aufzufahren. Dieses Geplärre raubte einem wirklich den letzten Nerv!

»Katha, hör auf, mit den Augen zu rollen! Ich merke das!« Lorenz schwieg einen Moment, wohl um Kraft für sein erneutes Gejammer zu sammeln. »Viola ist seit drei Tagen auf einer Tagung. Und hat Lena, Carli und mich ganz allein gelassen!« *Wie konnte sie nur!* »Ich bin nur noch beim Kochen, Wickeln, Geschichten vorlesen und beim Putzen. Und ... und ich musste auch waschen!« *Tapferer Lorenz!* »Und dann hab' ich dieses unselige Dingens ... Prinzessinnenkleid mit meinen Sachen gewaschen. Und jetzt ...«, seine Stimme brach.

»... hast du überall Glitzer.«

Samuel prustete los.

»Ist da jemand?«, fragte Lorenz alarmiert.

»Nein, Lorenz.«

Er holte tief Luft. »Glitzer. Genau. Überall. Sogar auf dem Autositz. Ich habe Lena gerade im Kindergarten abgegeben, bringe den Kleinen jetzt zur Tagesmutter, und gleich ist das Meeting mit den wichtigen Geschäftspartnern aus Schweden. Und jetzt, wo's hell ist, schauen mich alle so an. Und ich sehe, dass ich ...«

»... überall glitzere, ja. Tröste dich, ich habe gehört, dass die Schweden männlicher Beteiligung an der Erziehungsarbeit total offen gegenüberstehen, sogar in der Chefetage.«

Allgemeinplätze beruhigten bekanntermaßen.

»Du meinst, dann ... Da war es schon wieder! Als ob

jemand ein Lachen unterdrückt. Ein Mann! Katha, bist du wirklich alleine?«

»Ich leg jetzt auf, Kleiner. Denk dran: Das Funkeln verbessert womöglich deine Verhandlungsposition!« Katharina hatte für die Probleme ihres jämmerlichen Bruders gerade noch weniger Verständnis als sonst.

Samuel krümmte sich im Autositz und gurgelte. Das Lorenz-Lamento hatte ihn offenbar fürs Angie-Desaster entschädigt. »Katha! Hihi … Das kannst du echt nich' bringen! Ich mein, wenn dein Lorenz glitzert, dann denken die Führungskräfte nicht, dass er ein guter …«, Lachen, Prusten, »… dann denken die eher, dass er …«

»Vergiss das Atmen nicht! Und aus der Ferne kann ich ihm jetzt auch nicht helfen, also stärke ich ihn lieber mental …« Mehr oder weniger konzentriert versuchte Katharina, die Spur zu halten, als sie den Bonländer Ortsrand und eine Kirche passierten. Nur nicht an den glitzernden Lorenz denken … Was war das für ein Tag heute? Sie brauchte ihren Kopf. Was also war der denkbar beste Kontrast? Genau. Den hatten sie am frühen Morgen auf dem Feld gefunden.

»Die Gehringers verbergen etwas, aber kommen sie dir wie potentielle Täter vor? Kannst du dir vorstellen, dass eine der beiden Beitle-Frauen die Finger im Spiel hat bei seinem Tod?« Das Thema beruhigte Katharinas Zwerchfell in Millisekunden.

»Weiß nicht …« Samuel zuckte mit den Schultern.

Ob Frau Beitle ihre Trauer nur gespielt hatte? Äußerst bemerkenswert war jedenfalls, wie schnell sie die Beerdigung zu regeln begann. Dabei würde es noch dauern, bis der Körper ihres Mannes freigegeben werden konnte. Wenn man Irene Beitle gegenübersaß, deuteten Mimik und Gestik tatsächlich auf Trauer hin, schon allein für die bessere Bewertung ihrer Körpersprache hatte sich das Fallanalytikerseminar schon gelohnt. Was für eine Wut hätte sie im Bauch gehabt haben müssen, um ihm diese Zahnstocher in die Augenlider … widerlich. War es möglich, dass sie jemanden beauftragt hatte? Oder täuschte ein Täter diesen Hass nur vor, um von sich abzulenken? Dann mussten sie von einem planvoll vorgehenden Mörder ausgehen, und die waren selten. Bei Morden mit mafiösem Hintergrund hatte jede Hinrichtungsform allerdings ihren Sinn. Aktuell prüften Kollegen, ob eine solche oder ähnliche Tat irgendwo auf der Welt schon einmal begangen wurde. Und trotzdem. Ihr Gefühl sagte ihr, dass Beitles Mörder aus seinem näheren Umfeld stammte, geschäftlich oder privat.

Endlich eine Lücke und die Chance, den Traktor zu überholen. Katharina drückte aufs Gas.

»Bestimmt war's die alte Frau Schmied.« Samuel schien über das Gleiche nachzugrübeln.

»Sie hätte sowohl Motiv als auch die nötige Verschlagenheit, aber hier wird es schwierig mit der Beweislage. Äußerst schwierig. Selbst ist sie ja wohl kaum in Aktion getreten, und wenn sie es nicht war, wie hätte sie potentielle Täter ansprechen sollen? In Stuttgart im Schlosspark? Eine Annonce in einem regionalen Blatt?« Katharina dachte über den Text nach. »*Heikles Aufträgle zu vergeben, Bezahlung nach Ausführung ond Erbschaft gesichert. Sie könnet Blut sähen ond send net zimperlich? No meldet Se sich – gern anonym – under Chiffre …*«

»Kein Chiffre, die Gebühr zahlt kein echter Schwabe«, rügte Samuel. »Und nebenbei gesagt, dein Schwäbisch ist armselig.«

Sie überhörte den Kommentar. »Was hat die Beitle gesagt, 87 Jahre ist ihre Mutter? Und nicht mit eigenem Vermögen gesegnet.« Auf den ersten Blick war die These des Auftragsmordes also unwahrscheinlich, nichtsdestotrotz musste sie überprüft werden. Dann blieben noch Kollegen, Geschäftspartner, die Witwe und zu guter Letzt auch die Kinder der Beitles. Natürlich schien es weit hergeholt, dass ein Kind des Opfers zum Täter werden könnte, und doch kam es öfter vor, dass offene Rechnungen innerhalb der Familie scheinbar aus heiterem Himmel in einem Gewaltexzess beglichen wurden.

Sie passierten die langgezogene Kurve der Osttangente, die die Filderstädter Ortsteile Bonlanden und Plattenhardt verband. Katharina entdeckte Alexander schon von Weitem, wie er auf der Verkehrsinsel stand und den Richtungspfeil geraderückte. Die Erde drumherum stampfte er sorgsam mit seinen Schuhen fest.

»Das macht er richtig gut. Darf er dich eigentlich auch schon Katha nennen?«

Katharina verzog das Gesicht, sie hasste diesen Kosenamen. Sie parkte im Gras neben dem Feldweg, zur Sicherheit gleich in Fahrtrichtung.

Das blaue Schild stand jetzt so gerade wie vermutlich seit seiner Errichtung nicht mehr. Alexander betrachtete sein Werk stolz mit in die Seiten gestützten Fäusten. Dann kippte es ohne Vorwarnung erneut. Der weiße Richtungspfeil zeigte nun direkt in den Boden.

»Scheißding!« Ihr Filderstädter Kollege schien sich auf einen längeren Kampf mit dem Schild vorzubereiten, nun stellte er sich mit seinem ganzen Gewicht auf den Betonsockel und packte die Stange, als ob er sie erwürgen wollte. Vorsichtig nahm er dann erst den linken, dann den rechten Fuß weg. Nun endlich stand das Verkehrszeichen, wie es stehen sollte.

»Hast ihn schon gut im Griff«, flüsterte Samuel beeindruckt.

Alexander kam mit stolzgeschwellter Brust von der Fußgängerinsel herüber.

»Danke!« Katharina lächelte und war sich bewusst, dass Samuels Blick in ihrem Rücken brannte.

Noch bevor sie auf dem Weg zu den Gehringers die Steinkreuze passiert hatten, kam der Traktor von vorhin über den Hügel geholpert. Ein alter Herr grüßte von seinem Sitz herunter, und innerhalb eines Moments verdunkelten die Rauchwolken den Himmel. Katharina signalisierte ihm, stehenzubleiben.

»Grüß Gott! Koh i Ihna helfa?«

»Haben Sie in der letzten Nacht etwas Ungewöhnliches bemerkt?« Katharina musste schreien, um das Tuckern des Traktors zu übertönen. Und dieser Gestank! Was fuhr man zu dieser Jahreszeit eigentlich überhaupt mit Traktoren herum? Die Felder hier sahen nicht so aus, als würden sie schon bewirtschaftet.

»Jetzt kommet Ihr au noh! Mir wohnet gleich doh driba, auf em Kahrerhof!« Der Mann zeigte mit unbestimmter Geste übers Feld. »Mei Dochter hat's Ihre Kollega doch scho erzählt, doh war a Licht, a Art Flutlicht. Mehr hen mir net gsäha. Vielleicht die Zuzogene do? Oder beim Hoflädle?«

Zugezogene? Meinte er die Gehringers? Sie machten nicht den Eindruck, erst kürzlich hergezogen zu sein. »Wann etwa haben Sie das Licht bemerkt?«

»Ha, mitta en d'r Nacht. Noch de einse. Mir dachtet, dass des die Greane waret. Des hat die Beate Ihre Kollege au scho gsagt.«

»Was? Die Grünen?« riefen Samuel und Alexander gleichzeitig.

»Die Grünen?«, wiederholte Katharina, die das Wort ›Greane‹ nicht auf Anhieb hatte deuten können. Hatte Beitle – mit Sicherheit ein konservativer Geist – etwa Ärger mit einem anderen politischen Lager gehabt? Und war es die übliche Vorgehensweise der Grünen, ihre Gegner hinzurichten und an historische Kreuze zu binden? Das Umland hätte nach den Stuttgart-21-Demonstrationen voll sein müssen mit festgebundenen Toten.

»Ha, Ihre Leit halt!« Der alte Mann drehte seinen Kopf zum Streifenwagen. »Die Greane! Momend, ach, i kohs m'r net merka. Ihr seid ja jetzt Blaue. Rufed Se oh, wenn Se noch was brauched!« Damit drückte er aufs Gas. Das Fahrzeug setzte sich knatternd in Bewegung, Rauch und Gestank stiegen ins Unermessliche.

Katharina hustete. Sowohl der Sicherheitsdienstmitarbeiter als auch dieser alte Bauer hatten bestimmt nur die Beamten am Tatort gesehen. Andererseits waren es jetzt sogar zwei Zeugen, die das Licht um zwei statt um vier gesehen hatten.

»Ein Fendt! «, hauchte Samuel mit verklärtem Blick.

»Du wiederholst dich. Hast also auch du versteckte Leidenschaften.« Katharina dachte mit Grausen an den Stuttgarter Feinstaubalarm. Dieses Fahrzeug brauchte vermutlich nicht mal Hilfe dabei, die gesamte Innenstadt im Alleingang zu vernebeln und trotzdem würde es mit Sicherheit eine Ausnahmegenehmigung bekommen.

Alexander schmunzelte und erzählte beiläufig, dass er beim Herfahren beobachtet hatte, dass jemand auf dem Kleintierzüchtergelände arbeitete, und dass er gerne einen Abstecher machen würde.

»Dann schauen wir erst mal da vorbei«, entschied Katharina. Vielleicht hatten die Züchter Kameras auf dem Gelände. Missbilligend spähte sie zum Gehringer-Haus hinüber, wo sich im ersten Stock der Vorhang bewegte.

* * *

»Ist offen. Komm, Katha, lass uns mal reingehen.«

Samuel grinste und spähte zu Alexander hinüber, der seine Kollegin amüsiert musterte. »Katha?«, fragte er.

»Hat sich mein humorvoller Kollege eben ausgedacht«, knurrte sie und passierte das frisch gestrichene Holztor der

Plattenhardter Kleintierzüchter. Ein Siegel an einem Pfosten wies darauf hin, dass die Spurensicherer das Gelände schon geprüft hatten.

Katharina verriegelte das Schloss hinter sich, während sie einen kurzen Blick zurück warf. Der Parkplatz war mit Büschen umsäumt und nur zum Feld hin offen. Hohe Ligusterhecken und die Häuser dahinter versperrten die Sicht auf das Gehringer-Haus und den Hügel mit den Kreuzen komplett. Wie es die Kollegen vermutet hatten, hätte Beitle entweder übers Feld oder an der Straße entlanggehen müssen, falls er dorthin gelangen wollte. Aber was hätte er da draußen im Dunkeln vorgehabt?

Während die Männer Gehege und herumstehende Maschinen inspizierten, staunte Katharina über die liebevolle Pflege, die die Kleintierzüchter hier und auch drüben beim Hasenheim ihren Anlagen angedeihen ließen. Gleich vorne ein tipptopp gepflegter, frisch gestrichener, überdachter Unterstand zum gemütlichen Beisammensitzen an lauen Abenden, ein recht großes Vereinshäuschen und links und rechts des Weges saubere Gatter, irgendwo hämmerte jemand.

Ein Kaninchen war an den Zaun gehoppelt und beäugte sie interessiert. Vielleicht hatte der Besuch ja Möhren dabei. Wer hatte heutzutage noch Zeit für solche zeitaufwändigen Hobbys?

»Wieso züchtet man eigentlich Kleintiere?«, fragte sie.

»Aus Platzgründen«, meinte Alexander trocken. »Aber die machen ganz nette Feste, die Kleintierzüchter.«

»Samuel braucht erst eine Übersicht der anwesenden Häschen, bevor du ihn zu einer Kleintierzüchterparty überreden kannst.«

»Immer diese Vorurteile …« Samuel, der seine Ohren ganz offensichtlich überall hatte, straffte sich und drückte den Oberkörper vor wie ein ausgewachsener Puter.

»Hey Katharina, ›kleines Kampfhuhn‹! Ich glaub', die reden von dir!«, rief er vor dem nächsten Gehege.

Typisch Samuel. Und das vor Alexander. Und grinste dieser Blödian tatsächlich? Katharina verkniff sich einen Kommentar und schaute die braunen Mini-Hühner an, die durch ihren scharfen Blick und den vorgereckten, kräftigen Schnabel tatsächlich recht wehrhaft wirkten.

»Und schau mal da, ›Wiener‹! Da krieg ich gleich Hunger. Ich glaube, das sind die, die bei der Hocketse auf den Grill kommen.«

Alexander ließ sich zu Katharina zurückfallen. »Wie hältst du es mit dem eigentlich aus?«

Katharina zuckte mit den Schultern. »Außerhalb von Kleintierzüchterheimen ist er manchmal ganz patent.«

»Kann ich Ihnen helfen?« Hinter einem Busch im Havanna-Gehege erschien der Kopf eines Mannes, in seiner Hand befand sich ein riesiger Akkuschrauber. Die Tiere misstrauten der Sache offensichtlich, denn sie hatten sich alle in der gegenüberliegenden Ecke versammelt und drängten sich zusammen.

»Ist bei Ihnen letzte Nacht etwas zerstört worden?« Der Mann, der sich als Herr Vohl vorstellte, schüttelte den Kopf. Weder war jemand in der Nacht hier eingedrungen, noch hatte jemand etwas mutwillig zerstört. Ein zweiter Mann kam hinzu, Herr Schweizer, der sich als Vereinsvorsitzender vorstellte. Er schien sichtlich erleichtert, dass sich die Sache nun aufklärte. »Mir send von am Einbruch ausganga, als mir des Absperrband gsäha habet. Aber älles no an seim Platz.«

Samuel erklärte, dass die Spurensicherung am Morgen da gewesen sei.

»Was isch denn bassiert?«, wollte Herr Vohl wissen, und erklärte Samuel nebenbei, wie man professionell in die Jahre gekommene Holzlatten ersetzte.

»Wir suchen jemanden«, erklärte Alexander ganz allgemein.

Herr Schweizer zeigte Katharina und Alexander das Gelände, während Samuel mit Herrn Vohl fachsimpelte. Er erweckte den Anschein, als ob er sich nicht nur für Traktoren, sondern neuerdings auch für die Kleinzierzucht und handwerkliche Tätigkeiten interessierte.

»Habet Sie Interesse? Nachwuchs könnet mir immer brauchen«, verabschiedete sie der Vorstand, und sein Kollege nickte aufmunternd.

»Vielleicht, wenn ein bissle mehr Zeit ist. Auf Wiedersehen«, verabschiedete sich auch Samuel.

Katharina gluckste, als sie das Tor schlossen.

»Ist alles okay mit dir?«

»Hast du gerade wirklich ›ein bissle‹ gesagt?«

»Ich? Im Leben nicht!« Samuel verschränkte die Arme vor der Brust.

»Ich hab's auch gehört«, erklärte Alexander, was ihm einen giftigen Blick einbrachte.

Katharina schüttelte den Kopf. Sonst machte er sich immer über die schwäbische Kleinstädterei lustig und plötzlich entdeckte sie ganz neue Seiten an ihm. Entweder trieben ihn Schlafmangel und übermäßiger Alkoholgebrauch zu seltsamen Handlungsweisen oder er hatte Geheimnisse. Eine unbekannte schwäbische Liebe? Seine aktuelle Freundin konnte es schon mal nicht sein.

»Irgendwas verbirgt uns der Herr Schroth«, raunte Katharina Alexander zu und spürte die Gänsehaut wegen des kurzen, vertrauten Moments zwischen ihnen.

»Wüsste nicht, was man vor der genialen Spurenleserin Katharina Bundschuh verbergen kann.« Trotzig schob Samuel sein Kinn vor und überholte sie auf dem Weg.

In diesem Moment öffnete sich die Eingangstür der Gehringers, und sie beobachteten aus der Ferne, wie zwei junge Männer einen massiven Holztisch heraustrugen.

* * *

Frau Gehringer verabschiedete die beiden. Als sie die Beamten entdeckte, verschloss sich ihr Blick. »Mein Mann ist nicht da«, flötete sie mit gespielter Fröhlichkeit.

»Ihr Sohn?« Katharina schaute den beiden jungen Männern nach, die sich abmühten, den schweren Tisch hinüber ins Wohngebiet zu tragen, wo ein Kombi mit offenem Kofferraum und eingeschalteter Warnblinkanlage wartete. Keiner der beiden hatte es für nötig befunden, die Beamten zu grüßen oder ihnen überhaupt in die Augen zu schauen. Nun, Stil wurde offensichtlich nicht großgeschrieben in dieser Familie.

»Ja, hin und wieder fällt Christian ein, dass er noch etwas von seinem alten Zeug für seine Wohnung abholen könnte«, antwortete die Frau abwesend.

Katharina fragte sich, welches ihr Sohn sein mochte. Der schlaksige Dunkelhaarige oder der schmale Blonde? Die Bilder im Haus waren alt und wenig aussagekräftig gewesen. Vermutlich war es der zweite, mit etwas Fantasie war die Ähnlichkeit mit Frau Gehringers rundem Apfelgesicht erkennbar.

Während Katharina noch überlegte, hatten Samuel und Alexander die Frau bereits die Treppe hinauf hinaufkomplimentiert. Konnte ja gar nicht besser laufen. Ohne den Herrn des Hauses keine geheimen Blicke, keine Abstimmungsmöglichkeiten. Ein paar Höflichkeiten später saßen sie der Frau im Wohnzimmer gegenüber. Nach wie vor schien sie sich sichtlich unwohl zu fühlen. Eine perfekte Verhörsituation. Katharina zwinkerte Samuel zu. Frau Gehringer versuchte ihre Nervosität mit dem Servieren von Sprudel zu übertünchen, aber das Zittern ihrer Hände verriet sie. Katharina liebte es, wenn die

Menschen es ihnen so einfach machten. Noch einen Moment zappeln lassen, und dann würde sie zum entscheidenden …

»Ein nettes Servicele haben Sie da«, grätschte ihr Alexander in die Parade und deutete aufs Familienporzellan in der Vitrine. *Servicele*? Der konnte gleich ein *Schlägle* unter dem Tisch haben.

»Oh, das. Nett, nicht? Von Willeroiundbosch, unsere Aussteuer von der Schwiegermutter. Ist heute bestimmt ein Vermögen wert!« Damit setzte sich Frau Gehringer und lachte glockenhell auf, ihre Körperspannung lockerte sich deutlich.

Katharina wartete den passenden Moment ab, aber der war dahin. Munter plauderte Alexander weiter. Er schien keine Lust darauf zu haben, sich daran zu halten, wer hier ranghöher war und somit die Fragen stellte.

»Frau Gehringer, sind Sie sicher, dass Sie nichts beobachtet haben?«, fragte er nun mit strengem Unterton. Katharina und Samuel wechselten einen ratlosen Blick.

»Sie waren doch vorhin schon da. Ich meine, Ihre Kollegen hier. Ich kann Ihnen nicht mehr dazu sagen.« Frau Gehringer lächelte entschuldigend. Wieder dieser fliehende Blick, der ziellos durchs Zimmer streifte. Nur fand er ohne Herrn Gehringer kein Gegenüber.

Katharina versuchte, den Ärger über den Alleingang des Filderstädter Streifenbeamten wegzudrücken. *Konzentrier dich auf die Spuren, auf dein Bauchgefühl.* Es war klar, dass Frau Gehringer etwas gesehen hatte. Wie also konnte sie die Information aus ihr herauslocken?

»Mussten Sie oder Ihr Mann heute Nacht nicht zufällig aufs Klo?«, versuchte sie es.

»Jetzt ist noch genug Zeit, sich zu erinnern. In ein, zwei Tagen wird's schon schwieriger und die Kollegen werden wissen wollen, warum sich ihre Aussage verändert hat«, nahm Samuel den Faden im absolut vertrauenswürdigen Plauderton auf.

»Sie haben ja nur vielleicht etwas gesehen. Das wäre nicht strafbar. Aber es nicht zu sagen, das sehen wir nicht so gerne. So etwas zieht auch Konsequenzen nach sich.« Katharina zog ihre Augenbrauen hoch.

»Strenge Konsequenzen«, bestätigte Samuel.

»Sie trifft auch überhaupt keine Schuld, wenn Sie etwas vergessen haben sollten, das Ihnen erst jetzt einfällt«, behauptete Alexander. »Im Gegenteil, wir wären Ihnen äußerst dankbar.«

Es gab sie, diese Momente, in denen man spürte, dass ein Team funktionierte. Hier passte jeder Satz. Zum fliehenden Blick der Hausfrau hatten sich nun kleine Schweißperlen auf der Stirn gesellt, und die Nervosität war wieder zurück.

»Ach, ohne Herbert ist das jetzt etwas ungeschickt«, wand sie sich und rutschte auf dem Sofa herum.

Ungeschickt? Von wegen. »Perfekt« war der richtige Ausdruck.

»Zeugen haben mitten in der Nacht helles Licht gesehen. Direkt vor Ihrem Fenster. Auf dem Hügel mit den Kreuzen.«

»Ach, das meinen Sie …«, kam die gedehnte Antwort.

Katharina hatte Schwierigkeiten, ruhig zu bleiben. »Ach, *das* meinen wir?«, brauste sie auf. »Da ist mitten in der Nacht Halligalli, nicht mal 100 Meter von Ihrem Haus entfernt, und Sie tun so, als ob es das Normalste der Welt wäre? Mitten auf dem Acker?« Sie atmete tief durch. »Frau Gehringer, wir stellen Ihnen hier alles auf den Kopf, fordern eine Telefon-Verbindungsliste an … Dann wird es richtig ungemütlich für Sie.«

»Wenn Sie etwas wissen, müssen Sie es uns sagen.«, schaltete sich Alexander ein. »Nicht, dass der Verrückte weitermordet! Er könnte noch ganz in der Nähe sein. Und bei *Zugezogenen* fackelt er unter Umständen nicht lange!« Etwas gemein, die Frau einzuschüchtern. Katharina unterdrückte ein Schmunzeln, auch wenn dieses Vorgehen nicht den üblichen Methoden der Kriminalpolizei entsprach.

»Aber ohne den Herbert …«, ging die Gehringer nicht weiter auf die ›Zugezogenen‹ ein, schien sich jedoch auch nicht an der Beschreibung zu stören. Dann seufzte sie. »Ach egal, es kommt ja doch spätestens in London heraus … Und dann steht es bestimmt gleich in der Zeitung. Der Bub hätte das nicht machen sollen.«

* * *

»In London! Es kommt ja doch spätestens in London heraus«, Samuel konnte es immer noch nicht fassen, als sie über die Landstraße bretterten. »Wieso in aller Welt in London? Und was genau steht dann gleich in der Zeitung?«

Katharina gab die neuen Infos an die Sekretärin weiter und auch, dass sie bei der nächsten Soko-Besprechung um 13 Uhr nicht dabei sein würden.

Sie folgten Alexanders Streifenwagen im dunkelgrauen Daimler. Wieder lächelte er ihr über seinen Rückspiegel zu. Samuel hatte beim Einsteigen nur matt kommentiert: »Ich frag ja schon gar nicht mehr, wer ihn gebeten hat mitzukommen.«

Alexander erwies sich als wirklicher Volltreffer, auch wenn er dazu zu neigen schien, schnell zu schießen. Anfangsschwierigkeiten, zweifelsfrei würden sie sich schnell aneinander gewöhnen. Wenn sie ihn nicht gehabt hätten, wären sie lange nicht so schnell in den Fall eingestiegen. Bestimmt würde Samuel seine Aversion ihm gegenüber auch noch aufgeben.

»Was kann uns dieser Neffe für wertvolle Informationen bieten?«, überlegte sie laut.

»Und was soll das sein, das spätestens in London herauskommen wird?« Samuel schüttelte den Kopf. »Will die uns verarschen?«

Tja, mehr hatte Frau Gehringer in der Tat nicht herausgelassen. Sie war zwar offensichtlich eine Zugereiste, aber besonders weltmännisch wirkte sie auch wieder nicht. Nach einem kurzen Heulkrampf hatte sie ihnen die ganze Geschichte erzählt. Hatte sie behauptet. Dass es sich um einen eher kleinen Teil einer ganzen Geschichte handelte, befürchtete dagegen Katharina. Frau Gehringers Mann, der in besagter Nacht »natürlich nicht« am Fenster gesessen und »auf keinen Fall« etwas beobachtet hatte, war deutlich nach Mitternacht – ganz ungewöhnlich, da er sonst schlief wie ein Stein – von seltsamen Geräuschen geweckt worden. Als er Schatten bei den Sühnekreuzen gesehen hatte, sei es ihm unheimlich vorgekommen und er habe seine Gundula geweckt. Der erste, den sie telefonisch erreicht hätten, damit er nach dem Rechten sehe, sei Neffe Benjamin aus Neuhausen gewesen. Katharina hatte nach dem Sohn gefragt, Frau Gehringer geantwortet, dass der vermutlich bei seiner neuen Freundin gewesen sei und er außerdem sein Handy nachts immer ausgeschaltet hätte.

Deutlich nach Mitternacht also. Um den Tatzeitpunkt herum oder kurz danach. Auf die Idee, die Polizei zu verständigen, sei man nicht gekommen. Es gebe in der Gegend ja so viele Jugendliche, die die Kreuze vielleicht nur als Treffpunkt auf ein Fläschchen Schnaps genützt hätten. Und die Flüchtlinge … ja, was die manchmal mitten in der Nacht so ganz ohne Licht auf den Feldern ausheckten, könne man ebenfalls nicht wissen. Und wegen einer Lappalie wollte man ja auf keinen Fall die eh schon so strapazierte Polizei verständigen, die mit viel zu wenig Beamten viel zu viel leisten musste.

Der Benjamin wiederum hätte sich die Sache kurz angeschaut und dann sei er wieder gegangen. Er habe gemeint, dass man sich da am besten nicht einmischte. In was, das hätte er den Gehringers nicht verraten.

»Kaum zu glauben, dass ihre Neugierde sie im Haus gehalten hat«, grübelte Samuel.

»Deshalb vermutlich der einsatzbereite Feldstecher am Fenster, um doch noch *wenigstens eine Kleinigkeit* zu erhaschen.« – »Auch wenn die Angst vor im Dunkel versteckten Flüchtlingen nähere Recherchen verhütete.«

Katharina nickte. Neugier ja, aber wenn es ums eigene Fenster ging, zog man vielleicht doch besser den Vorhang zu. Frau Gehringer hatte ihnen nicht die ganze Wahrheit erzählt. Aber mehr war aus der Frau nicht herauszubringen gewesen. Man solle doch am besten den Benjamin fragen oder warten, bis der Herbert wieder da sei vom Geschäft.

Dann ging es jetzt eben zum Benjamin. Alexander hatte sich bereiterklärt, sie hinzubringen, da er die Gegend, in der Häberle arbeitete, kannte. Auch mit der Adresse, die Frau Gehringer ihnen gegeben hatte, konnte er sofort etwas anfangen. Und so passierten sie Bernhausen und bogen an der Veranstaltungshalle »Filharmonie«, vor deren Eingang riesige Kussmünder in allen Regenbogenfarben aufgestellt waren, ab.

Kurz darauf setzte der Filderstädter Kollege vor ihnen den Blinker und fuhr in Richtung Ortsmitte links den Berg hinauf. Samuel atmete ruhig und hatte wieder seine Wollmütze ins Gesicht gezogen. Döste er etwa? Wie konnte er nur so ruhig bleiben? Katharina konzentrierte sich auf den Zeugen, den sie nun besuchen wollten. Ach was, Zeuge – im schlimmsten Fall trafen sie auf den Täter. Eigentlich hatten sie Hartwaldt zu informieren. Sollte tatsächlich Gefahr im Verzug sein, konnten Sie immer noch das SEK holen. Alexander hatte über ihre Bedenken nur gelacht und gemeint, das würde sich aufklären. Benjamin sei ein ganz Sensibler und zu so einer Tat überhaupt nicht fähig.

Laut Frau Gehringer war dieser Benjamin also mitten in der Nacht mit seiner Taschenlampe in der Nähe der Kreuze herumgewandert, um festzustellen, ob es Grund zur Sorge gab. Sollte der Vorgang wirklich so abgelaufen sein, gab es bestimmt Spuren. Und er musste die Leiche gesehen haben. Vielleicht konnten sie ihn überzeugen, freiwillig seine DNA zum Abgleich zur Verfügung zu stellen, das würde wertvolle Zeit sparen. War es möglich, dass Benjamin Häberle von dem Verbrechen nichts bemerkt hatte? Dann musste er das Feld sehr oberflächlich abgesucht haben. Womöglich war es ihm auch zu unheimlich gewesen, zu den Kreuzen hinüberzugehen. So oder so, Frau Gehringers Geschichte hatte ihre Lücken – ob Zeugen eine Taschenlampe oder Licht in der Stärke eines Scheinwerfers gesehen hatten, machte einen gewissen Unterschied, das konnten vermutlich schon Dreijährige auseinanderhalten. Allerdings waren die Beamten es gewohnt, dass Leute sich bei allem Möglichen vertaten: der Farbe eines Autos, das ihres gestreift hatte, der Alterseinschätzung eines Täters, seiner Haarfarbe. Deckte Frau Gehringer ihren Neffen, war da mehr im Spiel? Gleich würden sie es wissen.

Bei Sielmingen passierten sie einen Kreisverkehr und erreichten nach kurzer Fahrt übers Feld und an großen Firmen vorbei Neuhausen. Hinter einer Tankstelle bogen sie ab. Bald darauf streckte Alexander einen Daumen in die Höhe und hielt vor einem flachen, einstöckigen Industriegebäude mit großen Scheiben. Mehrere Firmenschilder teilten sich den Platz auf der Werbetafel davor. Von einem Benjamin Häberle war jedoch nichts zu lesen. Was für Kunst machte er denn überhaupt? Schien irgendwie in Mode zu sein, ›irgendwas mit Kunst‹ zu machen. Genau wie Tamino Beitle.

Katharina knuffte ihren Kollegen, der sich widerwillig streckte und gähnte. »Arbeit, Schatzi.« Sie nahm ihre Waffe aus dem gesicherten Handschuhfach und legte sie um, Samuel gähnte erneut und tat es ihr gleich.

Alexander kam um den Wagen herum und hielt ihr die Tür auf. Sie ignorierte Samuels Grinsen und vermied es, Alexander in die Augen zu schauen. Der Fall hatte Vorrang vor Frühlingsgefühlen.

Alexander zeigte auf eine schmale Werbetafel, über die ein schwer lesbarer rot-schwarzer Schriftzug gesprüht war: »Ben Mary Jane Hall«.

»Was ist schlimmer, Benjamin Häberle zu heißen oder dieser Künstlername?«, überlegte Samuel und fing sich einen entsetzten Blick seines Filderstädter Kollegen ein.

Drinnen neben der Tür empfing sie ein Sockel, auf dem Federn klebten. Katharina ging näher heran und machte sofort wieder einen Schritt zurück. Ein Taubenflügel? Oder ein Kunstwerk, das so aussah. Braune Farbe zwischen weißen Federn. Wie getrocknetes Blut.

»Die Kunst vom Benjamin ist … nun ja, ein wenig speziell«, Alexander schien nicht überrascht zu sein, umrundete das Werk aber in gebührendem Abstand.

Sie durchquerten die Empfangshalle, in der Postfächer eine ganze Wand einnahmen. Eine Dame in akkuratem Kostüm kam ihnen entgegen und wies den Weg durch einen der Korridore in den rechten Seitenflügel des Gebäudes. Sie fragte nicht, aber ihr Blick auf Alexanders Polizeiuniform sprach Bände.

»Was weißt du über diesen Hall?«, fragte Katharina Alexander.

Er zuckte mit den Schultern. »Ich glaube, Ben ist fast so eine Art Prominenter. Ich weiß allerdings nicht, wie bekannt. Das scheint sich eher im Internet und außerhalb Deutschlands abzuspielen. Seine Kunst ist …«, er räusperte sich, »… zu extrem für Filderstadt. Das Einzige, was er hier erreicht hat, war ein Skandal, oder eher ein *Skandäle*, als er überfahrene Tauben in der Kreissparkasse ausstellen wollte. Das wurde ihm untersagt, und dann hat er eine an die Scheiben der Bank geklebt. Das hat ihm dann erste Aufmerksamkeit im Ausland gebracht.« Alex räusperte sich. »Ich kannte seinen Vater ganz gut.«

»Künstler«, meinte Samuel düster. Sie erreichten Halls Atelier. Auch hier war Halls Namenszug quer über die mit Packpapier zugeklebte Glastür gesprayt. *Getaggt*, wie Samuel erklärte.

Keine Klingel. Katharina drückte gegen die Tür. Mit leisem Klicken sprang sie auf.

»Er ist da«, flüsterte Samuel.

»Kundschaft!«, rief Katharina durch den Türspalt, fing Alexanders Blick auf und hatte das Gefühl, etwas von seiner Coolness zu imitieren.

Auf den ersten Blick wirkten die Räumlichkeiten verlassen. Alles abgedunkelt, die Jalousien heruntergelassen. Von draußen drangen einzelne Lichtstrahlen herein, Staubkörnchen wirbelten darin herum. Runde Betonsäulen stützten die Hallenkonstruktion. Der scharfe Geruch von Lacken und Lösungsmitteln lag in der Luft. Alles sehr industriell und irgendwie spröde-schick. Ein Fass, voll mit weißen Federn. Marmeladengläser mit burgunderroter Flüssigkeit, davor getrocknete Tropfen auf dem Tisch. An den Fensterfronten lehnten großformatige Leinwände, manche noch unbearbeitet, andere mit schnellem Pinselstrich bemalt, Farbexplosionen, stets in dunklen Farben. Eine Leinwand war rostbraun bespritzt, darüber hatte Hall in wildem Arrangement Federn aufgeklebt. Skurril und verstörend, und das Drumherum machte die Sache nicht besser. Direkt hinter dem Eingang hingen ebenfalls in dunklen Farben beschmierte Malerkittel. Der Tod oder Reminiszenzen an die dunkle Seite allgegenwärtig. Wenn dieser

Typ Schiss gehabt hatte, nachts über einen Acker zu gehen, dann wusste sie auch nicht. Alexanders amüsierter Blick beruhigte sie. Sie setzte einen Fuß ins Atelier und positionierte sich bewusst vor ihm. Nicht auszudenken, wenn ein Streifenpolizist bei einem solchen Einsatz verletzt würde.

»Wir wollen ihn nur als Zeugen befragen«, sagte sie laut, wie um sich selbst davon zu überzeugen.

»Niemand da«, meinte Samuel.

Ihre Schritte hallten über den grauen Betonboden.

»Herr Hall?«, rief Katharina.

Vielleicht täuschte der erste Eindruck. Hoffentlich. Die verschrobensten Künstler waren ja manchmal die angenehmsten Zeitgenossen, beruhigte sie ihr Herz, das meinte, bis zum Hals schlagen zu müssen. Katharina inspizierte die Türen, die von dem langgezogenen Raum abgingen. Es waren drei Stück, auf einer der Aufdruck *WC*, die nächste unbeschriftet und dann *Labor*. Nirgends brannte Licht.

Eine Fotoserie von Grabmälern hing an der Wand. Hall hatte sie mit einer Art digitaler Grisaille-Malerei verfremdet, was die hohlen Gesichter der Statuen betonte. Leere Blicke aus steinernen Augenhöhlen begleiteten die Beamten, als sie weiter ins Atelier vordrangen.

Wer kaufte so etwas? So leise wie möglich ging Katharina zur ersten Tür.

Alexander folgte. »Dürft ihr das eigentlich?«

Sie drehte sich zu ihm um. »Bitte?«

»Tschuldigung, im Fernsehen fragen sie ja auch nicht.« Er zog einen Mundwinkel hoch.

»Wenn du es so direkt wissen willst: Nein, wir dürfen das nicht.«

»Doch, das dürfen wir!«, behauptete Samuel. »Es war offen. Und vielleicht sind wir Kunden. So was wie das Ding mit den Taubenflügeln fehlt noch in der Direktion.«

In Alexanders Gesicht löste ein Grinsen den angespannten Ausdruck ab. Offensichtlich schreckte ihn die Umgebung weniger ab als ihr unerlaubtes Eindringen.

Und trotzdem, sie mussten wachsam bleiben. Katharina legte die Hand auf die Klinke. Die Tür ging nach innen auf. »Herr Häberle … Hall?«

Der Raum, eine Druckwerkstatt, war leer. »Eine Siebdruckmaschine! Nicht schlecht!«, staunte Alexander. Dazu weiße Regale mit Gitternetzen, auf denen Blätter trockneten. Hier verstärkte sich der stechende Geruch. Eine riesige Metall-Konstruktion mit Förderband und Computerdisplay.

»Was kostet so eine Maschine wohl?«, überlegte Katharina. Unter einem hohen fünfstelligen Bereich ging hier wohl nichts.

»Geld hat hier fast jeder Alteingesessene.« Alexanders Hand strich über eine massive Metallwalze. »Und mit der hier druckt man Radierungen.«

Diese offensichtlich alte Maschine wurde mittels Handkurbel bedient. Die beeindruckende Walze ruhte auf einem schlichten, mit grünem Filz bedeckten Tisch. Daneben standen Flaschen, Dosen, Büchsen und seltsame Werkzeuge. Eins davon kam Katharina bekannt vor, eine Art Stempel mit halbkugelförmigem, lederbezogenem Kopf und Holzstiel.

Ein Quietschen drang an ihr Ohr, es kam von irgendwo weiter hinten aus der Halle. Katharina fuhr herum und stellte sich in die Tür.

»So schreckhaft?«, fragte Alexander, schmunzelte und rief lauter: »Hallo, Ben?«

Keine Antwort, alles blieb still.

»Verdammt, wo ist er?« Katharina konnte nichts gegen die Nervosität machen. Sie spürte, dass hier etwas nicht stimmte. Nur was? Sie konnten einem Zeugen ja nicht mit vorgehaltener Waffe drohen, nur, weil er eigenartige Kunst machte.

Wieder dieser Ton, diesmal laut und deutlich. Ein Schaben? Das Geräusch kam aus der hintersten Ecke der Atelier-Halle.

Samuel durchschritt den Raum. Katharina bemerkte, dass auch er die Hand am Holster hatte. Sie war also nicht allein mit ihrem schlechten Gefühl.

»Ein Vogelkäfig!«, rief er herüber, die Erleichterung war ihm anzumerken.

Hall hatte an der hinteren Wand eine ganze Ecke mit Drahtgeflecht abgetrennt. In seinem gemütlichen Gehege saß ein Beo auf seinem Ast und beobachtete die Beamten mit schräggelegtem Kopf.

»Hallo!«, sagte Samuel und kratzte mit einem Finger über den Draht. Ein Gurren zeigte, dass das Tier durchaus Interesse an Unterhaltung hatte. »Märrrry! Dschejjjhn!«, krächzte es, hüpfte zur Tür und schien darauf zu warten, dass sie geöffnet wurde. Katharina nahm eine Traube aus der Schale auf dem kleinen Beistelltisch und streckte sie durch eine Drahtmasche. Argwöhnisch betrachtete der Vogel die Frucht, packte sie dann und machte sich hastig mit seiner Beute davon. Wie ging es eigentlich einem Tier, das Tag und Nacht inmitten dieser Farbdämpfe lebte?

»Hier ist jedenfalls keiner.« Die beiden Männer waren schon wieder auf der anderen Seite des Raums angelangt, Alexander hatte seine Hand auf der Klinke der Toilettentür.

»Booah, stinkt's hier nach …«, rief Samuel aus dem WC.

»Kräutern«, sagte Alexander schnell.

Katharina folgte den beiden, und nun roch sie es auch. Wobei »Kräuter« eine sehr neutrale Definition für den Duft war, der aus einem übervollen Aschenbecher auf dem Waschbecken waberte. Ganz zu schweigen von dem mit »Kräutern« gefüllten Marmeladenglas und den Papers daneben. Aber sie waren nicht gekommen, um Hall wegen Cannabisbesitzes anzuzeigen.

Dann rief Alexander von der nächsten Tür. »Kommt mal her!«

Der Ton ließ nichts Gutes vermuten. Mit einem Bein stand er im Labor, das ebenfalls abgedunkelt war und aus dem es nach Chemie stank. So langsam regte sich Übelkeit in Katharinas Magen. Lack, ›Kräuter‹ und dann diese Chemikalien, der Geruch eine Mischung aus Zitronen-Kloreiniger und Schwefel. Es war düster hier drinnen. Zur Linken befand sich ein abgetrennter Bereich, Katharinas Augen erfassten hinter einer weiteren Tür Boxen, Wasserbäder, Werkzeug. Eine Dunkelkammer. Hier entwickelte jemand seine Fotos. Rechter Hand schlossen weitere Arbeitsflächen und eine breite Werkbank an. Ihr Blick folgte dem Alexanders. Mit weit geöffnetem Mund starrte er auf Papiere an Schnüren, irgendwelche Fotos, die wohl zum Trocknen aufgehängt waren. Viel zu dunkel, um etwas zu erkennen. Katharina drückte auf den Lichtschalter. Eine Neonröhre summte, und der Funke sprang erst nach ein paar Versuchen über.

Samuel war neben sie getreten. »Ist nicht wahr!«

»Fahndung raus!«, flüsterte Katharina. Ihre Augen fixierten die Motive auf dem Papier, während das Handy seinen Dienst verweigerte. Kein Empfang. Samuel sprintete nach draußen, um den Funkspruch vom Wagen aus loszuschicken.

»Das also sollte erst in London herauskommen.« Alexander atmete laut ein und aus, während Katharina versuchte, das ganze Ausmaß zu erfassen. Etwa dreißig mit Wäscheklammern befestigte Schwarzweiß-Fotografien baumelten träge im Luftzug. Eine Nahaufnahme eines blutunterlaufenen Auges. Beitles weiß marmorierter Körper im Kontrast zur Schwärze des Nachthimmels. Das hohle Gesicht, leerer Blick. Wie Halls Friedhofsstatuen, nur, dass diese Figur gelebt hatte. Katharina trat näher an die Fotos heran. Sie zitterte. Eine weitere Nahaufnahme, ein bleicher Zahnstocher, durch die dünne Lidhaut geschoben, das Blut schwarz.

»Nicht der Benjamin.« Alexander stand immer noch reglos neben der Tür.

Das nächste Foto. Gerhard Beitles blutverkrustetes Gesicht, hinter ihm ragte unscharf und grau eins der gedrungenen Kreuze in den Nachthimmel. Ein Bild von Beitles Arm, festgeschnürt am Stein, weißes Fleisch, das zwischen dem eng geschnürten Seil hervorquoll. Ein Bild vom Gesamtszenario. Dann ein schmaler Mann mit Halbglatze und Hornbrille, der vor den Kreuzen posierte. War das dieser Häberle? Seine weit aufgerissenen Augen glänzten feucht. Der Schock über seine Tat? Wohl eher Begeisterung. Ein Schauer lief über Katharinas Rücken. Ein Selfie vom Tatort. Sie hatten es mit einem Wahnsinnigen zu tun.

»Hey!« Ein wütender Schrei hallte durch das Atelier: »Was soll das?«

Katharina stürmte aus dem Raum, drückte sich an die Wand und löste ihre Waffe aus dem Holster. Im Eingang stand ein Mann, ganz offensichtlich Benjamin Häberle, einen Stapel Papier in den Händen. »Einbruch! Ich hol die Poli…«

Mit einem Satz stand Katharina neben ihm. »Die ist schon hier.«

Häberle ließ das Papier zu Boden fallen und setzte zur Flucht an, kam aber nicht weit, denn Samuel war eben zurückgekehrt und näherte sich von hinten. Perfektes Timing. »Herr Häberle, Sie sind hiermit festgenommen.«

»Hall.« Häberle musterte sie kalt. »Ben Mary Jane Hall.« Dieselben wahnsinnigen Augen wie auf dem Foto. Diesem Verrückten war alles zuzutrauen. Die Pupillen weit, zu weit für das Licht hier drinnen. Samuel umfasste Halls Schultern von hinten, während der Künstler still stehenblieb und nicht einmal zuckte. Es war sein Blick, der floh. Durchs Atelier, ganz nach hinten zu der Tür, vor der Alexander immer noch stand. Katharina tastete ihn ab, Hall schien keine Waffe bei sich zu haben. Erstaunlich, dass er nicht damit gerechnet hatte, dass sie ihn so schnell aufspürten. Größenwahn?

»Meine Kunst! Mein Atelier!« Hall bäumte sich auf, er war aus seiner Starre erwacht. Und er hatte Alexander entdeckt. »Raus da!« Er warf seinen sehnigen Körper nach vorne und riss Katharina trotz seines Fliegengewichts mühelos zu Boden. Verdammt, sie hätte damit rechnen müssen! Blitzschnell streckte sie die Arme aus und rollte sich ab, während Samuel sich mit einem Schrei von hinten auf Hall warf. Der drehte sich im Fall und holte aus, aber seine Faust erwischte nur die Hüfte des Kommissars. Gleichzeitig kamen die beiden auf dem Boden auf, wobei Hall die schlechtere Karte gezogen hatte. Er stöhnte und versuchte, sich mit wilden Tritten aus Samuels Würgegriff herauszuwinden.

Noch mal gut gegangen. Ein Moment der Unachtsamkeit, sie hätten es wissen müssen. Katharina atmete durch, während der schimpfende Hall wie ein Fisch unter dem muskulösen Samuel zappelte und ihn wild beschimpfte. »My arm! You broke my arm! You goddämn mosserfackin' sonofmabittsch …«

Wieso sprach der jetzt plötzlich Englisch? Wobei dieses Englisch es nicht verdient hatte, als solches bezeichnet zu werden. Woher hatte er denn diesen fürchterlichen Akzent? Das klang eher nach jemandem, der zu viele schlechte Actionfilme geschaut hatte, als nach international renommiertem Künstler. Und so, wie er Samuel malträtierte, war dieser Arm alles andere als gebrochen. Katharina spürte, wie sich ein befreites Lachen auf ihrem Gesicht ausbreitete. Auch Alexander, der sich nur vor dem brüllenden, spuckenden Haufen aus Hall und dem auf ihm thronenden Samuel aufgebaut hatte, grinste schief.

»Ben, wenn wir das deinem alten Mütterle erzählen …« Sein Blick streifte Katharina. »Du bist blass. Alles gut?«

»Jaja, geht schon wieder.« Aber was war das »Mütterle« für eine Drohung. War das wirklich dazu geeignet, um einen gestandenen Mann und Künstler einzuschüchtern?

Hall unterbrach seine Tiraden tatsächlich und drehte den Kopf nach oben. »Ich kenn dich! Deinen Namen krieg ich raus, Bullensau! Fack se poliehs! Wenn du gemeinsame Sache mit denen da machst, dann wirst du 'ne Menge Ärger kriegen, ässhohle! Von der interneschionell press!« Er dachte einen Moment nach. »Und ein Wort zu meiner Mutter, und du bist scrämbled eggs!«

Rührei? Es gab wirkungsvollere Drohungen. Reichten Beschimpfungen auf diesem Niveau für eine Anzeige wegen Beamtenbeleidigung?

»Sie meinen, ›Rührei‹ wie der Herr Beitle?«, fragte Samuel.

»Der Herr was? Ist mir facking wurscht! Meine Ausstellung, die ist Rührei! Meine ganze Karriere! Am Arsch! Spinnt ihr, habt ihr nicht genug zu tun? Ihr verdammten pissing fähgs! Godohfuhl scambägs!«

»Klappe!«

»Hättet ihr wohl gern, ihr verdammten … You dörtie rotten goddämnsonofmabittsch!«

»Son of *a* bitch.«

Alle schauten zu Samuel, inklusive Hall, der seinen Hals ziemlich weit drehen musste, um überhaupt etwas von ihm zu sehen. »Hä?«

»Es heißt: son of *a* bitch. Nicht Son of *ma* bitch. *Ma* stammt aus dem Französischen, während der Rest Ihrer Beleidigung zumindest entfernt nach Englisch klingt. Ich wollt's Ihnen nur gesagt haben.« Samuel verzog keine Miene, wie er so auf dem hageren Mann thronte und ihn korrigierte. »Nicht, dass Ihre Ausstellung in London daran scheitert.«

»Mir reicht's. Ab in den Wagen mit ihm«, seufzte Katharina. »Fahndung können wir abblasen. Ich rufe die Spurensicherung an und nehme die Bilder mit in die Direktion.«

Erschöpft ließ sie sich in den Fahrersitz fallen, während der Wutbürger zu neuen Tiraden ausholte und von den Männern mit vollem Körpereinsatz auf dem Rücksitz fixiert wurde.

»Na, dann habt ihr ja euren Täter.« Alexander beobachtete die Rückbank durch die Scheibe, auf der der fixierte Hall unbeirrt weiter tobte und spuckte.

* * *

Katharina betrachtete die weiße Tür des Verhörraums und zog die Luft scharf ein. »Der spinnt wohl!«, motzte sie.

Hartwaldt hatte Samuel und sie gebeten, die Soko-Kollegen über Halls Festnahme zu informieren, sich die Hände gerieben und war mit Kollegin Kaspars selbst im Verhörzimmer verschwunden. Katharina widmete sich also ihren Unterlagen und stellte über eine Stunde später mit leiser Befriedigung fest, dass auch der Meister höchstselbst offensichtlich keine brauchbaren Informationen aus dem Verdächtigen herausbekommen hatte, sonst wäre die Tür schon lange wieder aufgegangen.

Benjamin Häberle war schon ein seltsamer Vogel. Katharina tippte ihren Bericht, und bei jeder Bewegung schmerzte ihr linker Zeigefinger, den sie sich bei der Aktion geprellt hatte. Auch noch, als sie Hall in die Direktion brachten, hatte er geschimpft wie ein Rohrspatz, die gegen ihn ausgesprochenen Vorwürfe komplett ignoriert und ausschließlich von seiner Ausstellung in London gesprochen, die alle wichtigen Leute der britischen Insel (und überhaupt der westlichen Welt) heiß erwarteten – nun würden so ein paar schwäbische Provinzbullen in grober Selbstüberschätzung versuchen, seine Weltkarriere zu verhindern.

Als Allererstes hatte Katharina einen Bluttest angeordnet. Halls Winseln, als er die ärztliche Kanüle erblickte, war eine winzige Entschädigung für den Ärger. Was für ein Arschloch. Kein Wort über den Toten hatte er verloren. Die Anschuldigungen, die Fotos der grausigen Tat, das alles schien ihn komplett kaltzulassen.

»Ob er sich schon eins der Bilder vom toten Beitle für seinen geheimen Ordner gesichert hat?«, grummelte Samuel von gegenüber, als Hartwaldt wortlos aus dem Verhörraum kam. »Ich bin scheißmüde, verdammt. Kommst du mit, 'nen Espresso holen?«

»Im ersten Stock?«, fragte Katharina. »Brauchst du mich als Zeugin, um deiner Angie zu erklären, dass du tatsächlich keine Kinder hast, während der Kaffee durchläuft?«

Samuels bissige Erwiderung ging im allgemeinen Geräuschpegel unter, als er im Treppenhaus verschwand. Müdigkeit hin oder her, auf seine Täubchen konnte er sich immer konzentrieren. Katharina sortierte Unterlagen und versuchte, das komische Gefühl im Magen wegzudrücken. Der mutmaßliche Täter war im Verhör, die grausigen Bilder bewiesen, dass er am Tatort gewesen war. Alles perfekt. Fast zu perfekt.

Dienstag

Nach sechs Stunden bleiernem Schlaf und einer heißen Dusche saß Katharina auf dem Sofa, vor sich ihre Alf-Kaffeetasse, ein Geschenk ihrer liebsten Kollegin während der Ausbildung. Schon seltsam, manche Dinge überdauerten die Zeit, während teures Erbporzellan schon in der ersten Woche nach der Weitergabe auf den Fliesen zerschellte. Und da Katharina keine Geschirrspülmaschine besaß, war nicht mal der Aufdruck ausgebleicht.

Das harte Stück Brot auf ihrem Teller war eine Zumutung. Katharinas Handy summte, sie schaute aufs Display. Hoppla, sie hatte mehrere Anrufe von Lorenz überhört. Prima! Manchmal leistete ihr Unterbewusstsein ganze Arbeit. Aber hier, eine Nachricht von »Unbekannte Nummer«. Sie drückte auf das Briefsymbol. »Frühstück? Liebe Grüße, Alexander.« Katharinas Herz setzte einen Schlag lang aus. Woher hatte er ihre Nummer? Sie lächelte. Na klar, von Hartwaldt. Eigentlich logisch. Frühstück klang verlockend, Frühstück mit Alexander sogar noch besser.

Nichtsdestotrotz: jetzt aus ihrer Wohnung im Stuttgarter Westen nach Filderstadt, und von Filderstadt aus dann in die Polizeidirektion nach Esslingen? Eine halbe Weltreise, noch dazu um diese Zeit. Wenn die Verantwortlichen gewusst hätten, dass sich dieser Fall so entwickelt, hätten sie die Sonderkommission wahrscheinlich in Bernhausen eingerichtet. Irgendwo war immer Stau, wenn nicht auf der B27, dann auf der A8. So sehr sie Lust hatte, das konnte sie nicht bringen. Und außerdem gab es Wichtigeres. Wahrscheinlich hatte Häberle-Hall in der Nacht noch gestanden und jetzt stand die ganze Nacharbeit an: Rekonstruktion des genauen Tatablaufs, Informationsaustausch, Gespräche mit der Presse, Berichte schreiben. Nach so einem Fall freute man sich geradezu auf die trockene Schreibtischarbeit.

Katharina bekämpfte die Nervosität, die sie ergriffen hatte, damit, ihre drei Pflanzen zu gießen. Eine äußerst dankbare Yucca-Palme, ihre Begleiterin seit Schulzeiten, die sämtliche Dürreperioden und den einen oder anderen Frost auf früheren WG-Balkonen mit geradezu trotziger Bravour meisterte, eine Orchidee, die sie vor einem halben Jahr zum 32. Geburtstag bekommen hatte, sowie einen Kaffeestrauch, der sein letztes Lebenssignal im Herbst gefunkt hatte. Trotzdem gab sie die Hoffnung nicht auf, dass unter den vertrockneten Blättern irgendwann neues Leben hervorbrach. Bevor Alexander in ihre Wohnung kam, musste sie ihn entsorgen. Und spülen. Und Wäsche waschen. Und aufräumen. Und abstauben. Und Bilder aufhängen.

Moment – was war denn das für ein Gedanke? Katharina schüttelte sich und tippte in ihr Handy: »Müssen Ermittlungen zu Ende bringen.« Sie schickte die Nachricht ab und bereute es in derselben Sekunde. Aber jetzt noch eine Nachricht hinterher? Wie sollte die lauten? »Lieber Alexander, ich würde ja so gerne mit dir frühstücken, aber leider …«

Wie gut, dass man sich mit Alltagsvorgängen prima vom Gefühlschaos ablenken konnte. Ein Blick auf die Uhr, kurz vor sieben. Also Zähne putzen, Fenster im Bad kippen, Heizung ausstellen, Wohnung abschließen, Nachbarin grüßen, Zeitungen auf der Treppe mit dem Fuß zur Seite schieben, Müll rausstellen, Golf im Parkverbot mit Glück ohne Strafzettel vorfinden, dann los über die B10 und sehen, was sich in der Direktion getan hatte.

Der Altstadtring in Esslingen war mal wieder verstopft. Irgendein LKW versperrte die rechte Spur, während der Fahrer in Seelenruhe Waren auslud. Es war nichts Neues, dass die Leute die Sache mit dem Einfädeln nicht verstanden, es wurde wie immer gehupt, gedrängelt und geschimpft. Endlich kam das Parkhaus in Sicht. Eine in Pelz gekleidete Frau ließ ihren Pinscher gegen ein geparktes Auto pinkeln. Katharina unterdrückte den Impuls, aufs Gas zu treten. Die eingedrückte Stoßstange hinten reichte.

Als sie die Treppe zum Haupteingang hochstieg, schlug ihr ein viel zu warmer Wind ins Gesicht. Die Wolken von gestern Abend hatten sich zu waschechten Gewitterwolken ausgewachsen. Das Wetter war wirklich nicht mehr zu retten. Katharina nickte dem Pförtner am Eingang zu und nahm zwei der ziegelrot gefliesten Stufen auf einmal. Ihr Magen knurrte und sie sah Alexander vor sich, wie er bei den Beitles auf sie zugekommen war. Genau genommen konnte sie sich gerade nichts Schöneres vorstellen, als mit ihm zu frühstücken. Ein schneller Blick aufs Display des Handys. Keine neue Nachricht. Was sollte er auch auf »Müssen Ermittlungen zu Ende bringen« zurückschreiben.

Im zweiten Stock war es geradezu unnatürlich ruhig. Die seltsame Wetterstimmung warf ein unruhiges Licht durch die Fenster, die Luft war zum Schneiden dick. Ein Kollege ging mit ernster Miene über den Flur. Entspannung sah anders aus. Die Tür zu Hartwaldts Büro war verschlossen, allerdings brannte Licht hinter dem Glaseinsatz unter der Decke.

»Morgen!« Kriminalrätin Kaspars grüßte vom Kopierer herüber, während draußen bereits der Donner grollte und schwere Wolken über Burg und Dicken Turm, durch die Altstadt und um die gotischen Türme der Stadtkirche St. Dionys zogen.

»Gibt es Neuigkeiten?«

Hartwaldts ›rechte Hand‹ zog vielsagend die Augenbrauen hoch. Katharina wusste nicht viel über die Frau. Sonderkommissionen wurden mit Kollegen aus verschiedenen Bereichen bestückt, je nach Verfügbarkeit und Schwerpunkt, doch Katharina bezweifelte, dass ihre enge Zusammenarbeit mit Hartwaldt nur durch die Soko zustande kam. War er eigentlich verheiratet? Sie wusste fast nichts über ihn. So oder so, die beiden kannten sich von größeren Projekten. Von welchen, traute Katharina sich nicht zu fragen. Auf jeden Fall vertraute er ihr blind.

Ein Blitz erleuchtete das Büro. In der Helligkeit wirkte das Gesicht der Kollegin müde und grau. »Nächste Soko-Besprechung um neun.«

»Keine Pressekonferenz?«

Die Kaspars schüttelte nur den Kopf. Katharina setzte sich an ihren Platz. Schnell den Bericht tippen, bevor der Tag Fahrt aufnahm. An ihrem Telefon leuchtete die Anzeige des Anrufbeantworters auf. Sie drückte auf den Knopf.

»Hallo?« Eine krächzende Stimme, die sie sofort erkannte: Agathe Schmied. »Frau Bolizischdin? Haaallo?« Ein Schnaufen, dann schien sie verstanden zu haben, dass sie nur mit einem Band sprach. »Griaß Gottle. Rufet Sie mi amol zurück. I han da was. D'r Gerhard hat wieder irgendäbbes Finschderes dräht, aber i woiß net genau, was. I han doh a Babbier g'funda. Vielleicht könnet Sie mir sage, was des sei könnt ...« Lautes Atmen. »... aber saget Se d'r Irene nix, wenn Se die vor mir treffet. Ond parket Se a Schdick weg vom Haus, wenn Se kommet, dass m'r Se joh ned sieht. Vor ällem die Irene. Uff Wiederhöhra.«

Katharina hörte das Band erneut ab, um alles zu verstehen. Schließlich machte sie sich einen Vermerk auf einem Post-it: »Frau Schmied – Babbier«. Und die ›Frau Bolizischdin‹ sollte ihr also helfen, es zu entziffern. Dass die Beamten selbst am Ermitteln waren, schien die gute Frau nicht zu kümmern. Oft genug kam es vor, dass die Direktion als eine Art Auskunftei erachtet wurde ... Katharina seufzte. Wenn sie so weitermachte, würde Frau Schmied es noch schaffen, Gerhard Beitle selbst als Mörder zu überführen. Vielleicht würde Katharina am Mittag noch einmal auf die Fildern fahren, aber zuerst galt es abzuwarten, was Hartwaldt mit seinen subtilen Verhörpraktiken aus Hall herausgekriegt hatte.

Der Boden bebte. Donnerte es etwa schon wieder? Von wegen. Hartwaldt hatte seine Bürotür zugeschlagen und kam mit geradezu geisterhafter Ruhe über den Gang. Wieder blitzte es, und in dem kalten Licht, das den Flur für den Bruchteil einer Sekunde erhellte, wirkte er wie ein Vampir. Zugegeben: ein schmaler, eher ausgemergelter Vampir, aber trotzdem – blasser Teint, dunkle Tränensäcke unter den Augen, dazu eine Kaffeetasse von der Größe eines kleinen Eimers in der Hand. Hatte der die ganze Nacht im Verhör verbracht? Kein gutes Zeichen. Wenn Hall nicht gestanden haben sollte, wenn sie ihren Mörder doch nicht hatten, war womöglich wertvolle Zeit verloren gegangen.

Katharina nickte dem Chef zu und ging in den Besprechungsraum, in dem Halls widerliche Fotos an einem Whiteboard klebten. Irgendjemand hatte eine Nachtschicht gefahren und einen ziemlich lückenlosen Lebenslauf des Künstlers erstellt. Dreiundvierzig war er, dabei wirkte der sehnige Schlaks wie ein Milchbubi Anfang dreißig. Mehrfach überführter Kiffer, vermutlich konservierte der Rauch. Hier eine Pressemeldung, irgendwas Englisches. Hall vor einer Installation mit toten Tauben, Blitzlicht, Fotografen. Er schien sich im Ausland tatsächlich schon einen Ruf erarbeitet zu haben.

Hartwaldt hatte Karin Kaspars im Schlepptau, als er um die Ecke bog. »Gute Arbeit gestern«, brummte er und hängte weitere Fotos an die Wand.

»Geht's ihm gut?«, flüsterte Katharina ihrer Kollegin zu.

»Gut geht's ihm! Danke!« Damit drehte er sich um und zog die Glastür des Besprechungsraums geräuschvoll hinter sich zu.

»Hoppala!«

»Vielleicht ziehen wir die eine oder andere Info doch vor«, überlegte Kaspars.

»Hat er ihn … die ganze Nacht …« Erlaubt war ein solches Verhör ohne Pausen nicht, doch in Extremfällen war Hartwaldt zu ungewöhnlichem Vorgehen bereit, das wusste Katharina bereits.

»Nein, sie waren heute erst eine halbe Stunde drin. Aber …«, Kaspars senkte ihre Stimme zu einem Flüstern. »Hall kann es nicht gewesen sein, der Zeitpunkt stimmt nicht. Beitle muss gegen Mitternacht getötet oder außer Gefecht gesetzt worden sein. Hall hat die ersten Bilder gegen zwei Uhr gemacht.«

»Laut Display seiner Kamera?« Dieser Beweis hielt nicht stand. Eine Uhrzeit konnte er jederzeit leicht selbst verstellen.

»Trotz der Wolken ist auf zwei der Bilder eine Mondsichel zu sehen, der Meteorologe kann die Zeit also klar eingrenzen. Die Bilder sind nicht bearbeitet. Und drüben beim Supermarkt gehen um ein Uhr die Lampen aus. Daher die absolute Schwärze außerhalb dieses Bereichs.« Kaspars deutete auf eins der Bilder.

»Bis ein Uhr? Ist ein Supermarkt wirklich sonntagnachts beleuchtet?«, überlegte Katharina.

»Werbung und Sicherheitsmaßnahme zugleich«, mutmaßte Kaspars.

»Hm. Wir haben also einen Wahnsinnigen, der Ermordete fotografiert? Einfach so?« Abwegig und unglaubwürdig. Aber leider auch nicht unmöglich, vor allem in Zeiten, in denen Menschen Unfälle mit dem Smartphone filmten, anstatt den Opfern zu helfen. Und Hall wirkte regelrecht besessen von seiner Kunst.

»Ich muss zu ihm rein.«

»Eigene Meinung bilden, ich verstehe.« Kaspars nickte. »Ich würde Hartwaldt am besten jetzt fragen, ganz beiläufig.«

Ob Kaspars die Lage wirklich richtig einschätzte? Hartwaldt sah seine Felle wegschwimmen, zweifellos. Sie durften den Verdächtigen nur 24 Stunden festhalten, und es gab noch keinerlei brauchbares Ergebnis. Katharina hatte so ihre Zweifel, ob er sie jetzt zum Verdächtigen lassen würde, aber die Frau schien zu wissen, welchen Knopf man bei ihm drücken musste. Als Katharina sein Büro erreichte, war die Tür nur angelehnt. Regen prasselte gegen das Fenster. Hartwaldt schichtete Stapel auf seinem Schreibtisch um. Hochnehmen, zehn Zentimeter weiter drüben wieder absetzen. Möglichst geräuschvoll und mit beiläufigem Ächzen. Ganz offensichtlich Frustbewältigung. Katharina widerstand dem Impuls, umzudrehen und klein beizugeben. »Ich habe noch ein paar kurze Fragen an den Verdächtigen.«

»Meinetwegen«, flüsterte Hartwaldt, ohne sich umzudrehen. »Ist im Verhörraum.«

»Ich komm mit, wenn es dir nichts ausmacht.« Wie auf Kommando tauchte Samuel hinter ihr auf. Manchmal schien es, als habe er einen siebten Sinn. Gut, ohne einen weiteren Kollegen hätte sie Hall sowieso nicht verhören können und bei diesem Spinner war Katharina äußerst dankbar, gerade Samuel neben sich zu haben.

Sie öffneten die Tür zum Verhörraum. Ein Blitz erhellte den wolkenverhangenen Himmel und die kahlen Weinberge, die von hier aus zu sehen waren. Dieser Raum war nicht der eigentliche Verhörraum; doch Hartwaldt hatte ihn sozusagen dazu auserkoren. Üblicherweise verfügten die Verhörräume nicht über Fenster und noch dazu eine derartige Aussicht. Die Idee des Soko-Leiters war einfach zu durchschauen; dieser Ausblick sollte ans Verlangen des Verdächtigen appellieren: Kooperiere und vielleicht darfst du dann wieder da hinaus.

An der Wand saß ein Beamter, der Verdächtige am Tisch erkannte sie sofort wieder. Hall sah schlimm aus. Aus roten, geweiteten Augen starrte er sie an – Katharina bereitete sich schon auf die nächste Beleidigungsattacke in schlechtem Englisch vor.

Ihre Erwartungen wurden enttäuscht. »Ich will raus hier«, klagte er stattdessen. »Meine Fotos, meine Kamera. Wann krieg ich das Zeug zurück?«

Katharina und Samuel setzten sich. Erst jetzt bemerkte Katharina, wie erholt ihr Kollege aussah. Und er duftete nach etwas zu viel Aftershave.

»Guten Morgen«, grüßte sie, so freundlich es ihr möglich war. Das A und O eines guten Verhörs war das offene Zugehen auf den Verdächtigen. Das zu gewährleisten war manchmal Schwerstarbeit. Aber was war die Alternative? Sein Gegenüber die Ablehnung seiner Tat und Person spüren zu lassen hatte zur Folge, dass sich der Verdächtige unter Umständen ganz verschloss. Und obwohl der moderne Mensch mehr und mehr verlernte, seinen Instinkten zu vertrauen, spürte er dank Mimik und Gestik trotzdem ganz genau, was der andere von ihm hielt. Zwei Mauern, die voreinander aufgebaut waren, ließen keinen Platz fürs Aufeinander-Zugehen.

Auch wenn Katharina Ben Hall als Mensch abstoßend fand, galt es, den sympathischen Kern zu erahnen und wenigstens diesen nicht abstoßend zu finden. Sie konnte fast jedem Menschen einen Grundrespekt entgegenbringen, jeder hatte zumindest Fairness bei der Beurteilung seines Vergehens verdient. Die Verurteilung hatte auf der Sachebene stattzufinden. Leicht gesagt. Was also konnte sie Positives an Hall finden? Sie fokussierte ihn.

»Ich muss zu meiner Ausstellung!«, drängte der, ihre Aufmerksamkeit spürend, fast panisch.

Katharina nickte. Sein Blick, die Unruhe, die Gesten, das Tippeln der abgebrochenen Nägel an dünnen Fingern auf dem

Tisch. Ein Getriebener, mit ziemlicher Sicherheit ein Abhängiger. Die meisten hatten eine Vorgeschichte, verbunden mit schlechten Erfahrungen.

»Wann findet Ihre Ausstellung denn statt?«

»Morgen geht mein Flug. Und ich muss noch so viel vorbereiten. Ich muss …«

Katharina entschied sich, das Lamento zu unterbrechen und gleich aufs Ganze zu gehen. Vielleicht konnte sie ihn knacken. »Was hätten Sie denn in London ausgestellt, wenn Ihnen Herr Beitle nicht – ganz zufällig – untergekommen wäre?«

Dass er Bilder eines Ermordeten mit Sicherheit *nicht* würde ausstellen dürfen, das hatte ihm Hartwaldt bestimmt schon auf seine eigene, besondere Art gesagt, alle Persönlichkeitsrechte des Toten standen dem entgegen. Und bestimmt hielt man das in London auch nicht anders als hier.

»Da gibt's noch ungezeigtes Zeug … nix Neues, mich hatte die Muse noch nicht geküsst. Regelrechte Angstzustände haben mich überfallen, aber dann auf einmal, auf dem Acker, da wusste ich, dass sie mich nicht im Stich gelassen hat. Also die Muse. Dass ich auf diesen Moment warten musste, ja durfte.« Wieder weiteten sich Halls Augen. Er hatte bestimmt keine Stunde geschlafen.

»Schön, dass ein moderner Künstler mal ehrlich ist und zugibt, dass sein Œuvre vor allem aus ›Zeug‹ besteht«, lobte Samuel.

Katharina schickte ihm einen bösen Blick. »Klingt interessant!«, log sie. »Was sind das für … Werke?«

Keine Fangfragen, sicheres Terrain für den Künstler. Hall ignorierte Samuel zum Glück, lehnte sich zurück und schlug unter dem Tisch lässig seine Beine übereinander. »Überfahrene Tiere, die ich getaggt habe. Die sind noch vom Anfang meiner Karriere. Hier auf den Fildern oder in Stuttgart kann ich das nicht zeigen. Da braucht's die große Bühne – New York, Berlin, London.«

Keine Ausstellungen von Wahnsinnigen; ein angenehmer Aspekt am Leben in der Kleinstadt.

»Und wer hat Sie wann benachrichtigt, dass bei diesen Sühnekreuzen etwas passiert?«

»Schon wieder?« Hall hob theatralisch die schmalen Arme, jemand hatte ihm die Handschellen abgenommen. Katharinas Blick prüfte routiniert. Keine Einstichstellen in der Ellenbogenbeuge, keine sichtbaren zwischen den Fingern. Vermutlich nahm er irgendwelche aufputschenden Medikamente, nicht zu vergessen sein Cannabiskonsum. Und die Lösungsmittel.

»Dann halt noch mal: Die Gundula hat mich angerufen und gebeten, mal nachzusehen, was da auf dem Acker vor sich geht. Meine Dote hatte Angst, aber das sind eh so ehrbare Schisser.« Er lachte kurz auf. »Dachte nicht, dass da wirklich was ist, deshalb hab' ich mir Zeit gelassen.«

»War Christian nicht da?«, fragte Katharina.

Er schüttelte den Kopf. »Sonst hätte sie mich ja nicht angerufen.«

Wahnvorstellungen hin oder her, er erzählte die gleiche Version wie Frau Gehringer. Hatten sie sich im Voraus so detailliert abgestimmt? Nicht unmöglich, aber eher unwahrscheinlich. Keine Rede sei bei dem Anruf jedenfalls gewesen von irgendeinem Mann, geschweige denn von einem toten. Herbert und Gundula hätten sich geängstigt, und so sei er eben über den Feldweg spaziert und habe dort die Leiche gefunden.

»Und dann kommt man auf die Idee, das alles erst mal zu fotografieren. Bevor man jemandem Bescheid sagt. Und ohne zu schauen, ob der Mann vielleicht noch lebt«, stellte Samuel fest, während Katharina ein kalter Schauer über den Rücken lief.

»Lebt?«, fragte Hall und kniff seine Augen zusammen. »Bei der Kälte? Tickt ihr noch richtig? Hab' mir fast die Finger abgefroren beim Aufbauen der Ausrüstung!«

Katharina sah ihn scharf an, was tatsächlich wirkte. Er senkte den Blick. »Naja. Nach kurzem Nachdenken bin ich mit wehenden Fahnen rüber ins Atelier, meine Ausrüstung holen. Das war einfach zu gut, um wahr zu sein.« Gut, dass das Tonband immer mitlief. Vielleicht gab es ja Abweichungen zu dem, was er Hartwaldt erzählt hatte.

Wie konnte man so blöd sein, mitten in der Nacht den kiffenden Künstler-Neffen zu rufen statt der Polizei, wenn hinter dem Haus Seltsames vor sich ging? Erwarteten die Gehringers ernsthaft, dass diese halbe Portion etwaige Angreifer in die Flucht schlug? Hall hatte sich bestimmt erst mal ein paar Pillen eingeworfen und eine Kippe angezündet. Katharina hatte gute Lust, dem ganzen Clan einzuschenken, jeden Einzelnen vorzuladen. Aber vorher musste sie verstehen, was passiert war.

»Wie sind Sie eigentlich zur Kunst gekommen?«, fragte Samuel.

Hall schwieg einen Moment, setzte eine Miene auf, als ob er erst drüber nachdenken müsste. »Wissen Sie, ich hab' schon gedacht, mit mir wird's nichts mehr. Ich war gerade dreißig und hatte schon 'ne Scheidung hinter mir. Ein Sohn, den ich nicht sehen darf, Alkoholprobleme. Dann hat mein Vater sich vor ein paar Jahren auch noch das Hirn weggeschossen.« Der Wachmann, der bisher im Standby-Modus auf seinem Stuhl an der Wand verharrt hatte, hob interessiert den Kopf. Und auch Katharina stutzte. Hatte Alexander nicht gesagt, er kenne den Vater? Wusste er von der Sache; hatte er deshalb versucht, von Halls Drogenkonsum abzulenken? Warum hatte er ihr nichts davon gesagt?

»Und dann?«

»Arbeitslos. Bis Herbert mir einen Job bei einem privaten Sicherheitsdienst vermittelt hat.«

Deshalb hatten die Gehringers ihn also angerufen, Hänfling oder nicht.

Sein Blick ging in weite Ferne, als er fortfuhr. »Zuerst bin ich noch gelaufen, jede Nacht. An der Messe, Kilometer für Kilometer durch die Hallen und über die Anlage. Dann bin ich in die Überwachung gewechselt. Mehr Geld und ein lauschiges Plätzchen vor den Bildschirmen, dachte ich. Aber wenn du so Nacht für Nacht in deinen Monitor guckst, in die ewig gleichen Gänge, auf die leeren Parkplätze, in die Hallen, alles dunkel und leblos, dann musst du irgendwann was ändern, oder du bläst dir auch den Schädel weg. Ich war im Hamsterrad, hab' nebenher Online-Poker gezockt, überhaupt nicht mehr gezeichnet und gemalt so wie früher. Ich hab' mich gefragt, ob es das jetzt war. Machst du das noch fünf Jahre, zehn, zwanzig? Vier Jahre lang hab' ich durchgehalten, immer mehr gezockt, immer mehr geraucht, immer mehr Geld verloren und alles geheim gehalten.«

Nachvollziehbar, dass einen so ein Job anöden konnte. Und trotzdem gab es viele, die auf diese Weise ihre Familien ernährten oder es zumindest versuchten, oft genug mit Zweitjob und für einen Hungerlohn. »Und dann?«

»Dann ist alles aufgeflogen. Die Kasse meiner Firma war leer und ich konnt's nicht erklären. Auf einmal bin ich daheim auf dem Sofa gesessen, hab' das Geld meiner Oma ausgegeben und einfach weitergezockt. Das kannte ich, das war meine Arbeit, mein Ritual. Bis ich diese Eingebung hatte. Man könnte es fast Erscheinung nennen. Ich konnte nicht einschlafen. Auf einmal war alles hell, mitten in der Nacht und eine Stimme hat mich gefragt, ob ich zu den Auserwählten gehören will.«

»Und dann sind Sie zu den Zwölf-Kerzen-Adventisten gekommen?« Samuel wieder. Mit seinen blöden Kommentaren würde er das bisschen Vertrauen kaputtmachen, das Katharina vorsichtig aufbaute.

»Was? Nein, ich habe mein Leben von Grund auf umgekrempelt und der Kunst gewidmet.«

»Ohne Anstoß von außen?«

»Ja, hören Sie überhaupt zu? Das helle Licht …«

»Oder irgendwelche Psychopharmaka?«

»Samuel!«

Hall schaute unsicher zwischen Katharina und Samuel hin und her.

»Meistens nehm' ich nur die Kräutermischung aus'm Wörldwaidweb. Und so ein paar Pillen vom Doc. Alles ganz legal«, wehrte Hall ab. »Aber gell, Sie drehen mir da keinen Strick draus?«

»Daraus nicht. Wenn Sie kooperieren. Sie müssen einen großen Hass auf die Menschheit haben. Leinwand mit roten Spritzern und angeklebten Federn …«

»Wie haben Sie das eigentlich gemacht?«, fragte Samuel. »Toller Effekt. Das sah aus wie eine explodierte Taube!«

»Da liegen Sie gar nicht so falsch«, antwortete Hall mit erfreutem Lachen.

»Herr Hall, ich will's nicht wissen. Sonst interessiert sich auch noch der Tierschutz für Sie. Mich interessieren vor allem Ihre Bilder von gestern Nacht. « Katharinas Blick fixierte Samuel.

»Glauben Sie, die Bilder werden nicht nur Sie interessieren. Sie werden alle interessieren. Auf der ganzen Welt.«

Fassungslos schüttelte Katharina den Kopf. Vermutlich hatte er recht.

»Was wollen Sie denn?«, fragte Hall im Ton eines beleidigten Kindes. »Dem Toten ist es mit Sicherheit völlig wurst, ob ich noch ein paar schöne Bilder mach', bevor er in der Kiste liegt.«

»Schön? Wie sieht es für Sie aus mit Würde, mit Respekt vor dem Tod?«, fragte Katharina. Diese Bilder faszinierten bestimmt dieselben Menschen, die von Hagens' »Körperwelten« als Kunst definierten. »Was haben Sie gefühlt, als Sie den Mann da mitten in der Nacht festgebunden gefunden haben?«

»Ist das mein Problem? Der lag doch da schon«, schnappte Hall. »Aber wenn ich meine Ausstellung in London verpasse, das *ist* mein Problem. Und mein Glanz fällt ja auch auf die Fildern zurück.«

Katharina fröstelte. Diesen Glanz konnte er in London lassen, da waren die hiesigen Einwohner bestimmt nicht scharf drauf. Vielleicht musste man ausgetickt sein, um auf dem Kunstmarkt hervorzustechen, wer wollte schon geometrische Studien von geistig gesunden VHS-Kursteilnehmern sehen? Aber Bilder von einem Toten als Kunst zu verkaufen ...

»Haben Sie sich überhaupt keine Gedanken gemacht, ob Sie Hilfe leisten können? Falls Beitle zu diesem Zeitpunkt gelebt hat – und das ist nicht sicher, ob er schon tot war, lieber Herr Hall, dann kriegen wir Sie wegen unterlassener Hilfeleistung und fahrlässiger Tötung dran.« So schnell konnte sich Empathie auch wieder verlieren.

Hall schaute gelangweilt an die Decke. »Das war meine letzte Chance.«

»So kommt man also zur Kunst.« Samuels Blick ging in die Ferne.

Was war denn in den gefahren? War der Irrsinn hier etwa ansteckend?

Hall gähnte und legte ungeniert einige Goldzähne offen. Als die Frage seine Hirnwindungen durchdrungen hatte, begannen seine Augen zu leuchten. »Oh ja. Noch nie war ich so nah bei mir. Kunst eröffnet ein ganz neues Leben.«

»Ich fürchte, Sie werden Ihre Ausstellung nicht verpassen.« Damit verließ Katharina den Raum. Drankriegen würden sie ihn so oder so, aber wenn es sich bewahrheitete, dass er sich erst nach Beitles Tod am Tatort eingefunden hatte, hatte er nicht viel zu befürchten. Störung der Totenruhe, Verschleierung und Behinderung der Ermittlungsarbeiten. Und das gab Bewährung, Belehrungen und wahrscheinlich noch mehr Aufmerksamkeit von der ›interneschionell press‹.

Und wenn der Ruhm der Fildern mit ihm in die Welt hinausziehen sollte, dann würde Katharina der Sache bestimmt nicht im Weg stehen. Auch einen zweifelhaften Ruf musste eine Region sich erst erarbeiten, und das war wenigstens mal eine Abwechslung zu den üblichen Klischees wie Spitzkraut und Schaffigkeit.

»Tun wir ihm nicht ein bisschen Unrecht?« Samuel schloss die Tür hinter sich.

»Du hast vergessen, dir ein Autogramm geben zu lassen.«

Katharina erstatte einem enttäuschten Hartwaldt Bericht und widmete sich dann wieder dem Schreibkram. In Kürze fand die Neun-Uhr-Besprechung statt, in der sie verkünden mussten, dass sie wieder bei null waren. Hoffentlich hatte eins der anderen Teams weitere Ansätze gefunden. Katharina las das Protokoll von Halls Alibi, »gemeinsames Zusammensitzen mit Künstlerkollegen in der Bauze in Neuhausen«. Na super, seine Kollegen wollte sie sich gar nicht vorstellen. Die Kneipe jedenfalls hatte einen guten Ruf, sie kannte sie von der Fasnet. Katharina beobachtete, wie die Wassertropfen Spuren auf den Scheiben hinterließen und malte Kreise auf die Schreibtischunterlage. Gehe zurück auf Los. Weitere Verdächtige, woher nehmen und nicht stehlen? Da stach ihr das Post-it mit Frau Schmieds Nachricht ins Auge. Diesem Hinweis durften sie ja auch noch nachgehen.

»Sag mal, isst du den abgelaufenen Joghurt noch?«, fragte Samuel, der den Kopf in den Kühlschrank gesteckt hatte.

»Ja, wieso?«

Immer futterte er ihre Vorräte weg, dabei hatte er sich gerade wieder einen Kaffee geholt, diesmal mit Milchschaumhäubchen. Kein Zweifel: erster Stock. Und hätte er ihr nicht auch einen mitbringen können?

»Läuft's wieder mit Angie?«, fragte Katharina ins Blaue hinein.

»Läuft, läuft«, entspannt lehnte Samuel in seinem Sitz und schaute abwesend in die Ferne. Wahrscheinlich träumte er gerade von seiner Künstlerkarriere. Im hellen Bürolicht stachen dem aufmerksamen Betrachter Gelfrisur und ein besonders gesunder Teint ins Auge.

»Ich war sogar schon trainieren heute«, erklärte er stolz, als er Katharinas Blick bemerkte. »Schon attraktiver als so ein Stracciatelli, oder?«

»Und die Angie aus dem Ersten ist bestimmt attraktiver als so eine 32-jährige Kriminaloberkommissarin.«

»Och, so würde ich das nicht sagen …«, kam es eine Spur zu spät von der anderen Seite des Tisches.

»Wir dürfen nochmal zu Frau Schmied, sie hat ein ›Babbier‹ für uns. Auch wenn's vermutlich verschwendete Zeit ist …«

»Was heißt hier *wir*?«, murmelte Samuel.

Katharinas Handy klingelte, also die Glocken von Hells Bells erklangen. Mit dem Einsetzen der ersten Akkorde spielte ihr Kollege Luftgitarre und sang dazu schräg: »Deine Mamma! Oder Looohrenz! Mach laut, bitte!«

Eher würde die Hölle zufrieren, als dass sie private Telefonate mit ihrem Bruder per Lautsprecher ins Großraumbüro schickte.

»Guten Morgen, Lorenz«, flötete Katharina ins Handy.

»Hinten stinkt's und vorne spuckt's!«, heulte ihr Bruder ohne Begrüßung ins Telefon. Katharina schaute sich kurz um, dann drückte sie auf den Lautsprecher und legte das Handy auf den Schreibtisch. Das konnte sie Samuel nicht vorenthalten, das konnte sie dem ganzen Büro nicht vorenthalten.

»Aber Babys riechen doch sooooo gut«, wiederholte Katharina den Spruch von Lorenz' Frau Viola, während sie nebenher ihren Rechner aus dem Schlafmodus holte.

»Meinst du den Duft von ›Baby oben‹ oder den von ›Baby unten‹?«, Samuel wieherte über seinen eigenen Witz.

»Katharina, was ist bei dir eigentlich immer los?«, motzte Lorenz. »Wer lacht da dauernd im Hintergrund, wenn ich deine Hilfe brauche? Carli hat seit heute Morgen um fünf Uhr Magen-Darm!«

»Hier gibt's rein gar nichts zu lachen. Wir sitzen an einem Mordfall«, erklärte Katharina und musste sich konzentrieren, beim Anblick ihres über dem Tisch liegenden Kollegen nicht ebenfalls loszuprusten. »Immerhin glitzerst du nicht mehr, das ist doch schon mal was!«

»Woher willst du das wissen?«, kam es spitz aus dem Lautsprecher.

Kollegin Kaspars kam mit einer Akte vorbei und blieb irritiert stehen.

»Mein Bruder ist total überfordert, allein mit zwei Kleinkindern«, flüsterte Katharina.

»Der arme Mann«, hauchte die Kollegin, während Lorenz im Hintergrund die Konsistenz der Auswürfe des Nachwuchses erläuterte. Von wegen ›armer Mann‹. Wenn Lorenz' Gejammer nicht Unterhaltung in den sonst beschissenen Morgen bringen würde, Katharina hätte gleich wieder aufgelegt.

»… also so sieht das aus, was vorne rauskommt. Also oben. Total körnig. Und hinten … hey, jetzt lachen schon zwei! Katharina, was ist da los? Ich will eine Erklärung! Komm sofort vorbei!« Lorenz weinerliche Stimme wechselte übergangslos ins Brüllen.

»Verrat mir mal, wie ich jetzt bitte bei dir in *Darm*stadt

vorbeikommen soll? Shhht!« Sie sandte einen strengen Blick zu Samuel und Frau Kaspars, die auf der anderen Tischseite feixten. Katharina hielt sich das freie Ohr zu. Konnten die beiden sich nicht zurückhalten? »Außerdem lacht hier *keiner*. Vielleicht werden wir abgehört und die ganze NSA lacht.«

»Ich bin nur ein überforderter Vater, der seine große Tochter gerade in den Kindergarten gebracht hat, um ein kotzendes Baby zum dritten Mal heute zu baden. Das wird auch der eine oder andere Kollege von der NSA kennen. Aber sag doch mal, da kann doch gar nichts mehr rauskommen! Und wie das Auto ausschaut!«, klagte er. Und dann noch der Glitzer von gestern, den Lorenz mit Sicherheit noch nicht restlos beseitigt hatte.

»Der arme Mann.« Karin Kaspars wischte sich eine Lachträne aus dem Augenwinkel.

»Soll ich dir eine Kollegin schicken, Lorenz?«

Besagte Kollegin packte ihre Akte und verschwand eilig in den Weiten des Flurs. Das klappte ja prima. »Oder einen Kollegen?« Samuel straffte sich und starrte äußerst konzentriert in den Computer, doch seine Augen glänzten feucht und seiner Kehle entwich ein ersticktes Röcheln.

»Schick sie mir alle!« Lorenz schien den Witz nicht verstanden zu haben. »Egal wen, ich bin nicht wählerisch!«

Viola! Komm endlich heim, und wenn du es nur für deine Schwägerin tust, die versucht, in Ruhe ihre Arbeit zu machen!

»Was ist denn hier los?« Hartwaldt war geräuschlos neben ihr aufgetaucht und griff sich das Handy von Katharinas Schreibtisch. Wie alle Chefs hasste er Privattelefonate. Katharina versuchte, den roten Ausknopf auf dem Display zu erwischen, bekam aber nur noch die Lautsprecherfunktion zu fassen. Nun hörte sie nicht einmal mehr, was Lorenz Hartwaldt erzählte.

»Ja?«, zischte der Soko-Leiter, der, falls er überhaupt Familie und Kinder hatte, deren Aufzucht bestimmt vollumfänglich seiner Frau überlassen hatte, in das kleine Gerät. Er lauschte kurz, scheinbar interessiert. »Ach ja? … Nein! … Wirklich?«

Katharina rollte mit den Augen. Wenn Lorenz eins nicht verstand, war es Ironie. Und Hartwaldts Stimme triefte förmlich.

Der Kriminalrat lauschte noch ein paar Sekunden, dann fragte er süßlich »Trägt das zur Lösung des Falls bei? Nein? … Dann bringen Sie das Balg mit! Besprechung in zwanzig Minuten!« Damit flog das Handy mit Schwung auf den Tisch.

»Welcher Kollege war das? Was für jämmerliche Ausreden! Abmahnung! Soll seinen Arsch schleunigst hierher bewegen!«, damit polterte er zurück in sein Einzelbüro und warf die Tür mit Schwung zu.

* * *

Die Laune der Beamten hob sich während der Soko-Besprechung nicht, es gab keine guten Nachrichten oder unerwarteten Neuigkeiten. Lorenz nahm das Meeting natürlich nicht wahr, dafür wohnte er erstens zu weit weg, zweitens war er als Netzwerk-Administrator im öffentlichen Dienst Flexibilität und Überstunden nicht gewohnt und somit nicht für die Zwecke der Kriminalpolizei geeignet, drittens hatte er gerade andere Probleme, die viertens Katharina nicht in ihrer Nähe wissen wollte. Viren kleiner Kinder schlugen sich mit bösartiger Intensität auf Erwachsene in ihrem Umfeld nieder.

Katharina und Samuel wurden als Erstes nach vorne gebeten, um über die Festnahme von Hall zu berichten. Ein Spurensicherer belegte zudem die Erkenntnisse zu Halls Fotoaktion. Keine Helfer, darauf deuteten sowohl fehlende Spuren als auch der Winkel des Selbstporträts hin. Hauptthema waren natürlich Halls Bilder, die für manche Kollegen schwer verdaulich waren.

»Man muss die Leute schockieren, um sie zu erreichen.« Für Hartwaldt war die Sache klar.

»Jedenfalls ist er besser als unser Tatort-Fotograf«, nuschelte einer von der alten Garde und erntete einen bösen Blick Samuels. Soweit Katharina wusste, trainierten Samuel und der Fotograf im gleichen Studio in Ostfildern. Rein sachlich gesehen waren die Aufnahmen tatsächlich von hoher Qualität, Hall verstand zweifelsohne sein Handwerk. Auch wenn sein Interesse an blutigen Details nicht ganz mit dem der Kripobeamten übereinstimmte.

Beitles Assistenten hatten ein hieb- und stichfestes Alibi. Keines hatten dagegen seine Kinder, seine Witwe und auch Agathe Schmied. In Leinfelden-Echterdingen war Beitle aktiv im Rotlichtmilieu unterwegs gewesen, aber zu keiner der Damen schien er nähere Beziehungen unterhalten zu haben.

»Seine letzten bekannten Aktivitäten fanden Donnerstag- und Freitagabend in Echterdingen statt«, verlas ein junger Beamter mit roten Ohren.

»Alle Achtung! In seinem Alter wird er am Sonntag ja nicht schon wieder losgezogen sein. Hatte er es nicht mit dem Herzen?«, überlegte Samuel laut.

Katharina seufzte. »Keine offenen Lieferantenrechnungen, keine Aufträge, die er unlauter von Konkurrenten übernommen hatte?« Irgendwo musste es doch Reibungspunkte geben.

»Bisher nichts bekannt. Wir sind dran.«

Samuel zeigte sich leider weiterhin entschlossen, nicht mit zur Beitle-Villa zu kommen. Dass er Katharina tatsächlich im Stich lassen würde, hatte sie nicht erwartet. Stattdessen schloss er sich einer Gruppe an, die Beitles Restaurants und Buchhaltung unter die Lupe nehmen wollten, als die Aufgaben verteilt wurden. Katharina überlegte, ob seine Ablehnung eine Eifersuchtsreaktion auf Alexander war, verwarf den Gedanken aber wieder. Irgendwie verständlich, dass Samuel nicht schon wieder mit Frau Schmied reden wollte. Aber gerade weil keine der Frauen der Beitle-Villa ein Alibi hatte, mussten sie wachsam bleiben. Vielleicht war von der Mutter mehr über Irene Beitle zu erfahren, wenn sie es geschickt anstellte. Hartwaldt schien nicht überzeugt, dass Frau Schmieds Hinweis zielführend war, aber in Ermangelung besserer Spuren akzeptierte er Katharinas Ausflug und den Hinweis, den Verbleib der beiden Frauen zum Tatzeitpunkt erneut zu prüfen.

Apropos Alexander … Katharinas Mundwinkel zuckten, als sie unter dem Tisch eine SMS tippte: »Zeit für einen Außentermin?«

Auch zu den Kindern der Beitles legten die Kollegen neue Informationen vor. »Der Älteste, Lucas, war immer der Vorzeigejunge gewesen, bis es vor kurzem einen Bruch gegeben haben muss. Laut der Tante, die zu diesem Zeitpunkt zu Besuch war, ist er mit Sack und Pack ausgezogen und zu einer Freundin ins Auto gestiegen. Der Vater hat ihnen vom Balkon aus hinterhergeschimpft. Seitdem hat man Lucas Beitle nicht mehr zu Hause gesehen.«

»Wie heißt die Freundin?«, fragte Katharina.

»Unbekannt.«

»Weiter, bitte.« Gunther Hartwaldt winkte ab. War dieser Streit womöglich trotzdem ein Ansatz für den Fall? Wobei mit Sicherheit keiner ein besseres Alibi vorweisen konnte als dieser Lucas im weit entfernten Costa Rica, so man denn seinen Reiseverlauf überhaupt lückenlos überprüfen konnte.

Mit Sicherheit hatte auch Agathe Schmied die Streitereien mitbekommen und Katharina konnte von ihr mehr über Lucas' Freundin erfahren.

»Weiß man inzwischen mehr darüber, was Beitle da draußen auf dem Feld wollte?«, fragte sie.

»Er ist wohl aus freien Stücken und allein dort hingefahren. Kein Fahrgast. Einer seiner Assistenten hatte ihn gegen halb acht im Büro in Leinfelden verabschiedet.«

»Am Sonntag?«

»In der Gastronomie wird sonntags oft gearbeitet. Nur die Mitarbeiter im Büro hatten frei. Beitle hat seine übliche Restaurantrunde gemacht und wurde von einem der Kellner noch nach 22 Uhr im Degerlocher Restaurant gesehen. Keine außergewöhnlichen Vorfälle, auch die Kameras sind ausgelesen. Über spezielle Pläne für den Abend hatte er nicht gesprochen.«

»Haben seine engsten Mitarbeiter alle ein Alibi?«

»Mit wem er wann genau Kontakt hatte, ist aufgrund der Menge an Aktivitäten schwer zu fassen. Aber es gab wohl intern keine größeren Streitigkeiten, zumindest keine bekannten. Jeder war froh, wenn er einen Job beim Beitle ergattern konnte.«

Beitle, der Daimler der Filderebene also.

»Wie kann ein so durchsetzungsfähiger Mann, der seine Ellenbogen vermutlich ständig einsetzt, nirgends anecken?«, überlegte Samuel laut.

»Mit Sicherheit ist er angeeckt, aber er war eben auch Arbeitgeber, wichtiger Steuerzahler und große Nummer für den Kreis Esslingen und speziell für Leinfelden-Echterdingen.« Karin Kaspars zuckte mit den Schultern. »Wir haben auch Kollegen aus dem Lions Club befragt, aber der einzige Anhaltspunkt für einen möglichen Konflikt war seine im Filderstädter Landschaftsschutzgebiet gebaute Villa, die 1995 den kleinen Vorgängerbau eines Jägers abgelöst hat. Dass Beitle hier ungestraft eine mehr als dreimal so große Architektenvilla hinbauen durfte, weist auf seinen Einfluss auf die Lokalpolitik hin. Vielleicht haben sie sich erhofft, mehr vom Kuchen abzubekommen. Aber wieso hat er dann seine Firma in Leinfelden-Echterdingen angesiedelt?«

»Baugrund ist schon immer eng gewesen da oben. Versuch mal, eine größere Firmenfläche anzumieten.« Der Kollege musste es wissen, er suchte mit seiner Familie seit Jahren ein bezahlbares Grundstück, und die einzige Möglichkeit hierfür schien inzwischen das Remstal zu sein. Aber jeden Morgen im Stau auf der B14 zu stehen, war auch keine Option.

Katharina verdrängte den Gedanken an die eigene hohe Miete und schlug vor, zusammen mit Alexander Beitles privates Umfeld noch genauer zu durchleuchten, was ihr ein zustimmendes Nicken Hartwaldts und einen leisen Kommentar von Samuel einbrachte, den sie würdevoll überhörte.

Das Handy summte. Katharina wischte übers Display. Alexander, kaum, dass sie über ihn gesprochen hatte. Verdammtes Kribbeln im Bauch.

»Außentermin als Ausgleich fürs Frühstück? Na gut. Wann und wo?« Zum Bauchkribbeln pochte jetzt noch Katharinas Herz.

Am Beamer übernahm der Gerichtsmediziner. Er gab eine überraschende Wende in den Erkenntnissen zur Todesursache bekannt, unter Zuhilfenahme einer wild blinkenden Powerpoint-Präsentation, die jeden Spezialeffekt ausreizte, den das Programm hergab. Zu Halls appetitlichen Fotografien, die an der Tafel hingen, gesellten sich jetzt also Innenaufnahmen von Beitle. Anhand der anschaulichen Bilder verkündete der Kollege, dass es keine Tatwaffe gab, denn Beitle hatte sich die Kopfverletzung am Randstein des Parkplatzes zugezogen. Dass dort Gewebestücke gefunden worden waren, grenzte an ein Wunder, zumal die Suche durch den Regen erheblich erschwert worden war.

»Gestürzt oder gestoßen …«, das war die Frage, die der Mediziner mit etwas Pause in der Luft hängen ließ. Genüsslich strich er sich durch den zauseligen, grauen Bart. Also kein stumpfer Gegenstand als Tatwaffe? Ein solches Detail konnte das Strafmaß erheblich verändern.

»Aber die Zahnstocher! Er hat doch …«, warf Samuel ein.

»Natürlich bleibt die Tötungsabsicht«, versuchte der Mediziner die aufbrandende Diskussion zu beruhigen. »Wir haben immer noch die Auffindesituation, schlichtweg der Beweis dafür, dass sehr wohl eine Tötungsabsicht vorhanden war. Und ich kann Sie beruhigen, wir haben starke Einblutungen an Hals und Bauch gefunden, die auf grobe Gewalteinwirkung schon vor dem Sturz hindeuten.«

Tritte, Würgen, dann die Hinrichtung, das alles deutete auf große, womöglich lange angestaute Wut hin. Katharina kannte das Dilemma aus vergangenen Fällen nur zu gut, das sich in dem beiläufigen Detail auftat, das der Mediziner beschrieben hatte: die Übergänge zwischen Mord, Totschlag und Totschlag durch unterlassene Hilfeleistung waren fließend.

»Vielleicht wurde er bedroht? Wir gehen von einem Disput aus, dem ein handgreifliches Gerangel folgte, mit dem bekannten Ausgang.«

»Wir konnten die DNA auswerten, die an Zigaretten am Auffindeort der Leiche gefunden wurde. Sie gehört zu Benjamin Häberle«, warf ein Spurensicherer ein. »Am Tatort befindet sich kein Hinweis auf ihn.«

Der Gerichtsmediziner bedankte sich und referierte weiter. »Es war vermutlich kein Problem, den massigen Mann zu befördern, denn er konnte sich aufgrund des Sturzes wohl nicht wehren.«

Die Ursache für Beitles Wehrlosigkeit war also der Sturz, der durch eine Blutung innerhalb von Minuten zu massiven Wahrnehmungsstörungen und vielleicht zur Bewusstlosigkeit geführt hatte. Unwahrscheinlich also, dass er noch ansprechbar gewesen war, als er am Boden lag. Ob es für den Täter danach offensichtlich war, dass Beitle noch lebte, darüber wurde weitere zwölf Minuten lebhaft diskutiert. Hartwaldt zischte wie ein Teekessel. Divergierende Meinungen innerhalb einer Soko-Besprechung wiesen zu offensichtlich darauf hin, dass sie im Nebel tappten. Hartwaldt wollte Ergebnisse, nacheinander präsentiert, kurz und knapp und bitteschön stringent aufeinander aufbauend. Je länger sich ein solcher Fall zog und je prominenter das Opfer, desto eher wurde über kurz oder lang die Öffentlichkeit auf den Plan gerufen. Pressemeldungen, Konferenzen, die Beamten im Erklärungsnotstand, dazu ein Polizeichef, der noch mehr Druck machte. Verständlich, dass der Leiter der Sonderkommission dem zuvorkommen wollte.

»Das heißt, wir wissen nicht, ob es sich um eine geplante Tat handelt oder um eine Kurzschlussreaktion«, fasste Katharina zusammen.

»Wir sollten in Betracht ziehen, dass der Sturz nur Abkürzung eines ohnehin geplanten Verbrechens war, eine Hilfestellung für den Täter, der das Opfer anschließend an die ihm bereits vorbestimmte Stelle verbrachte«, formulierte der Rechtsmediziner vorsichtig, und fürs Erste einigten sie sich auf diese Deutungsweise. Der oder die Täter mussten stark gewesen sein, um ihn zu tragen oder mit dem Auto die etwa dreihundert Meter zu den Kreuzen zu befördern, denn es fand sich nicht die kleinste Spur vom Parkplatz bis zu den Sühnekreuzen. Ein Jammer, dass es nicht schon früher zu regnen begonnen hatte, dann wären der oder die Täter tiefer in den durchweichten Boden eingesunken. So war der Boden nachträglich aufgeweicht und hatte mögliche Spuren eher getilgt als vertieft.

Katharina erinnerte sich an Alex' SMS. »In etwa einer Stunde bei den Beitles?«, tippte sie und dachte mit Schaudern an das breite Schwäbisch von Frau Schmied. »Brauche Übersetzer.«

* * *

Es gab immer noch keine Nachricht von Alexander, als die Besprechung sich aufgelöst hatte. Vermutlich würde er direkt nach Bonlanden kommen. Katharina bog in die Berliner Straße Richtung Esslinger Zollberg. Ein bisschen zu schnell, aber als sie eine Horde Kindergartenkinder mit ihren Erzieherinnen am Straßenrand sah, drosselte sie das Tempo und stellte zur Freude der Kleinen das Blaulicht an.

Etwa zwanzig Minuten später war sie in der Sandbühlstraße angekommen. Sie ließ die Scheibe herunter. Auch hier in Filderstadt hatte der Sturm getobt, Blätter und Äste lagen auf den Straßen und Gehwegen. Vögel boten mit beeindruckender Hartnäckigkeit ihre Frühlingsgesänge dar, und Katharina atmete bewusst die kalte, klare Luft ein. Ein Hauch angenehmer Ruhe erfasste sie. Jetzt den Wagen abstellen und eine kleine Pause einlegen, vielleicht mit Alexander zusammen. Verstohlen schaute sie sich zwischen den hübschen, gepflegten Einfamilienhäusern um. Ein Dreirad in einer Einfahrt, Spielsachen auf durchweichtem Teppich, an der Garage ein durchnässtes, mit Filzstiften gemaltes »Flomargt«-Schild, das der Regen ziemlich mitgenommen hatte. Hinter einer Scheibe goss eine Frau Blumen. Ein Mann im Anzug stieg in seinen BMW mit S-Kennzeichen. Die Stadt war auf dem Land angekommen. Vielleicht war es keine schlechte Idee, ihren Lebensmittelpunkt aus dem Stuttgarter Westen ein bisschen mehr ins Grüne zu verlegen, nicht nur wegen des Parkplatzmangels. Das hatte schon etwas für sich.

Die Pferde in ihrer Koppel schienen sich über die Abwechslung zu freuen und trabten zum Zaun. Als ob die Landschaft sich gegen sie verschworen hätte: *Schau mal, wie schön es hier ist … die Bäume treiben auch bald aus … Balsam für die gestresste Städterseele …* Aber Katharina wusste nur zu gut, dass man es drehen und wenden konnte, wie man wollte: Aus der Nähe betrachtet war jede Idylle wurmstichig. Die nette

Nachbarin, die so aufmerksam ihre Blumen goss, bekam auch sonst alles mit, egal, ob es sie etwas anging oder nicht, der alte Mann wollte sicherlich mitbestimmen, wie und wann man seine Hecke schnitt und Blattläuse von irgendwelchen Rosenstöcken zu entfernen waren. Die Charaktere der Menschen blieben dieselben, egal ob Groß- oder Kleinstadt.

Aus dem Feldweg kam ein schwarzer Wagen mit goldener Schrift. »Aeternitas Gotthelf«, Katharina schmunzelte. Der Blick des hageren Mannes mit der prominenten Nase streifte sie, doch er schien sie nicht wiederzuerkennen.

An der Einfahrt zur Beitle-Villa erwartete sie kein Streifenwagen. Parkte Alexander drinnen? Oh nein, sie hatte ihm ja gar nicht mitgeteilt, dass Frau Schmied sich ausdrücklich gewünscht hatte, dass sie kein Aufsehen erregten. Die Kurve verhinderte jedoch den direkten Blick aufs Haus, also hielt sie an und stieg aus.

Keinen Meter entfernt raschelte es. Eine gedrungene Gestalt schälte sich aus dem Schatten eines Busches, sie schwang etwas Spitzes drohend über dem Kopf. Katharina machte einen schnellen Schritt zurück.

»Die verdammte Dorna!« Agathe Schmied zupfte sich eine Brombeerranke vom Ärmel, in der Hand eine lange Astschere. Wie lange hatte sie sich schon in den Büschen versteckt? »Griaß Gott, Frau Bolizischdin. Endlich sen Sie au doh! I han scho dacht, i versauf doh drenna, so nass isch es noch dem Gewitter.« Demonstrativ schüttelte sie sich und zog die Kittelschürze zurecht. »Kommet Se mir nach, emmer rechts am Wegrand bleiba, dann sieht m'r ons net vom Haus her.«

»Hat der Bestatter sie nicht gesehen?«, fragte Katharina ungläubig.

Frau Schmied schüttelte stolz den Kopf. »I wart scho a ganze Weile. I ben wie a Phantom.«

Wo blieb denn nur Alexander? Der wäre an diesem Racheengel im Gebüsch wohl schwerlich vorbeigekommen. Hatte ihn etwas aufgehalten? Immer noch keine Nachricht. Tja, dann eben ohne ihn.

Katharina versuchte, sich nicht komisch vorzukommen, wie sie durchs Unterholz pirschte, während ihr Zweige ins Gesicht schlugen und Dornen an ihrer Hose rissen. Frau Schmied drückte sich vor ihr unter einem Ast durch. Sie hielt ihr monströses Schneidewerkzeug wie ein Schwert vor sich, trockene Blätter und Ästchen klebten in den zerzausten Locken und auf den Schultern ihrer Strickweste. Eine Polizistin folgte einer bewaffneten Rentnerin durchs Dickicht. Gut, dass es keine Nachbarn gab, die das Spektakel beobachten konnten.

»Husch!« Behände schob Frau Schmied einen Wedel zur Seite und eilte über den Hof der Villa. Katharina entschied sich, wenigstens ein Stück ihrer Würde zu bewahren und folgte ihr gemäßigten Schrittes. Keiner, auch nicht Frau Schmied, brachte sie dazu zu *huschen* wie ein Verbrecher.

»Drücket Se sich an d'r Rand, mer sieht Se joh!«, zischte die und Katharina sprang zur Seite. Im selben Moment verfluchte sie ihren Respekt vor dem Alter.

»Ond ziehet Se die Schuh aus!«, flüsterte die Seniorin, während sie die Treppe zu ihrer Wohnung hinunterstiegen. »Warum kommet Se iberhaubt so schbät? Mei Leible isch ganz nass!«

Mit zusammengezogenen Augenbrauen und vorgeschobenem Unterkiefer bewachte Frau Schmied die Tür, während Katharina unter ihrem kritischen Blick mit ihren Schnürsenkeln kämpfte. War die linke Socke nicht die mit dem Loch im großen Zeh? Ach verdammt, wo blieb Alex denn, wenn man ihn brauchte?

»Jetzt aber hobblahobb!« Frau Schmied eilte durch ihre

kleine, dunkle Wohnung, die zu allem Überfluss auch noch mit dunklen Holzmöbeln und schweren Teppichen ausgestattet war. Eiche brutal, passend zur Bewohnerin. Das Wohnzimmer erinnerte an das der Gehringers, Fernseher, Platzdeckchen, gewebte Bilder an den Wänden, Krimskrams auf den Regalen. Auf dem Fernsehtisch ein Feldstecher, unter dem Fenster ein Hocker, auf dem sie wahrscheinlich Wache schob. Was auch immer es hier zu bewachen gab. Ein Raum ging zur anderen Seite ab, das Schlafzimmer. Katharina spähte hinein. Große Fenster, zwischen Bäumen der Ausblick auf Bonländer Wiesen und das Bombachtal. Ein Glück für die alte Dame, ohne diesen Lichtblick hätte die Wohnung Ähnlichkeit mit einem Gefängnis gehabt.

Katharina konnte Frau Schmied kaum folgen durch den schlecht beleuchteten Heizungskeller. Hier ein Balken quer und genau auf Stirnhöhe, da ein Stapel Bücher, dort ragte eine scharfkantige Metallkiste aus einem Regal. Die kleine Frau witschte eilends zwischen den Hindernissen hindurch. Mit ihrem Buckel wirkte sie wie ein geschäftiger, äußerst energiegeladener Igel.

Katharina sog die Luft tief ein und schloss die Augen. Sie liebte diesen ganz speziellen Duft, Heizöl vermischt mit unter der Treppe eingelagerten Äpfeln. Ein Geruch nach Kindheit.

»So, hier isch's Büro vom Gerhard.«

Katharina erwachte unsanft aus ihren Tagträumen. »Haben Sie Ihre Tochter gefragt?«

»Wollet Se d'r Mörder finda?« Wieder der vorgereckte Unterkiefer. »Der Gerhard, der hat a Menge g'mauschelt, ond i han was gfunda, was m'r schier gar komisch vorkommt. I war vorhin em Flecka ond han a Kopie mache lasse, die werd' i bei d'r Hannelore hinterlega. Bloß für d'r Fall, dass mir was zuschdößt.«

Schier gar? Gemauschel? Flecka? Kopie? Hannelore? Katharina verstand nicht mal Kopfbahnhof. Wo blieb Alexander bloß?

»Haben Sie vor jemandem Angst? Hat Ihnen jemand Schläge angedroht?«, fragte Katharina ins Blaue hinein.

»Noi. Aber i will sicher gange, verschdehet Se?«

Katharina verstand nicht. »Und was für *Flecken* haben Sie?«

»Flecka?« Die alte Dame schüttelte verständnislos den Kopf. Plötzlich legte sich ein Grinsen über das faltige Gesicht. »Ach so, nadierlich! D'r Flecka!«

Katharina erfuhr, dass mit ›Flecka‹ das Zentrum gemeint war. Da man Bonlanden nun schwerlich als Stadt bezeichnen konnte, hätte man Ortskern sagen können, oder auf Schwäbisch halt: Flecka. Agathe Schmied verschwendete keine Mühe darauf, verständlicher zu sprechen.

Sie wuselte behände durch den Büroraum, ein vielleicht fünfzehn Quadratmeter großes Kabuff. Ein paar Aktenschränke, die Luft stickig, eine Pflanze auf der hohen Fensterbank, der Lichtschacht ließ nur einen schmalen Lichtstreifen herein. Ein Aschenbecher, ein Röhrenmonitor, der fast die ganze Tiefe des Schreibtisches einnahm. Katharina musste unwillkürlich schmunzeln. Betriebssystem vermutlich noch MS DOS. Und entweder war Gerhard Beitle ein Akten-Messie gewesen – oder Frau Schmied hatte hier gewütet: wirr gestapelte Papierhäufen auf dem Boden, den Stühlen und überhaupt an jeder freien Stelle machten das Bewegen im Raum beinahe unmöglich.

Nicht für die Schwiegermutter. »Wo isch's denn?« Ihr stattliches Hinterteil im Kittelschurz tauchte hinter dem Tisch zwischen zwei Stapeln auf. Rascheln, stapeln, suchen. »Wo han i's denn noh? Kruzitürka, wo isch des Babbier bloß?« Kruschteln. »Wisset Se, m'r wird halt au ned jünger!«

Katharina strich mit der löchrigen Socke über den weichen, beigen Teppich. Frau Schmied suchte derweil schimpfend weiter. Die Alte mochte ja sympathisch sein, aber vergeudete Ermittlungszeit war mit nichts gutzumachen.

»Ihre Tochter … kam sie denn gut mit Ihrem Schwiegersohn zurecht?«, versuchte Katharina einen Anfang.

»Möchten Sie was zu trinken?«, kam die beiläufige Frage von der Seite.

»Nein, danke.« Katharina stutzte. Frau Schmied wühlte dort drüben herum und hätte bestimmt nicht im Traum daran gedacht, ihr etwas zu trinken anzubieten. Wer … sie drehte sich. Frau Beitle stand regungslos neben ihr.

Doch sie schenkte Katharina schon gar keine Aufmerksamkeit mehr, die Frage nach dem Getränk war nur rhetorisch gewesen. Katharina nahm einen starken Parfümgeruch an ihr wahr, der ihr gestern nicht aufgefallen war.

»Hm, hm!« Die Hände in die Hüften gestemmt, starrte Irene Beitle Löcher in den Rücken ihrer Mutter, die offensichtlich immer noch nichts mitbekommen hatte.

Sie drehte an ihrem Hörgerät. »Habet Sie was g'sagt, Frau Bolizischdin?«

»Nein, die Frau *Bolizischdin* hat nichts gesagt!«, zischte Frau Beitle, sichtlich bemüht, die Contenance zu wahren. Frau Schmied drückte sich ächzend hoch und schien keineswegs überrascht oder schuldbewusst.

»Was macht ihr in Gerhards Büro?«, schrie Frau Beitle. »Wie siehst du überhaupt aus? Das ganze Gestrüpp in den Haaren! Mutti, bist du wahnsinnig? Und … Meine Güte, alle Ordner! Frau Kommissarin, darf sie das überhaupt, in Gerhards Papieren rumwühlen?«

Streng genommen nicht, sie war ja nur Mieterin in der Villa der Beitles. Und Katharina – nun ja, sie war auf der sicheren Seite. Immerhin hatte die Mutter sie ins Haus gebeten. Katharina schwieg, und auch Frau Schmied blickte tatsächlich ertappt zu Boden – aber nur eine Millisekunde lang. Schon schob sich der Unterkiefer wieder trotzig nach vorne. »I such halt was.«

»Mutti, ich muss noch die Unterlagen für die Einkommenssteuer sortieren!« Eine Träne rollte über die Wange der Witwe. Ob Wut oder Trauer, vermochte Katharina nicht zu deuten.

Sie warf die Arme in die Luft. »Kannst du mich nicht ein Mal unterstützen? Das ist nicht dein Bereich! Das ist Gerhards Büro!«

»War.«

»War?«, fragte Katharina, um überhaupt etwas zu sagen.

»Das *war* Gerhards Büro«, jetzt stemmte auch Frau Schmied die Hände in die Hüften. »Woher weißt du überhaupt, dass wir hier sind?«

»Ich habe dich und die Kommissarin am Wegrand entlang*schleichen* sehen«, meinte Frau Beitle kühl.

Natürlich. Der Bestatter fuhr weg und sie kam. Bestimmt hatte die Witwe aus dem Fenster gesehen oder noch im Hof gestanden. Katharina kam sich unsagbar blöd vor. Zumal Frau Beitle nun auch noch auf ihre löchrige Socke starrte.

»Frau Schmied hatte uns benachrichtigt. Sie meinte, dass sie einen Anhaltspunkt für den Mord an Ihrem Mann hätte.« Katharina drehte sich um. »Ich gehe dann, Sie haben ja meine Nummer.« Wie hatte sie nur annehmen können, auf diese Weise mehr über Irene Beitle zu erfahren?

»Frau Kommissarin, ich möchte meine Mutter anzeigen!« schallte es ihr hinterher. »Können Sie sie gleich mitnehmen?«

Was für eine Familie. Jetzt auch noch eine Anzeige! Katharinas Gedanken rasten. Wenn der Chef in der Direktion eine solche Anzeige auf den Tisch bekam, der kam aus dem Ausrasten gar nicht mehr raus, egal, ob sie etwas dafürkonnte oder nicht.

»Streng genommen hilft Frau Schmieds Einsatz hier ja den Ermittlungen«, behauptete sie daher, auch wenn sie vermutete, dass dieses Chaos niemandem nutzte.

»Wirklich?« Frau Beitle betrachtete sie argwöhnisch und schob eine Haarsträhne hinters Ohr.

»Doh siehsch's, I ben nitzlich! Also, Irenele, wirklich …« Katharina zugewandt wurde Frau Schmied gleich wieder geschäftig. »Und hier han i Belege für Gerhards außereheliche Aktivitäta!«

Immer, wenn man denkt, es kann nicht schlimmer werden … Katharina schloss die Augen und öffnete vorsichtig erst einmal eines. Frau Schmied hielt ihr eine Abrechnung hin.

»Eine Hotelrechnung, lächerlich«, schnappte das Irenele.

»Wozu muss der in Diebinga iebernachda, wenn er hier a Haus hot?«, polterte die Alte.

Jetzt wurde es interessant. Katharina hielt sich im Hintergrund, um diesen aussagekräftigen Disput nicht zu stören. Wieso brachte er eine solche Rechnung hierher in sein Büro? Katharina war sich sicher, dass man außereheliche Aktivitäten nicht steuerlich geltend machen konnte. »Kann ich eine Kopie …?«

Frau Beitle riss ihrer Mutter die Rechnung aus der Hand und streifte Katharina mit einem schnellen Blick. »Wenn du nicht meine Mutter wärst!«

»Die kohsch dir net aussucha! Den Ehemoh scho!«

»Gerhard war ein guter Mann!«

»Ond des?«

»Meistens. Er war meistens ein guter Mann. Und, Frau Bundschuh, Geheimnisse hatten wir nicht voreinander.«

»Das heißt, Sie wussten von seinen Ausflügen?« Da gab es einige Fragen, die Katharina auf der Zunge brannten.

Doch Frau Beitle schüttelte den Kopf. »Alles muss ich nicht wissen. Und ich muss es auch nicht durch Sie erfahren.«

Katharina verstand. Sie tapste auf leisen Sohlen davon. Hier gab es nichts mehr zu holen. Wenn Frau Schmied mehr Kompromittierendes über ihre Tochter gewusst hätte, sie hätte es längst herausposaunt. Die dreckige Wäsche konnte in der Familie bleiben, ihre löchrigen Socken dagegen gehörten schleunigst zurück in ihre Schuhe. Und die wiederum gehörten nach draußen.

»Bleibet Se doh!«, dröhnte Frau Schmied. »I han des Babbier!«

»Gib das sofort her!«

»Dann erklär du's mir!«

Keine Minute Kampfpause. Mutter und Tochter standen über einen Plan gebeugt, der auf dem Schreibtisch über allen Stapeln ausgebreitet war. Katharina wagte den Blick über Frau Beitles Schulter.

»Eine topografische Karte, eine Art Geländeplan. Na und?« Die Witwe zuckte mit den Schultern.

Rechts unten der Stempel des Urhebers: »Architektur & Planung Berbering«.

»Hat Ihr Mann einen Bauplatz für ein neues Projekt gesucht?« fragte Katharina.

»Nicht, dass ich wüsste.« Frau Beitles Blick drückte Verunsicherung aus. Offensichtlich war die Frau ja sonst in die Aktivitäten ihres Mannes eingeweiht, schließlich hatte sie früher seine Buchhaltung gemacht. »Ich glaube nicht, dass ihn der Plan betrifft. Er hatte so viele Kontakte über die ganze Filderebene und wurde dieses Jahr sogar fürs Sommerfest in Stuttgart angefragt …«

»Kann ich den Plan mitnehmen?«

Frau Beitle sah durch Katharina hindurch und nickte. »Warum nicht? Ich glaube aber nicht, dass er Ihnen weiterhilft.«

Katharina ließ den Blick durchs Büro streifen. Sie hatte

noch nicht darüber nachgedacht, aber streng genommen mussten sie alle Unterlagen und den Computer durchsehen, nicht nur in seinen Firmen. Und auch die Tübinger Hotelrechnung. Die Kollegen hatten offensichtlich nichts von seinem privaten Büro gewusst. Gut, dass auf dem Gang bei der Heizanlage leere Umzugskartons standen.

* * *

Mit gemischten Gefühlen schleppte Katharina den ersten Karton zum Dienstwagen. »Am rechten Rand entlang, dann werden wir nicht gesehen«, pah! Na das machte ja Eindruck, wenn die Kripo sich heimlich anpirschte, um dann mit löchrigen Socken durch Keller zu schleichen. Warum hatte sie sich von der alten Dame nur zu so einer kindischen Aktion verleiten lassen? Gut, dass Samuel nicht dabei gewesen war. Ab jetzt keine Extrawurst mehr für Frau Schmied, das stand fest! Katharina straffte ihre Schultern, so gut es mit der Last ging. Mal sehen, ob sie alle Kartons in den Wagen bekam.

In diesem Moment kam ihr Alexander entgegen, eine Hand lässig in der Hosentasche. »Kann ich Ihnen helfen, junge Dame?«

»Auftauchen, wenn der Drops gelutscht ist«, murmelte Katharina.

»Hallo erst mal«, Alex grinste schräg und öffnete ihr den Kofferraum. »Höflichkeitsformen müssen wir noch üben, stelle ich fest. Und jetzt stehe ich zu Ihrer vollsten Verfügung, Frau Kollegin. Und ich glaube, ich komme nicht zu spät, sondern genau rechtzeitig.«

Das konnte man so sehen. Klugscheißer. Katharina hätte es nie zugegeben, aber sie hatte die Kartons zu voll geladen, und Papier besaß ein ganz schönes Gewicht. Gemeinsam packten sie die Unterlagen in Katharinas Streifenwagen, sogar der

Beifahrersitz war belegt. Alexander stellte die restlichen zwei Kartons in sein Auto.

»Kannst du mir noch den Monitor bringen?«

Alexander schaute Katharina groß an. »Warum den Röhrenmonitor?«

Na, der stand ja ganz schön auf dem Schlauch. »E-Mails abgleichen und so. Wie ermittelt ihr denn in Filderstadt?«

Alexander ging davon und warf einen spöttischen Blick über die Schulter. »Dann bringe ich dir lieber den Rechner. So einen Röhrenmonitor brauchst du nicht hier zu klauen, den kannst du umsonst aus meinem Keller mitnehmen.«

Verdutzt schaute ihm Katharina hinterher. Alexander kam zurück und stellte das verhältnismäßig kleine Gerät, wie sie es auch in der Direktion unter den Schreibtischen stehen hatten, in den Wagen. Dann diente also der massive Korpus des Röhrenmonitors einzig und allein der Aufbewahrung der Röhren? Kaum zu glauben, aber sie hatte so ein Ding nie besessen.

Er lächelte charmant. »Und was jetzt?«

Katharina legte die Stirn in Falten. Ein kurzer Abstecher zu diesem Architekturbüro und nach den Hintergründen des Geländeplans fragen oder lieber direkt zurück in die Direktion mit den Unterlagen? Sie entschloss sich, Alexander einzuweihen.

»Ist Frau Schmied nur auf etwas Unwichtiges gestoßen? Stecken vielleicht noch mehr solche Pläne in diesen Kartons?«, überlegte sie laut.

Er zuckte mit den Schultern. »Abklären vor Ort wäre wahrscheinlich die schnellste Möglichkeit, um herauszufinden, ob diese Geländekarte einen Hinweis auf eine neue Spur bringt.«

Während Alexander sich über den Plan beugte, stimmte sich Katharina telefonisch mit den Kollegen ab, ob sie zuerst zu dem Architekturbüro fahren oder sich zur nächsten Soko-Besprechung in der Direktion einfinden sollte. »Nein, natürlich bin ich nicht allein unterwegs«, erklärte sie der Sekretärin mit Blick auf Alexander. »Gut, ich melde mich!«

»Wo ist denn dein Partner?«

Katharina zuckte mit den Schultern. »Keine Lust auf Frau Schmied. Er schaut sich Beitles Restaurants an und spricht mit den Mitarbeitern. Gibt's bei dir neue Erkenntnisse?«

Alexander zuckte mit den Schultern. »Wir hatten ein paar Einsätze wegen Trunkenheit und Messerstechereien, da war keine Zeit für Recherchen. Ungewohnt, unter der Woche, aber uns soll's ja auch nicht langweilig werden.« Er seufzte. Die Zentralisierungsreformen hatten vor allem auch die Reviere in den kleinen Orten getroffen. So entstand für jeden von ihnen mehr Aufwand, und sei es nur durch die längeren Anfahrten. »Also, was soll uns der Plan hier sagen?«

»Keine Ahnung, um was es da geht. Frau Schmied sieht in ihm den Beweis für illegale Aktivitäten ihres Schwiegersohns. Seine Witwe behauptet, sie wisse nichts darüber.«

»Hm. Gut, wenn man wüsste, wo und was das sein soll. Die Gemarkung sagt mir nichts, aber das müsste sich klären lassen. Schaut aus, als ob da ein Gebäude geplant ist. Dann müsste es ja ein Baugesuch geben.«

Guter Hinweis. »Dann lass uns mal zu dem Büro fahren. Hast du überhaupt Zeit?«

»Für meine liebe Kripokollegin doch immer. Berichte über letzte Nacht schreiben kann ich später immer noch.« Alexander sah Katharina mit einer Intensität an, die ihre Knie gleich wieder weich werden ließ. Schnell stieg sie in ihren Wagen ein.

»Architektur & Planung Berbering« lag im Echterdinger Ortsteil Musberg. Das Architekturbüro lag in einer Wohnsiedlung in der Böblinger Straße.

»Herrlich hier«, meinte Alex, als er ihr die Tür aufhielt.

»Blick ins Grüne und gleich neben dem Siebenmühlental. Wunderbar für Kinder.«

Wie war denn das gemeint? Katharina packte den Plan und ging über die Straße.

»Spar dir die Grimasse«, lachte er. »Hier wohnt meine Tochter.«

Katharina blieb stehen. »Du hast eine Tochter?« Sie schaute wieder auf die bleiche Stelle an Alex' Hand, wo lange Zeit ein Ring gewesen war.

»Sie wohnt etwas weiter unten, am Reichenbach, mit ihrer Mutter.«

Klar, dass ein Mann in Alexanders Alter eine Vorgeschichte hatte. Warum hatten er und seine Frau sich wohl getrennt? Katharina beließ es dabei und klingelte.

Das Architekturbüro befand sich in einem eher unauffälligen Haus. Katharina hatte sich mehr erhofft bei einem Architekten, vor allem von einem, der mit Gerhard Beitle Geschäfte machte. Jedenfalls kein mehrstöckiges Haus mit verwaschenem, weißem Putz, der schon seit Längerem eine Auffrischung vertragen konnte. Gelb bemalte Balkonbrüstungen, darüber Wohnungen. Handtücher auf Wäscheständern bewegten sich träge im sanften Wind.

»Mehr Planung als Architektur«, scherzte auch Alexander.

Der Öffner surrte, ohne dass jemand durch die Gegensprechanlage gefragt hätte, wer da vor der Tür stand.

Eine hübsche dunkelhaarige Frau säuselte »Sie wünschen?«, nahm Alexanders Uniform zur Kenntnis und bat sie, Platz zu nehmen, da Herr Krömer beschäftigt sei.

»Und ist Herr Berbering auch zu sprechen?« fragte Katharina.

Die junge Frau kicherte, dann verschwand sie hinter ihrem hohen Rezeptionstresen, ohne weiter auf die Frage einzugehen. Immerhin servierte sie kurz darauf zwei Espressi. Alexander setzte sich neben Katharina, die automatisch ein Stück wegrutschte und fast im gleichen Moment seinen amüsierten Blick spürte. Zurückrutschen wäre noch auffälliger gewesen, also ignorierte sie sein Grinsen und breitete den Plan auf dem Glastisch aus.

»Du hast's nicht so mit Nähe, oder?«

»Dachte, dir wird's zu knapp.« Sie spürte, wie sich die Röte auf ihren Wangen ausbreitete.

»So dick bin ich auch wieder nicht«, antwortete er mit gespielter Empörung.

»Wie wäre es, wenn wir heute Abend ausgehen? Da hast du dann auch deinen eigenen Stuhl und musst nicht wegrutschen.« Klang das ein bisschen spöttisch? »Vielleicht irgendwohin, wo es keine Überwachungskameras gibt.« Alex winkte in die Kamera unter der Decke und warf Katharina dann einen warmen Blick zu.

Ihr Mund verzog sich zu einem Lächeln, ohne dass der Kopf seine Freigabe erteilt hatte. Flirtete sie tatsächlich?

Ein wichtiger Mann im Zweireiher hastete zur Tür herein. *Wichtige* Männer erkannte man daran, dass sie ihren Brustkorb aufplusterten wie Pfauen ihre Schwanzfedern, die Schultern zurückwarfen und ein hochrotes Gesicht hatten ob des Drucks, dem sie ausgesetzt waren, den Schlüssel ihres Wagens demonstrativ vor sich in der Hand hielten wie einen Dolch und, falls sich ihnen jemand in den Weg stellte, eine Enerviertheit ausstrahlten, die vermuten ließ, dass sie dem Gegenüber die Zeit der Befragung umgehend in Rechnung stellen würden, schließlich kostete sie jede Minute viel Geld, ganz im Gegensatz zu allen anderen Menschen auf der Welt, die per se nur dazu da waren, sie zu nerven. Er rannte zum Tresen, ließ sich von seiner Sekretärin ohne Gruß auf den neuesten Stand bringen, warf den beiden dann einen genervten Blick zu und kam widerstrebend näher.

»Sie wünschen?« Dabei betonte er die einzelnen Silben, als ob er auf etwas Unappetitlichem herumkaute.

Alexander stand als erster auf. »Schumacher, Revier Bernhausen. Das ist Kriminaloberkommissarin Bundschuh. Ihr Name ist …?«

»Krömer natürlich.«

Natürlich. »Und der Herr Berbering?«, fragte Katharina.

»Das war mein Großvater«, erklärte Krömer kurz. »Name is business. ›Architektur & Planung Berbering‹ existiert seit über vierzig Jahren.«

Und seitdem hatte es keiner in der Familie zum eigenen Büro mit ansprechender Architektur gebracht? Katharina bemerkte, dass sich die hellgrauen Augen des Architekten bereits an dem Papier festgesaugt hatten, das sie zusammengefaltet in ihrer Hand hielt. Während Alex' Pupillen blau und tief wie der Ozean waren, wirkten Krömers kalt hinter seiner dicken schwarzen Brille, der Kontrast zu seinem sich lichtenden aschblonden Haar verstärkte die Wirkung zusätzlich.

Sie faltete den Plan auseinander.

»Wie kommen Sie zu diesem Schriftstück?« Mit einem Mal schenkte Krömer ihnen seine ganze Aufmerksamkeit. Er versuchte sich sogar an einem Lächeln. An einem sehr technischen Lächeln.

»Können Sie uns etwas dazu sagen?«, ging Katharina nicht weiter auf seine Frage ein.

»Ausgeschlossen. Dieses Dokument ist geheim.« Er schüttelte den Kopf.

Hatte Frau Schmied etwa doch den richtigen Riecher bewiesen? Katharina musterte den mittelgroßen Mann, der ständig unter Strom zu stehen schien. Sollte sie den Namen Beitle erwähnen oder abwarten? Ihm drohen, schmeicheln, ihn von oben herab behandeln? Jeder hatte einen schwachen Punkt, nicht nur im Verhör. Was hatte ihre alte Chefin immer gesagt?

Wichtige Menschen musste man streicheln, sie auf einen noch höheren Thron setzen.

»Wir wollen Ihre kostbare Zeit nicht lange in Anspruch nehmen«, säuselte Katharina und kassierte auf der Stelle einen fragenden Blick von Alexander. »Ihre Unterlagen sind nicht für die Öffentlichkeit bestimmt. Uns interessiert vorerst ausschließlich, wie dieser Plan einzuordnen ist. Sie sind der Einzige, der uns hierbei helfen kann.«

Bei einem Machtmenschen wie Krömer musste diese Behandlung einfach fruchten. Und wenn sie es nicht tat, war seine Rolle mit Sicherheit nicht die echte. Was wiederum auch ein Indiz war. Angespannt wartete Katharina ab. Krömers Blick wanderte gierig über das Blatt, abschätzig über ihr Gesicht, dann zu Alexander. Er schien zu einer Entscheidung zu gelangen.

»Kommen Sie mit in mein Büro«, zischte er mit Blick zum Tresen und packte den Plan und faltete ihn, bevor Katharina reagieren konnte.

Sie folgten dem Mann in ein dunkles, mit allerlei Kunst und Memorabilien zugestelltes Zimmer. An der Wand stand eine exotische Grünpflanze mit großen Fächerblättern. Schränke voll mit Ordnern, an den Wänden vergilbte Bilder von Bauprojekten. Ging es dem Architekturbüro tatsächlich nicht so gut, wie man es gemeinhin von solchen Firmen erwartete? Offensichtlich war, dass Krömer hier üblicherweise keine Gäste empfing, denn Sitzplätze gab es keine außer einem großen, schwarzen Bürostuhl hinter dem ausladenden Schreibtisch. Dahin entführte er nun auch den Plan. Nachdem er sich in seiner vertrauten Umgebung sicherer zu fühlen schien, breitete er das Papier wieder aus, allerdings mit Bedacht eine Armlänge entfernt von den Polizisten. Dann rückte er seine Brille zurecht und faltete seine Finger ineinander.

»So. Was wollen Sie wissen?«

»Was es mit dem Plan auf sich hat«, antwortete Katharina schlicht.

Ein dünner Schweißfilm hatte sich auf Krömers Stirn gebildet. »Das ist ein Acker. Ein Höhenlinienplan, um genau zu sein.«

»Das ist ein Bauplan. Ein konkreter Vorschlag an Beitle?«

Bei der Nennung dieses Namens begannen Krömers kalte Augen zu funkeln. »Er hat Ihnen den Plan ausgehändigt? Ist er verrückt geworden? Also mir können Sie nichts nachweisen!«

»Was sollen wir Ihnen denn nachweisen?« Katharina wechselte einen Blick mit ihrem Kollegen, den Krömer sehen und deuten durfte, ja sollte. Jetzt wurde es interessant.

»Nichts, überhaupt nichts.« Nervös klickte er auf einem weißen Berbering-Kugelschreiber herum. »Das alles ist nur eine Idee.«

»Herr Beitle wurde ermordet.«

»Gerhard? Ermordet?«, Krömer schwieg einen Moment, seine Mimik eingefroren.

»Zeugen behaupten, seine Ermordung könnte mit Ihren Plänen zu tun haben«, behauptete Alexander und blinzelte ihr zu. Diese Deutung war zwar gewagt, aber bisher war Katharina zufrieden mit seinem Vorgehen. Vielleicht hatte er beim letzten Mal bemerkt, dass er zu viel Eigeninitiative entwickelt hatte. Heute fuhr der Filderstädter eine vorsichtigere Taktik, überließ ihr die Entscheidung, wann sie Details zur Tat offenlegen wollte und pfuschte ihr nicht ins Handwerk. Vielleicht taugte er doch zum Teamplayer?

»Zeugen? Meine Pläne? Das war Gerhards Projekt!«, presste Krömer hervor.

Aha, auf einmal war es kein Acker mehr, keine Idee, sondern schon ein Projekt. Mit Bauordnungsrecht kannte Katharina sich überhaupt nicht aus. Da wäre bestimmt ein Hebel anzusetzen gewesen, Herr Krömer widersprach sich ja jetzt schon.

»Gerhard ist also tot. Ist das sicher? Oder wird er vermisst?« Krömer fuhr sich durch den inzwischen feuchten Haaransatz.

»Wie kommen Sie darauf?«, fragte Katharina.

»Ich, nun, er war öfter mal ... ein paar Tage unterwegs. Geschäftlich. Vielleicht kommt er ja wieder.«

»Herr Beitle kommt nicht wieder. Und Ihr gemeinsames Projekt ist damit hinfällig. Wollen Sie uns jetzt nicht ein bisschen mehr darüber verraten?«

»Warum sollte ich?« Da war er wieder, der kühle, überhebliche Blick.

»Um nicht selbst Teil der Ermittlungen zu werden?« Dass er bereits mittendrin war, mussten sie ihm ja nicht auf die Nase binden.

»Je weniger über das Projekt bekannt wird, desto besser für mein Büro.« Mit entschlossener Miene faltete Krömer den Plan zusammen und führte ihn mit seiner Hand unter die Schreibtischplatte. Einen Augenblick später begann ein Aktenvernichter zu summen. Alexander sprang auf, hechtete zu Krömer hinüber und brachte die Fächerpflanze zu Fall, aber zu spät. »Sind Sie wahnsinnig? Wir können Sie auf der Stelle festnehmen!«

»Das ist mein Eigentum. Aber Sie dürfen gerne einen Durchsuchungsbefehl beantragen.«

»Nicht nötig«, antwortete Katharina cool und genoss Alexanders irritierten Blick.

»Vor unseren Augen vernichten Sie keine Spuren, Sie arroganter ...!« Keine zehn Zentimeter waren Alexanders und Krömers Gesicht auseinander, der eine rot vor Wut, der andere weiter kühl und kontrolliert. Kein Muskel im Gesicht des Architekten zuckte, nicht mal Katharinas Kommentar hatte ihn stutzig gemacht.

»Im Falle des Todes von Herrn Beitle geht der Geländeplan, auf dem zudem rein gar nichts zu sehen ist, wieder in meinen Besitz über. Er ist mein geistiges Eigentum. Es gibt kein Projekt, über das Sie etwas wissen müssten und das etwas mit dem möglichen Tod meines Klienten zu tun hat. Gehen Sie jetzt bitte. Einen schönen Tag noch.« Damit schob er sich an Alexander vorbei und öffnete die Tür, nicht ohne verächtlich die am Boden liegende Pflanze und die übers Parkett verteilte Erde zu mustern.

Katharina atmete tief durch. »Auf Wiedersehen, Herr Krömer.« Nicht mehr, nicht weniger. Keine Drohung, kein Druck, kein Vorladen aufs Präsidium. Sie spürte, wie sich Alexanders Blick in ihren Rücken bohrte, als sie, so lässig es ihr möglich war, durch den Vorraum ging.

Draußen überholte er sie. »Was sollte das denn? Lass uns den sofort festnehmen! Er vernichtet Beweismittel! Wir waren zu zweit, du hast einen Zeugen!« Wild gestikulierte Alexander mit den Händen.

»Nicht nötig.« Katharina stieg ein.

»Wart mal!« Er eilte ums Auto herum und öffnete die Tür, um sich auf den Beifahrersitz zu setzen, aber dort stand bereits ein Karton.

Katharina schaute zum Haus hinüber. Auf dieser Seite befand sich zwar das Treppenhaus, aber vielleicht beobachtete Krömer sie trotzdem. »Er hat sich verraten. Von diesem Plan müssen noch andere wissen, sonst hätte er nicht so verwundert reagiert, als wir den Namen Beitle ins Spiel gebracht haben.«

Und jetzt dachte Krömer, er wäre sie los, nachdem Katharina wohlweislich sofort klein beigegeben hatte. Dabei hatte Frau Schmied von einer Kopie des Plans gesprochen, und an die konnten sie gelangen, ohne Aufsehen zu erregen. Hoffentlich fand die Seniorin die Kopie auch. Wenn sie nicht schon in einem der vielen Kartons steckte. Bei ›der Hannelore‹ hatte sie sie ja offensichtlich noch nicht hinterlegt.

Natürlich wäre es nach dieser Aktion Krömers ein Klacks gewesen, sein ganzes Büro auf den Kopf zu stellen und ihm jede Menge Schwierigkeiten zu bereiten. Doch Katharina war sich sicher, dass es zu diesem Zeitpunkt hilfreicher war, dass der Architekt sich so offensichtlich über- und den langen Arm des Gesetzes unterschätzte. Ein weiterer Verdächtiger, der Geschäftsbeziehungen zu Gerhard Beitle unterhalten hatte, die nicht jedem bekannt waren. Nun wiegte er sich in Sicherheit, und sie konnten weiter ermitteln, ohne dass offene Türen zufielen.

Gedankenverloren nahm sie das Handy hervor. Ein Anruf in Abwesenheit, von Samuel: »Hab' mich bei den Beitles absetzen lassen. Wo bist du denn?« Eine Viertelstunde her. Prima, konnte gar nicht besser laufen. Katharina instruierte ihn, die Kopie des Plans von Frau Schmied zu besorgen, sie würde ihn gleich abholen. Schade, dass die Schmied ihm nicht mit ihrer Heckenschere auflauerte. Für diesen Anblick hätte sie einiges gegeben. Katharina stellte Alexander den Beifahrerkarton ins Auto, sonst würde Samuel wohl auf dem Dach mitfahren müssen. Der Filderstädter war kurz angebunden und brummelte etwas von beeilen, er müsse die Kartons schnell nach Esslingen bringen und hätte schließlich noch andere Arbeit auf dem Bernhäuser Revier. Schmollte er etwa? Irgendwie verspürte sie keine Lust, ihrem beleidigten Kollegen von der Plankopie zu erzählen.

Keine fünf Minuten später hatte sie Samuel abgeholt, die Kopie des Plans in einem Schreibwarenladen in Bonlanden wiederum kopiert, die erste Kopie wieder bei Frau Schmied vorbeigebracht, welche nach dem Eklat mit dem Original nur mit Mühe davon zu überzeugen gewesen war, dass sie der Polizei vertrauen und den Plan guten Gewissens für einen Moment aus der Hand geben konnte. Immerhin hatte sie die Kopie gleich gefunden, auf dem Wohnzimmertisch unter dem

Teller mit Nudelauflauf. Zu ihrer Beruhigung fotografierte Katharina das Dokument zusätzlich mit dem Smartphone und schickte gleich eine Kopie in die Direktion.

Katharina brachte Samuel auf den neuesten Stand, dann ging es endlich, endlich zurück in Richtung Esslingen. Mittagszeit. Ihr Magen knurrte wie auf Befehl und sie starrte sehnsüchtig zu dem Dönerladen am Straßenrand. »Wollen wir uns bei Batman Döner was holen?«, fragte sie und ignorierte Samuels Protest, der am liebsten sein Energieshake hergezaubert hätte und den neuerdings jede ungeplante Kalorienaufnahme aus dem Konzept brachte. Dafür übernahm er dankenswerterweise das Steuer und Katharina konnte es sich in Ruhe schmecken lassen. Die Alufolie knisterte, als sie den oberen Teil aufklappte, um in den duftenden Yufka zu beißen. Das Handy vibrierte, es war immer noch auf lautlos gestellt wegen des Besuchs bei Frau Schmied, deshalb hatte sie Samuel vorhin auch nicht gehört. Oh, mal wieder Lorenz. Katharina schob das Handy zurück und futterte weiter. Ein Festmahl. Hatte sie seit dem trockenen Brot am Morgen irgendetwas außer Kaffee zu sich genommen?

* * *

Alexander wartete an der Agnespromenade auf sie, wo er tatsächlich den schmalen Weg neben der Treppe hoch bis an die Pforte gefahren war und nun angeregt mit dem Pförtner plauderte. Er winkte sogar, als er sie kommen sah. Hatte er den Frust von eben bei der Fahrt über die Autobahn hinter sich gelassen?

In knappen Worten erzählte sie Samuel, was passiert war.

»In Wahrheit steht er gar nicht auf dich, sondern er ist ein Wahnsinniger, der dich in seine Gewalt bringen will!« Samuel lachte ein Lachen wie aus dem Horrorfilm.

»Ach, du Depp!« Katharina knuffte ihn in die Seite und atmete tief durch. Zugegebenermaßen sah Alexander richtig gut aus, wie er die breiten Stufen herunterkam.

Katharina bat Samuel, direkt an der Straße zu parken. Das war der schnellste Weg, um den Rechner und die Kartons hochzubringen, jetzt, da der Platz direkt vor dem Eingang besetzt war. Sie konnte sich eine gewisse Vorfreude auf den Filderstädter nicht verkneifen. Wie es schien, waren sie beide Sturköpfe. Das konnte ja heiter werden. Vielleicht waren sie nach dieser gemeinsamen Ermittlung auch so genervt voneinander, dass sich jeder Gedanke an Liebe sowieso erledigt hatte. Die Vorstellung beruhigte Katharina. Keine Erwartungen. Sie nahm einen tiefen Atemzug des frischen Frühlingswinds, als sie den Kofferraum öffnete. Im direkten Vergleich war es deutlich zu spüren: In der Innenstadt an den Neckarkanälen war die Luft ein paar Grad wärmer und der Wind spürbar milder als oben auf der Filderebene.

»Ein ganzer Kerl dank Chappi«, witzelte Samuel, als Alex sich einen Karton schnappte und gleich die Treppe hochtrabte. Katharina wuchtete den nächsten Karton hoch und versuchte, den Blick von Alex' Hinterteil loszureißen.

»Glaubst du eigentlich, ich schaff das nicht? Alter … Ruft die ihren Stracciatelli extra an wegen der Kartons.«

Doch als Samuel klar wurde, dass er trotz Alexanders Einsatz auch selbst mithelfen sollte, die Kartons in den zweiten Stock zu schleppen, war es schnell vorbei mit dem Amüsement. »Hättest mich das Auto auch in die Tiefgarage fahren lassen können. Da ist ein Aufzug«, motzte er schon, bevor er den ersten Karton hochgestemmt hatte.

»Fahr halt rein. Aber wenn du die Kartons die Treppen hier hochschleppst, kommen deine Muskeln so gut zur Geltung. Dann bist du für die Bienen im ersten Stock noch attraktiver.«

»Meinst du?«

»Aber klar. Guck mal, da oben schaut schon eine Kollegin aus dem Fenster.«

Derart motiviert ging es gleich besser. Samuel flog die breite Treppe vor der Direktion förmlich hoch. Wie konnte ein Mann beim Training an Geräten einen derartigen Ehrgeiz an den Tag legen, aber wenn es darum ging, anders geartete körperliche Arbeit zu leisten, beim kleinsten zu erwartenden Schweißtropfen klein beigeben? Und dann parkte er immer so nah wie möglich am Ziel: bloß keinen Meter zu viel gehen. Sie grinste in sich hinein.

»Der Röhrenmonitor steht übrigens schon oben.« Alex zwinkerte ihr zu.

»Haha.« Katharina warf ihm ein warmes Lächeln zu. »Trotzdem lieb, dass du noch zum Helfen geblieben bist«, sie zog den letzten Karton mit einem Ruck über die Ladekante. Alexander schien ihr Vorgehen bei Krömer schnell verdaut zu haben, obwohl ihm die Gangart ganz offensichtlich nicht gefallen hatte. Nun, er musste sich dran gewöhnen, dass er in diesem Fall nicht federführend war.

»Das war's eigentlich noch gar nicht«, er nahm ihr den Karton ab und drehte den Kopf im Laufen. »Ich wollte dich entführen. Hartwaldt meint, du kannst gern eine Stunde wegbleiben.« Damit ließ er sie stehen.

Eine Stunde entführen? Hielt Hartwaldt Katharina in diesem sensiblen Moment etwa für entbehrlich? Sie hatte jetzt keine Zeit zum Kaffeetrinken! Ermittelte man so im Streifendienst? Ärger drückte in ihrer Magengrube. Ermittlung war Ermittlung und Feierabend war Feierabend (wobei »Feierabend« auch hin und wieder überraschend zu »Ermittlung« wurde). Flirt hin oder her, Alexander schien den Mordfall nicht gerade ernst zu nehmen. Da war sie wieder, die Eigeninitiative des Filderstädters. Katharina holte den Umschlag mit dem Geländeplan aus dem Auto und blieb für einen Moment auf der Treppe stehen.

Auf wen sollte sie wütend sein, auf ihren Vorgesetzten, der Alexanders Bitte offenbar tatsächlich stattgegeben hatte? *Tja, Gunther Hartwaldt, dann muss die Information zu Krömer und dem geheimnisvollen Plan halt noch ein bisschen warten. Dir erstatte ich jetzt keinen Bericht*! Trotzig ballte Katharina eine Faust und ärgerte sich ein bisschen, dass sie die Datei schon vorab geschickt hatte. Wollte Hartwaldt sie doch tatsächlich bummeln schicken, während sie weitere Daten zusammentragen und Verdächtige überprüfen mussten.

Doch eine Sache musste sie als Erstes erledigen, auch wenn man sie für abkömmlich hielt. Katharina stierte auf den Boden, als sie in den zweiten Stock kam, um Hartwaldt nicht anzufahren, falls sie ihn zufällig im Gang traf. Sie klopfte bei der Sekretärin und gab eine Fangschaltung für Krömer in Auftrag. Zugegeben eine schwierige Aktion, ohne das Okay ihrer Vorgesetzten eingeholt und sich erklärt zu haben, ging da gar nichts. Aber die Vorbereitung der Schalte brauchte auch Zeit. Und ein Abgleich der gewählten Nummern der letzten Tage konnte ebenfalls hilfreich sein. Katharina verabschiedete sich und ging langsam die Treppe hinunter. Dass Hartwaldt sie nicht zu brauchen schien, konnte auch bedeuten, dass die Kollegen bereits eine direkte Spur zum Täter hatten. Die Zeit bei Frau Schmied war verschenkt. Auch Samuel war wie vom Erdboden verschwunden. Katharina schob das leise, bittere Gefühl weg, dass sie hier nicht gebraucht wurde. Der Mohr hatte seine Schuldigkeit getan. Na gut, dann fuhr sie halt spazieren.

Alexander wartete mit unschuldigem Blick neben seinem Streifenwagen, der immer noch genau vor dem Haupteingang stand. Das sollte sich sonst mal einer trauen. Doch statt zu motzen, winkte ihnen der Pförtner freundlich zum Abschied.

»Steigst du ein?«

Sie legte den Umschlag auf die breite Mittelkonsole. »Klärst du mich mal auf? Geht jetzt alles über meinen Kopf? Mit Hartwaldts Segen?« Die Wut hatte sogar das Herzklopfen abgelöst, das Katharina bei Alex' Dackelblick sonst befiel. Warum nahm sie eigentlich nicht gleich überstundenfrei und wartete, dass sich der Fall von allein löste?

Zu ihrer Verwunderung schüttelte Alexander den Kopf. »Ist alles gut bei dir?«

»Sind wir nicht mitten in der Ermittlung?« Unglaublich, diese Arbeitseinstellung.

»Ja, genau. Wieso?«

»Schau mal, ich habe jetzt keine Zeit für Kaffee, das will ich damit sagen. So kommen wir nicht weiter. Ich muss Berichte schreiben und Verdächtige verhören.«

Alexander musterte sie immer noch kopfschüttelnd, dazu dieser belustigte Blick. Katharina hasste das. Sie setzte erneut an. »Priorität eins ist jetzt, dass wir uns um Verdächtige kümmern …«

»Genau.«

»… siehst du? Warte mal … genau?«

»Ja, frag mich halt mal!« Grinsend startete Alexander den Wagen, während Katharina sich beeilte, sich anzuschnallen. »Bis ihr hier ankamt, habe ich mit Kriminalrat Hartwaldt Rücksprache gehalten und ihm von meiner Kontaktperson erzählt.«

»Und was haben wir jetzt vor?« Katharina vermied den Blick zu ihrem Kollegen auf dem Fahrersitz und schaute zerknirscht nach draußen. Wie hatte sie nur annehmen können, dass er es mit dem Fall nicht so ernst nahm?

»Jetzt machen wir's mal auf meine Art: Du lässt Verdächtige Unterlagen zerreißen, ich dagegen habe jemanden gefunden, der uns etwas zu diesem Projekt sagen kann. Aber nur, wenn wir ganz diplomatisch vorgehen.« Er hob die Augenbrauen, als sei die Aussage auf sie gemünzt.

Was sollte denn das heißen, ›diplomatisch‹ … Alex kannte sie doch gar nicht! Katharina war die Diplomatie in Person! Sich nicht mit anderen abstimmen, aber dann auf fehlende Diplomatie hinweisen. Na super. Alexander schaltete das Radio an, während sie den Esslinger Bahnhof passierten. Gut, dass Katharina die Kopie der Kopie des geheimen Grundstücksplans nicht auf dem Schreibtisch liegen gelassen hatte. Sie legte die Hand auf den Umschlag. Alexander wusste ja nicht, dass es noch eine Kopie gab.

»Wieso soll uns jemand etwas zu einem Plan sagen können, den *ich* Tölpel habe zerreißen lassen?«, fragte Katharina spitz.

»Das wird es uns nicht einfacher machen. Aber wir haben ja mich.« Er lächelte.

Wenn der wüsste. Katharinas lautlos gestelltes Handy vibrierte und sie zog es hervor. Lorenz. Ach, den hatte sie ja immer noch nicht zurückgerufen.

Lorenz atmete ins Telefon, sagte aber nichts.

»Was?«, motzte Katharina.

»Hallo, Katharina!«, piepste ein kleines, eingeschüchtertes Stimmchen.

»Ach du bist's, Lena! Du, die Tante ermittelt gerade. Kannst du dem Papa sagen, er soll mich heute Abend noch mal anrufen?«

»Ich hab' auf Wiederwahl gedrückt. Hat Papa mir gezeigt. Schon den ganzen Morgen.«

Guter Tipp, Lorenz. »Ah ja. Du warst das? Und wo ist der Papa?«

»Der wickelt gerade Carli. Seit einer haaaaalben Stunde. Du, Katharina, ich habe einen Asterix!«

Katharina lächelte. Sie hatte die Puppe, die fast so groß sein musste wie das Mädchen selbst, als Kind bekommen und sie Lena weitervererbt. »Das weiß ich doch … und die Mama?«

»Die hat keinen. Aber sie ist noch auf Taah-gung«, Lena dehnte das Wort wie einen Kaugummi. »Mein Asterix hat keine Lust mehr auf dieses Chaos hier.«

»Dieses Chaos hier«, das klang nach Lorenz' Wortwahl. Lenas Stimme hatte sogar seinen Tonfall angenommen.

»Das glaube ich dir, Süße«, Katharina konnte das nur zu gut nachfühlen. »Und was will dein Asterix dann machen?«

»Der möchte am liebsten zu dir kommen. Und er nimmt mich mit.«

»Wer brüllt denn da, der Lorenz oder der Carli?« Eigentlich war es klar. Der Kleine hatte schon mit zehn Monaten mehr Durchsetzungskraft als sein Vater. Lenas Antwort ging im allgemeinen Geräuschpegel unter, denn es raschelte wieder. Offensichtlich hatte sie Lorenz das Telefon gebracht, der genervt zischte: »Lena, Schatz, was soll ich mit dem Apparat? Pack lieber mit an!«

Wer war jetzt dran? Katharina probierte es aufs Geratewohl. »Lena, Mäuschen, ich ruf dich später an. Zeig mal dem Papa, wie man richtig wickelt.« Sie grinste. »Und deinem Asterix richtest du aus, dass er mich gerne mit dir am Wochenende besuchen kann, wenn die Tante bis dahin ihren Fall gelöst hat.«

Eine Tür knallte und das Geschrei verebbte augenblicklich. »Okeeeh. Musst du wieder einen Morderer finden?«

»Sozusagen. Bis bald, meine Süße! Hab' dich lieb!«

Alexanders Mund hatte sich zu einem breiten Schmunzeln verzogen.

»Was meinst du; kann ich den Urlaub mit meinem Bruder noch canceln?«

»Familienurlaub?«, Alexander legte die Stirn in Falten. »Das braucht triftige Gründe.«

Sie ließen die B27 hinter sich. »Filderstadt Ortsteil Sielmingen« stand auf dem gelben Ortsschild. Katharina fragte sich erneut, warum Hartwaldt nicht die Einrichtung der Sonderkommission auf dem Bernhäuser Revier angeordnet hatte, so oft, wie sie seit dem Vortag hier herumfuhren.

»Was haben wir denn vor?«, fragte sie ungeduldig, nachdem er weiter keine Anstalten machte, sie einzuweihen. Mit an Provokation grenzender Seelenruhe bremste er an einem Blitzer, bog weiter vorne an einer Kreuzung rechts ab und passierte einen alten Kirchturm. Ein Huhn musste irgendwo ausgebüxt sein, jedenfalls schritt es mit stolzgeschwellter Brust über die Straße und gackerte vorbeifahrende Autos an.

»Ist es nicht schön hier?«, schwärmte er demonstrativ und blieb eine Antwort schuldig.

»No semmer jetzt älsoh in d'r Siehlmingr Hauptschdroohs.« Katharina fand ihr Schwäbisch gar nicht so schlecht.

»Verbesserungswürdig«, antwortete Alexander und kniff ein Auge zu.

Sie ließen den ›Flecka‹ hinter sich – zumindest vermutete Katharina, dass der kurze Bereich am Rathausplatz mit Bäckereien, kleinen Läden und einer Bar das Zentrum war –, und Alexander bog in eine Seitenstraße ein. Hier wechselten sich Fachwerkhäuser, Höfe, Scheunen sowie Wohnhäuser neueren Datums ab. Aber während anderswo die Kleinode entweder gehegt und gepflegt wurden wie Antiquitäten oder ganz verfielen, waren sie hier dem Leben verpflichtet. Bröckelnder Putz oder eigenwilliger Anstrich, dazu standen Bobby-Cars, Anhänger und Traktoren in den Höfen. Vor den Türen mancher Häuser lagen Misthaufen.

»Wenn wir jetzt da reingehen, bleiben wir am besten unauffällig«, sagte Alexander, stoppte hinter einem Lieferwagen und legte Jacke und Kappe auf den Rücksitz. Wenn er fand, dass er mit Hemd und Diensthose unauffällig war, dann sollte er das mal schön glauben. Katharina klemmte den Umschlag möglichst unauffällig unter den Arm.

Der Fahrer des Lieferwagens musterte den Streifenwagen misstrauisch.

»Könnet mir doh schdeha bleiba?«, fragte Alexander.

»Ha. Joh. D'r Manfred kommt erschd am Nachmittag wieder mit'm Trecker«, der Mann zuckte mit den Schultern und entfernte sich.

Das fing ja toll an. Wenn Alexander die ganze Zeit in breitestem Schwäbisch parlierte, konnte Katharina gleich im Auto sitzen bleiben.

Er schleuste sie durch verwinkelte Gassen zwei Ecken weiter und betätigte schließlich die schrille Klingel eines jahrhundertealten Bauernhauses. An der Seite erstreckte sich ein langer Hof mit Scheune. Das Schild verriet, dass hier Familie Reuter »wohnt, streitet und liebt«. Offensichtlich war gerade jemand dabei, den Putz zu erneuern. Grob behauene Balken blitzten hervor, dazu Ziegel, verbunden durch billig angemischten Mörtel aus Sand und Steinabfällen. Die Bauweise früherer Zeiten. Bestimmt befand sich Stroh in den Zwischenböden und nachts konnte man die Mäuse hören. Katharina erinnerte sich an die Übernachtungen bei der Uroma. Nachts gespannt wachliegen und dem Trippeln und Quieken in der Wand zuhören inklusive.

»I komm glei, bin no bei die Hieaner!«, schallte es nach einer halben Ewigkeit von irgendwoher.

»Wo ist er?«, fragte Katharina und überlegte, ob es sich bei den »Hieanern« um eine Sekte oder eher ein Synonym für den Toilettengang handeln mochte.

»Der Albin könnte mal wieder was an seiner Fassade machen«, ging Alexander nicht näher auf ihre Frage ein.

Also handelte es sich bei den freigelegten Stellen nicht um Renovierungsmaßnahmen. Auch bei den Reuters fand sich eine steinerne Einfriedung vor der Tür. Stroh, Einstreu, halb verrottete Äpfel und andere Beigaben müffelten vor sich hin. Auf die Spitze des Haufens hatte irgendein Schelm Osterglocken gesetzt, die nun fröhlich auf dem Mist thronten und dort ein nährstoffreiches Dasein führten.

Wann kam der Albin denn jetzt von seiner »Hieaner«-Sitzung? Wenn Katharina daran dachte, was sie im Büro alles zu tun hatte. Ob die Ermittler inzwischen schon mehr über diesen Krömer herausgefunden hatten?

»So, jetzt reden wir zwei Tacheles.« Katharina verschränkte die Arme vor der Brust. »Was haben wir eigentlich vor? Und werde ich es überhaupt erfahren, wenn du dich andauernd in dieser unverständlichen Sprache verständigst?«

»For disch üb isch sogar Säggsisch.« Alexander zwinkerte.

»Untersteh dich, da ist mir Schwäbisch tausendmal lieber!«

Herr Reuter, der so gar nicht nach Sekte aussah mit seiner schmächtigen Gestalt im viel zu großen Blaumann und dem weißen Haarkranz, öffnete die Tür und begrüßte sie kurz, bevor er wieder verschwand. Es gackerte irgendwo weiter hinten im Dunkel des Flurs, dessen Boden aus festgetretenem Lehm bestand. »Da hast du deine Hieaner«, flüsterte ihr Kollege.

Einen Vorteil hatte dieser Besuch schon mal: Hier verlangte niemand von Katharina, ihre Schuhe auszuziehen. Reuter erschien wieder und führte sie die hölzernen Stufen hoch. Das schien auch so eine hiesige Eigenart zu sein, dass man erst mal eine steile Treppe erklimmen musste, bevor man es sich gemütlich machen durfte. Auf dem Treppenabsatz lag eine Zeitschrift, das Amtsblatt Filderstadt. Im Vorbeigehen fiel Katharina der Slogan »Eine Stadt. Viele Möglichkeiten« ins Auge. Das passte ja wunderbar auf ihren Fall. Viele Möglichkeiten, nichts Handfestes.

Der Schwabe an sich legte ganz offensichtlich keinen Wert auf Zurschaustellung seiner Habseligkeiten. Da durfte man das Haus auch gern bei den Hühnerställen betreten und vom Gestank quasi ins Allerheiligste aufsteigen, wenn der Besitzer einen denn einlud. Beim Blick ins Wohnzimmer fühlte Katharina sich bestätigt: Die Fassade war zweckmäßig und zweitrangig, aber im ersten Stock stand ein breites, braunes Rolf-Benz-Sofa. Bestimmt versteckte sich hinter den morschen Latten der Scheune ein tadellos gepflegter SL, so wie auch bei den Gehringers einer stand.

Prüfend zog Katharina die Luft ein. Der Geruch nach *Hieaner*stall hatte hier deutlich nachgelassen.

»Sei froh, dass sie keine Schweine halten«, flüsterte Alex.

Albin Reuter guckte etwas ernst, als er ihnen die Tür zur guten Stube aufhielt, auch wenn ihm sonst eher der Schalk aus den Augen blitzte. Was hatte Alexander ihm vorab erzählt, und welche Rolle mochte der harmlos aussehende Mann in diesem Puzzle spielen? Sein Alter war jedenfalls schwer einzuschätzen, wie das bei manchen älteren Menschen der Fall war. Sein Teint hatte über die Jahre eine feine, fast transparente Konsistenz angenommen. An einem gewissen Punkt wurden die Falten nicht mehr tiefer und das Alter schien das Interesse zu verlieren. Rote Adern auf Reuters Wangen deuteten auf seine Vorliebe für den einen oder anderen Frühschoppen hin. Schwielen an den Händen und diverse aufgeschraubte Elektrokleingeräte in Kisten auf dem Esstisch verrieten, dass er ein *Schaffer* war, einer, der dauernd Aufgaben brauchte. Dieser Typus war hier im Umland an jeder Ecke anzutreffen. Ein Exemplar dieser Spezies sorgte auch dafür, dass in Katharinas Wohnhaus im Stuttgarter Westen nichts anbrannte (und kümmerte sich dabei – man kann sich ja schließlich nicht um alles kümmern – wenig um die Privatsphäre anderer Mitbewohner).

Mit entschuldigendem Nuscheln schob Reuter Elektrogeräte und Werkzeug zur Seite, stellte eine Flasche mit klarem Inhalt vor sie hin und schenkte drei Schnapsgläser voll. »Musch probiera, Kerle, der isch vom Volker seiner Schtreuobschdwies'. Ond wen hosch m'r doh mitbrocht? Dei hibsche Freindin? I kennt au eine braucha!«

»Albin!«, rief Alexander mit gespieltem Entsetzen. »Du alter Schwerenöter!«

»Ha, so han i's net g'moint«, die Augen unter den buschigen Brauen blitzten mit diebischer Freude.

Katharina runzelte die Stirn. Das ging genau so los, wie sie befürchtet hatte. Alexander kannte Gott und die Welt, pardon, Gott und Filderstadt. Sie dagegen verstand gerade mal jedes zweite Wort, und das auch nur bei voller Konzentration. Was wollten sie nun hier?

Albin Reuter schob die Gläser näher an sie heran. Katharina machte eine ablehnende Geste. »Wir sind im Dienst.«

»Verschdehe, im Dienschd. Hilde, bring uns a Wasser d'rzu!"

Wo immer Hilde herkam, kurz darauf hatte jeder zu seinem Schnapsglas auch eines mit Wasser vor sich stehen. Hilde verschwand wieder, so schnell und unauffällig, wie sie gekommen war.

Alexander räusperte sich. »Du, Albin, das ist Frau Kriminaloberkommissarin Bundschuh von der Polizeidirektion Esslingen.«

Dem alten Mann wich das Blut aus den Wangen. »Was suchet ihr denn? I woiß net, was du vorhin am Telefon wolle hasch. Han i was ausg'fressa, Freulein?«

Während bei Katharina schon erste Verständnisprobleme auftraten, schüttelte Alexander den Kopf. »Nein, wir haben bloß eine Frage an dich. Weißt du, wo der Beitles Gerhard ...«

»Schlimme Sach, d'r Gerhard!«

»Joh, schlimme Sach! Weißt du, wo der aktuell seine Finger drin gehabt hat?«

Jetzt war der Zeitpunkt gekommen. Katharina legte den Umschlag auf den Tisch, und sofort hatte sie sowohl Alexanders als auch Herrn Reuters ungeteilte Aufmerksamkeit. »Brauchst du den?«, fragte sie betont neutral.

Ihr Kollege schaute zuerst sie an und spähte dann in den Umschlag. Da hatte sie wohl nicht nur den alten Mann unvorbereitet getroffen.

Der wiederum schenkte dem Umschlag keine Beachtung, nachdem sein Blick ihn einmal gestreift hatte. Dem Schnaps dafür umso mehr, denn er kippte ihn auf ein Mal hinunter und schenkte sich gleich wieder nach. »Schlimme, ganz schlimme Sach'.« Sprach er noch vom Tod Beitles oder schon von etwas ganz anderem?

»Sie wissen von seinem Tod?«, unterbrach Katharina die Litanei.

»War bloß a kurze Notiz in d'r Zeidong. Aber d'r Herbert hat ons a bissle mehr erzählt.«

D'r Herbert also. »Herr Gehringer?«

Sein Nicken verwunderte Katharina nicht. Gesehen hatten die Gehringers nichts, aber die Nachricht musste man trotzdem von Plattenhardt bis nach Sielmingen tragen.

»Joh, i han en geschdern im Musikverei gsäha. Isch scho ewig nemmer doh gwäsa, aber nach derra Gschicht wollt er sich wohl mal wieder blicka lasse.«

Das konnte sich Katharina lebhaft vorstellen. Musiziert wurde unter diesen Umständen wohl eher weniger. »Und können Sie uns etwas zu …«, sie nahm Alexander das Blatt ab, das er inzwischen aus dem Umschlag gefischt hatte und schob es über den gekachelten Tisch gleich neben das frisch gefüllte Schnapsglas, »… diesem Papier sagen?«

Herr Reuter begann wie auf Knopfdruck zu zittern. Die Falten auf seiner Stirn hatten sich zu Furchen vertieft und er schüttete den zweiten Schnaps hinunter. »I koh gar nix erkenna. Hilde, hosch du mir mei Brille? Trenket doch, Kender!«

»Danke, wir sind im Dienst«, wiederholte Alexander Katharinas Worte. »Albin, du bisch im Gemeinderat. Wenn so an detaillierter Geländeplan auftaucht, mit Architektenstempel und allem Drum und Dran, dann schaut das doch fast nach einem Baugrundstück aus, oder? Da muss doch zumindest einer von euch mal drübergschaut haba. Es geht doch um Filderstadt? Ich seh's dir doch an, dass du mehr woisch …«

»So an Plan koh jeder ausdrucka, sogar d'r Bauer Wendelin. Wenn, noh muss mer a Baugesuch schdella, aber doh d'rvoh woiß i nix. I ben joh bloß a klois Rädle. Des geht doch net an uns, da hätt' mer viel zum tun!«

»Das hat vorhin am Telefon aber anders geklungen«, behauptete Alexander.

Hilde brachte die Brille und Reuter setzte sie umständlich auf. »Alexander, i woiß eigentlich au net meh wie du. Des isch älles no gar net in trockene Tücher und zudem schdreng geheim.«

Streng geheim? Da stimmte etwas nicht, das war offensichtlich. Katharina beobachtete, wie Alexander dem alten Mann einen weiteren Schnaps einschenkte. Er schien genau zu wissen, welches »Rädle« er beim kleinen Rädle Reuter drehen musste. Sie presste ihre Handballen ins kühle Leder des Sofas. Danebensitzen lag ihr einfach nicht, Diplomatie hin oder her. Alexander redete derweil mit Engelszungen auf Reuter ein und brachte das Gemeinderatsmitglied tatsächlich dazu, dass es sich hin- und herwand wie eine Maus im Angesicht der Hofkatze.

»Komm, Albin, wir müsset doch net d'r gesamte Gemeinderat aufs Revier beordern, oder?«

Woher kannte Alexander Reuter eigentlich so gut? Und den Vater von Benjamin Häberle? Und Beitle, zumindest ein bisschen? Und überhaupt alle? Nicht, dass die offensichtliche Nähe ihres Kollegen zur Dorfpolitik Katharina nervös gemacht hätte, aber musste er auch noch jeden duzen? Diese

Vetterleswirtschaft! War das auf dem Dorf normal, dass jeder alles über alle anderen zu wissen schien? Wahrscheinlich verurteilte sie ihn zu Unrecht, und in einer engeren Gemeinschaft kannte man sich eben, sie hingegen kannte nicht einmal die Namen aller Nachbarn. Es fühlte sich an, als ob sie eine ganz andere Welt betreten hätte, nicht mal zwanzig Kilometer von der Landeshauptstadt entfernt. Wussten die anderen Filderstädter im Gegenzug auch so viel über Alexander? Dass er nicht mehr hier, sondern in Aichtal wohnte, spielte offensichtlich keine Rolle. Nähe schaffte immer auch Abhängigkeiten. Albin Reuter kippte seinen Schnaps hinunter. Katharina setzte nun doch ihr Glas an und leerte es in einem Zug. Der Apfelbrand schmeckte gar nicht schlecht, und er kratzte nicht mal im Hals. Alexander schaute sie mit großen Augen an.

Reuter strich sich schweigend über den kahlen Oberkopf, während Alexander ihm erneut versprach, kein Aufhebens um die Sache zu machen. Seine subtilen Drohungen vom bevorstehenden Schaden für die Stadt im Fall von Reuters Nichtaussage schienen langsam Wirkung zu zeigen.

»Alexander, du selber weißt, dass es nie gut ist, alte Sachen hochzuholen«, konterte Reuter in so sauberem Hochdeutsch, dass Katharina stutzte. Nächster Schluck, bauernschlauer Blick unter buschigen Augenbrauen, nachschenken.

Dafür verfiel ihr Kollege nun ins Schwäbische und wurde leise. »Albin, mir drohet uns doch net. Wie du selber sagsch, alte G'schichta send nie gut. Ich glaub, Alma kennt au no a paar davon. Aber die interessieret uns doch alle gar net.«

Um was ging es denn jetzt? Es gab also etwas, das dieser Reuter über Alexander wusste, und das war wohl nicht nur nicht für ihre Ohren bestimmt, sondern wohl auch illegal. Kein Hinweis in Alexanders Blick, doch Reuters Drohung hatte etwas in ihm ausgelöst. Und wer zur Hölle war schon wieder diese Alma? Ein weiterer Vorname.

Der Senior seufzte und schob den Plan so weit von sich, wie es der Tisch hergab. »D'r Gerhard wollt in Nutzvieh macha. Nix Besonderes.«

»In Nutzvieh macha?«, fragte Katharina.

»Ha, ihr wisset scho … Küh' machet Müh' ond Schweine machet Scheine. Aber Küh ond Schweine ond Hieaner ond Puta ond Karnickel …«

»Aha.« Übersetzt hieß das wohl, dass Schweinehaltung gewinnbringender war als die Arbeit mit Rindviechern. Und alles zusammen war dann der Jackpot. Den Eindruck, was die Rindviecher betraf, hatte Katharina in ihren Ermittlungen allerdings auch schon des Öfteren gewonnen. »Und die Anwohner?«, fragte sie.

»Ha, die brauchet nix d'rvoh wissa.«

»Ja, aber das muss doch vorher offiziell sein, man kann doch nicht einfach einen Massenviehstall aufs Feld setzen …«

»Koin Masseviehstall … a Masseviehhochhaus!«, Albin Reuters Augen glänzten.

Alexander, der mit der Aussage wohl ebenfalls nichts anfangen konnte, schüttelte den Kopf. »Ich hab' neulich einen Bericht im Deutschlandfunk gehört. Es war wohl nicht so gescheit, dass die Grünen in Baden-Württemberg der CDU ausgerechnet das Landwirtschaftsministerium überlassen haben. Sogar Bayern macht das wesentlich intelligenter als wir, vergibt mehr Flächen an Biobauern und unterstützen sie auch nachhaltiger.«

Reuter ließ nur ein abfälliges Grunzen hören. Den konservativen Kreisen brauchte man mit nachhaltigem Wirtschaften nicht kommen. Ein Nutzviehhochhaus also, deshalb die ganze Geheimhaltung. Vor ein paar Wochen war im Nachtprogramm eine ekelhafte Sendung gelaufen. Bei einem schnulzigen Liebesfilm war Katharina auf dem Sofa eingeschlafen und gerade wieder aufgewacht, als ein Filmer in ein Hightech-

Gebäude eindrang. Überall Enge, gehetzt dreinblickende Tiere, Leid und Tod, automatisierte Fütterung, automatisierte Entsorgung. Effektiv und kostensparend. Interviews mit Studenten, die mit schönen Fremdworten erklärten, dass Tierschützer Tierwohl verklärten und die Bedürfnisse der Tiere falsch darstellten, ja vermenschlichten. Wieder Bilder von diesem Hochhaus inmitten einer tristen Landschaft, in der sogar das Gras ärmlich wirkte. Irgendein Idiot war irgendwo im Osten darauf gekommen, die Tiere noch effektiver zu halten. Die Lösung war ein mehrstöckiges Gebäude – das Neueste vom Neuen. Das Schnitzel für 99 Cent musste ja irgendwo herkommen. Das Aufwachsen der Kleinen kein Vergleich zu den Ferkelchen, die auf dem Hof von Uroma Christa gelebt und sich draußen im Freien gesuhlt hatten. Die Babys im Schlamm oder an den Zitzen der Mama, Schweinerüssel durchwühlten den Dreck nach Fressbarem, Schweineglück in den Augen, Familienglück beim Braten zum Feiertag. Und jetzt zur Massentierhaltung also auch noch Schweinehochhäuser im Stuttgarter Speckgürtel. Na prima, auch eine Art von Nachverdichtung. Mehr als ein schlechter Witz konnte das ja kaum sein. Oder?

»Aber so ein Gebäude kriegst du bei Anwohnern nicht durch!«, Alexander schüttelte fassungslos seinen Kopf.

»Des Problem mit direkte Anwohner umgeht mer aufm Feld. Viecher auf drei Schdockwerk! Mit programmierte Futtermündunga iber jedem Schtälle ond Videoüberwachung.« Albin Reuter wirkte abwesend, so begeistert sah er das Projekt vor seinen Augen. »Der Ort isch prädeschtiniert, die B27 stört der Geruch ja net.«

»Und automatische Falltüren, wenn die Tiere sich gegenseitig erdrücken oder elend verrecken«, murmelte Katharina, was ihr einen überraschten Blick vom Gemeinderat einbrachte.

»Noi, die habet so schbezielle Schutzvorrichtunga. Wenn zom Beischpiel die kloine Schweinle bei ihre Mütter trinket, dann hat die net so viel Platz zom Nohliaga, doh kann gar nix passiera.«

»Wunderbar.« Wenigstens lernten die Kleinen ihre Mutter überhaupt kennen und lebten nicht wie kleine Kälbchen in separierten Iglus, damit die Milch der Mütter ausschließlich den Menschen zugutekam. Barbarisch, Säugetiere auf diese Weise zu halten. Katharina hielt sich mit ihrer Meinung zurück, das hier war schließlich keine Grundsatzdiskussion.

»Albin, willst du sagen, dass das Ding … sozusagen an der Öffentlichkeit vorbei …« Alex leerte seinen Schnaps nun auch in einem Rutsch.

»Ha, was hätt' mer denn macha solla?« Reuter zuckte entschuldigend mit den Schultern. »Gesetzlich isch des koi Problem und d'r Gerhard hat die Stadtkass' mit seine Einkünft' scho emmer arg unterstützt. Nur halt net die Filderstädter, sondern Leinfelda-Echterdenga, wo er sein Firmasitz hot. Wenn er sich jetzt für ons interessiert, koh mer au mol fempf grad sei lassa.«

Das waren bei Weitem nicht nur fünf, die man gerade sein lassen musste. »Haben das die anderen im Gemeinderat auch so gesehen?«

Herr Reuter betrachtete den Tisch vor sich.

»Oh, Albin«, seufzte Alexander, während Katharina nicht so recht klar war, ob dieses Gemauschel nicht zu absurd war, um wahr zu sein.

»Das Ding wäre doch niemals durchgekommen«, behauptete sie.

»Habet Sie a Ahnong!« Reuter hielt den Plan hoch wie ein Pfarrer die Bibel in der Messe. »Bebauungsplan ischd Bebauungsplan. Aber bloß so lang, bis mr en ändert. Des isch revolutionär, des gibt's nirgends anders, bloß bei uns!«

»Das stimmt allerdings«, bestätigte Alexander. »Weil es zu wenig Wohnraum gibt, wird in Filderstadt seit Jahren derart fleißig nachverdichtet, dass auf jedes verfügbare Handtuchgrundstück ein Mehrfamilienhaus gedrückt wird. Bebauungsplan hin oder her. Und wenn mal ein Mehrfamilienhaus im Wohngebiet mit Einfamilienhäusern steht, dann kann man ja auch gleich die anderen erhöhen.« Er guckte grimmig. »Aber wehe, einer der Besitzer oder ein privater Käufer will was ändern.«

»So kannsch des aber net saga!« Eine steile Falte hatte sich auf Albins Stirn gebildet.

»Beschweren sich die Leute nicht?«, wunderte Katharina sich. Warum hatte sich die ganze Wut der Leute ausschließlich gegen Stuttgart 21 entladen, und was alles andere betraf, war gespenstische Ruhe? Es gab so viel Soziales, für das man auf die Straße gehen konnte. Aber dafür mühte sich keiner ab. Die wirklich wichtigen Themen waren anscheinend keine, mit denen man Massen mobilisieren konnte.

»Klar beschweren manche sich«, sagte Alexander. »Aber immer nur Einzelne oder eine Gruppe von Nachbarn. Wohnraum wird dringend gebraucht, keiner kann sich mehr leisten, da zu wohnen, wo er arbeitet. Und wenn für dein Bauvorhaben ein Ablehnungsbescheid kommt, versuch mal, das Beamtendeutsch zu verstehen, mit dem die Beschwerden behandelt und abgekanzelt werden. Dann mach dir mal als junger Familienvater die Arbeit, gegen die vorzugehen. Da kämpfst du gegen Windmühlen!«

Albin Reuter senkte den Kopf und Katharina überlegte für einen Moment, was da zwischen den Zeilen zwischen den beiden verhandelt wurde.

»… und hinterher steht ein riesiger Wohnblock im Gebiet mit Einfamilienhäusern. Und dann der nächste, und der nächste …«, vermutete sie.

»Alles legal!«, behauptete Reuter.

Aber jetzt konnten sie sich dieses Nutzviehhochhaus erst mal abschminken, die feinen Herren.

»Aber net, dass ihr mi in die Pretullie bringt! Und denk droh, der Rudi braucht sei sauberes Führungszeignis!«

»Genau«, pflichtete Katharina bei. »Das alles kann Sie schwer in die Bredouille bringen! Und wer ist schon wieder der Rudi?«

»Der Jüngste im Gemeinderat. Soweit ich weiß, will er demnächst ein Hotel eröffnen«, flüsterte Alexander und sagte lauter: »Jetzt erzähl uns mal die ganze Geschichte, und dann biegen wir das schon hin.«

Sein versöhnlicher Gesichtsausdruck missfiel Katharina gewaltig. Sie öffnete den Mund zu einer Erwiderung und schloss ihn wieder. Meinte er es so oder wollte er Reuter nur in Sicherheit wiegen? Wenn das alles tatsächlich stimmte, waren sie mittendrin in einem ausgewachsenen Skandal.

Alexanders Versprechen, dass sie das schon irgendwie hinbiegen würden, überschritt allerdings die Grenze zu einer Lüge. Bei Ermittlungen durfte nichts, aber auch nicht die kleinste Kleinigkeit, unter den Teppich gekehrt werden. Lügen war keine Option, auch und gerade für Ermittler, fand Katharina, schwieg aber, denn Alexander beherrschte fraglos den Code, mit dem die Leute hier zu knacken waren. Er hatte ihnen eine Menge Zeit erspart, und dass er direkt mit ihr hergekommen war, brachte sie schneller voran als eine Anfrage über die Direktion und umständliche Recherchen, die sie bestimmt mehr als einen weiteren Tag gekostet hätten.

Albin Reuter seufzte hingebungsvoll ob seines unabänderlichen Schicksals. »Noh guad. D'r Gerhard hat – auf'm inoffizielle Dienschdweg – bei d'r Schtadt nochgfrogt, ob er a Tiermascht do in Blatterd hinschdelle könnt. Des isch doch ned schtrofbar!« Dem Mann standen Tränen in den Augen.

»Nein«, bestätigten Katharina und Alexander unisono, wobei Katharina sicher war, dass bestimmte Teile doch strafbar waren. Derweil stand Hilde Reuter in Gesundheitsschuhen und im obligatorischen Kittelschurz im Küchentürrahmen und drehte nachdenklich einen Teller im Geschirrtuch, der hin und wieder quietschte und offensichtlich schon eine Weile trocken war. An der Wand neben ihr eine Ahnengalerie, Vorfahren, Nachkommen, trotz der Menge übersichtlich angeordnet. Klar, so vielen Familienmitgliedern musste ein Auskommen gesichert werden, und wenn dies auf dem »inoffiziellen Dienstweg« stattfand. Das einzige Geräusch neben dem Quietschen machte eine alte Holzstanduhr, die unablässig tickte. Erst jetzt fiel Katharina auf, dass dieses Ticken sie schon die ganze Zeit begleitete, und wie ein zu starker Kaffee machte es sie fahrig und unruhig, und genau wie die Neuigkeiten brachte es sie aus dem Rhythmus. Wieder vermisste sie ihre Dienstwaffe. Wenn sie die dabeigehabt hätte, sie hätte dem Drang widerstehen müssen, dem Geticke ein schnelles Ende zu bereiten.

»... aber alle Entscheidungen gehen nun mal erst über den Gemeinderat«, sagte Alexander. »Und wie wurde der überzeugt?«

»Des waret arge Diskussionen, des kohsch d'r vorschdella!«

Und wie Beitle die ausgeräumt hatte, lag auf der Hand.

»Am End hemmer a gude Lösung gfunda«, erklärte Reuter nach einer langen Pause fast trotzig.

Alexander schüttelte den Kopf. »Aber Albin, spätestens seit Harthausen in den Neunzigern weißt du doch ganz gut, wie sehr eine neu gebaute Tiermast eingreift in einen Ort. Und die ist weiter weg von der letzten Häuserreihe und deutlich kleiner als dieses geplante Hochhaus, und je nach Windrichtung riecht man den Gestank immer noch.«

»Also: Der Bau ist tatsächlich genehmigt und die Anwohner wissen nichts davon?«, fasste Katharina zusammen und hoffte, dass es sich um ein Missverständnis handelte.

»Ha, Zeit isch Geld, wisset ihr? Außerdem isch d'r Metallpreis grad akzeptabel, da schbared mer mindeschtens an fünfschdelliga Betrag am Gebäude. Was der Mappus koh, könnet mir scho lang, bloß besser. Wenn die Baugesellschaft jetzt schon planen kah, dann isch des an finanzieller Vorsprung für älle Beteiligte, oder?«

»Und nicht nur für die, fürchte ich.« *Eine Stadt. Viele Möglichkeiten.* Der Filderstädter Slogan kam Katharina wieder in den Sinn. Mit einem Mal wirkte er nicht mehr ganz so nichtssagend.

Da alles gesagt war, verabschiedeten sie sich unter Albins Beschwichtigungsversuchen – und zu Katharinas Missfallen mit Alexanders Zusage, dass die Sache unter der Decke gehalten würde. Sollte das Gemeinderatsmitglied es ruhig glauben. Katharina drückte das Gefühl weg, dass Alexander seine Worte ernst meinte. Die Leute hatten das Recht zu wissen, was da über ihre Köpfe hinweg entschieden wurde.

»Das ist wirklich der Hammer«, Katharina pfiff durch die Zähne, als sie am Streifenwagen angelangt waren. Ein beunruhigender Gedanke ergriff sie: Damit maximierte sich die Zahl der Verdächtigen unter Umständen exponentiell. »Wer weiß alles von der Sache?«

Alexander zählte die Namen einiger Gemeinderatsmitglieder auf, die er kannte. Somit war es möglich, wenn nicht sogar wahrscheinlich, dass deren Angehörige ebenfalls Bescheid wussten. Das multiplizierte sich je nach weiteren Verästelungen, Stammtischrunden und Geschwätzigkeit der Ehefrauen um das Hundertfache. Nur seine Frau hatte Beitle offensichtlich nicht eingeweiht.

»Und alle waren einverstanden?« Katharina schaute ihren

Kollegen übers Autodach hinweg fassungslos an. Wie viele Menschen lebten in Filderstadt? Über 44 000. Nein, mit Sicherheit war die Sache unterm Tisch gehalten worden, Proteste wären sonst mit Sicherheit nicht ausgeblieben. Außerdem war dieses Vorgehen fern jeder Legalität. »Das ist doch nicht möglich, dass so etwas über die Köpfe der Bevölkerung hinweg hingedeichselt werden kann!«

»Da wär' ich mir nicht so sicher. Albin hat doch diesen EnBW-Deal von Mappus erwähnt. Oder denk an die Gemeinden, die ihre Wasserleitungen an US-amerikanische Investoren verkauft haben. Da wurde auch einfach gemacht, und die Schuldigen genießen, wenn sie es sauber anstellen, sogar Immunität.«

»Oh nein!«

»Was, oh nein?«, fragte Alexander.

Katharina klatschte sich mit der Hand an die Stirn. »Wir haben vergessen zu fragen, wo dieses Nutztierhochhaus entstehen soll.«

Alex lächelte geheimnisvoll. »Hat er doch gesagt.«

»Hat er?« Katharina verdrehte die Augen.

»Was meinst du, was ›Blatterd‹ heißt?« Alexander ließ sich in den Fahrersitz fallen.

»Hör auf mit deinen Ratespielchen!« Katharina hatte nun doch einen groben Verdacht, welcher Acker gemeint war. War das womöglich der Grund, warum Beitle bei den Sühnekreuzen … dann hatte seine Ermordung vielleicht mit dem geplanten Bau zu tun. Sie fröstelte und musterte Alexander stumm, der bestätigend nickte. Schnell tippte sie eine SMS ans Sekretariat. Einen Teil-Erfolg war sie Hartwaldt schuldig, nachdem sie seine Entscheidung vorhin so falsch eingeschätzt hatte. »Volltreffer: Großes, inoffizielles Bauprojekt in Plattenhard. Genaues gleich in der Direktion.«

»Plattenhardt. Mit *dt*, bitte!«

»Schau mir nicht ins Display, fahr lieber keine Hühner um.« Katharina und Alexander sahen sich an und lachten gleichzeitig los. Katharina spürte, wie die Anspannung mit der Lösung dieses Rätsels von ihr abfiel.

»Ich geb's zu, deine Finte mit dem Plan war gar nicht schlecht. Wo hast du ihn hergezaubert?«, er lenkte den Wagen durch einen Kreisverkehr.

»Sag bloß, du entschuldigst dich!« Katharina musterte Alexander von der Seite.

Er gab vor, sich ganz aufs Fahren zu konzentrieren. »So weit würde ich nicht gehen. Könnte mir auch Spaß machen, ein bisschen mehr Action. Habt ihr noch 'ne Stelle frei?«

»Ob du dir das antun willst …« Katharina ertappte sich dabei, dass sie tatsächlich überlegte, ob Alex ins Team passen würde. Kriminalrat Hartwaldt würde nach der Aufklärung des Falls wieder ins Reutlinger Präsidium zurückkehren, denn die Sonderkommissionen wurden immer aufs Neue aufgrund von Verfügbarkeiten und Schwerpunkten gebildet. Aber im Dezernat Mord würde Alex sich mit Sicherheit gut behaupten, keine Frage.

An der Kreuzung zur Bundesstraße wartete der Wagen des Bestatters an der Ampel. Wieder dieser einprägsame Schriftzug, der gleich ins Auge fiel. Doch die tiefstehende Sonne blendete Katharina. Da saß doch jemand auf dem Beifahrersitz.

»Warte mal!«

»Geht schlecht, wir haben Grün.« Alex gab fröhlich Gas.

»Verdammt!«

»Was ist?«

»Ich hätte schwören können … ach nichts …« Wie konnte sie in diesen Millisekunden nur sicher sein, Frau Beitle gesehen zu haben? Reflexartig wählte Katharina die Nummer der Villa. Keiner ging ran. Sie legte wieder auf. »Seltsam …«

Kaum waren sie auf die Bundesstraße aufgefahren, da fuhr Alexander auch schon wieder ab.

»Hey, das ist nicht der Weg zur Direktion!«

»Da wollen wir auch nicht hin.« Er grinste. »Bevor der Stress weitergeht, machen wir zwei erstmal eine kleine Pause.«

»Alex, keine Zeit für Späße jetzt. Von mir aus gehen wir heute Abend aus.«

»Ehrlich? Du bist ganz schön hartnäckig!« Er grinste noch breiter, während sie schnittig durch den altbekannten Kreisverkehr am Plattenhardter Ortseingang bretterten. »Ich mag Frauen, die die Initiative ergreifen.«

Katharina biss sich auf die Zunge. Was wollten sie denn jetzt beim Tatort? Sie musste dringend nach Esslingen und sich mit den Kollegen abstimmen.

Der Pfeil des Richtungsschilds wies den direkten Weg in den Boden.

»Diese Verkehrsraudis«, raunte Alexander und schüttelte den Kopf. »Wenn ich den erwische.«

»Diese schlecht ausgebildeten Schildaufsteller«, antwortete Katharina. »Bring mich sofort ins Büro!«

»Kleiner Dienstumweg«, unbeeindruckt fuhr Alex in den Feldweg ein.

»Keine weiteren Dienstumwege!«, protestierte Katharina, die sich vor ihrem geistigen Auge schon bei ihrem Vorgesetzten rechtfertigen musste. Andererseits war es vielleicht nicht die schlechteste Idee, den Tatort noch einmal unter den aktuellen Gesichtspunkten anzusehen. Aber wirklich nur für ein paar Minuten.

Als Alexander anhielt, die Reifen halb im Ackerdreck, kam gerade ein älterer Mann im Blaumann über den Weg gehumpelt. Katharina erkannte ihn als den Fahrer des Fendt, der am gestrigen Morgen über die ›Greane‹ referiert hatte. Die Dame von Welt trug hier, so schien es, Kittelschurz, und der Herr dazu den blauen Anton. Katharina warf einen Blick auf das Einfamilienhaus der Gehringers. Der Vorhang bewegte sich sacht. Immer auf dem aktuellen Stand, dieses Pack! Demonstrativ winkte sie hinüber. Ein Schatten entfernte sich zügig. Alexander hatte derweil schon den Wagen verlasen und stand mit dem Mann über ein Blatt gebeugt. War er denn des Wahnsinns? Es handelte sich um ein geheimes Dokument!

Der Ärger über Alexanders Alleingänge flammte wieder auf. Von wegen, er würde gut ins Team passen! Das schien System zu haben bei ihm. Mit einem Satz war Katharina bei den beiden. »Warum zeigst du …«

»Ich hab' den Bauern, den Herrn – Sauter, stimmt's? – gefragt, was er von der Erweiterung der B27 hält«, erklärte Alex schlicht.

»Erweiterung? B27? Wo soll die denn sein?« War das jetzt etwa ein wichtiges Thema?

Alexander schickte Katharina einen flehenden Blick.

»Ach ja. Erweiterung. Genau. Was halten Sie davon, Herr Sauter?«

»Es tät mi net störa und s'würd mir nix bringa.« Der Mann hinterließ mit dreckverkrustetem Finger eine Spur auf dem Plan. »Des kommt joh net an unsere Äcker ran, oder? Des schaut so aus.«

Aha, damit hatte er Alexander indirekt bestätigt, dass es sich bei dem Geländeplan um dieses Gewann bei den Sühnekreuzen handelte. Katharina schüttelte den Kopf. »Bleibt alles beim Alten. Gehören die Äcker Ihnen?«

Der alte Mann offenbarte ein strahlendes Lächeln im wettergegerbten Gesicht sowie ein ansehnliches Arsenal an Goldzähnen. »Noi, net hier vorne. Die gehöret d'r Schdadt ond werdet verpachtet.«

Beruhigend, zumindest die Landwirte hier schienen noch nichts über den Bau zu wissen. Nun, Katharina würde einen

Teufel tun und über die Planungen sprechen. Sie schmunzelte aufmunternd.

»Ha, so a nettes Lächeln«, Herr Sauter musterte sie hingerissen. »Ond so a hibsches Mädle. Die wachset halt bloß uff de Fildra, gell?«

»Manchmal müssen wir die schönen Frauen auch zu uns auf die Fildern einladen«, zwinkerte Alex. »Frau Bundschuh, unser Herr Sauter hat etwas Ungewöhnliches mitbekommen.«

Na, da war Katharina ja gespannt. Gestern hatte der Bauer noch behauptet, dass er und seine Familie nichts bemerkt hätten.

»Joh, aber des isch beschdimmd so an Monat her.« Er zuckte mit den Schultern. »Do send so a baar jonge Öko-Aktivischda uffm Feld romgschdapft. I ben naus ond han denne droht, dass i mei Luftgwehr hol.«

»Herr Sauter!«

»Ha, die hen joh … äh … gwisst, dass i nie schießa dät! Uff jeden Fall hen die Jonge Plakate derbei ghet, wo an Schweinekopf druff war ond des Gsicht von dem bekannten Gaschdronom, dem mit dera Villa in Bohlanda, ond der, der do bei de Kreuz … äh … – wie hoißt der nommol?«

»Herr Beitle?«, fragte Katharina vorsichtig und hoffte, den Sinn des Gesagten verstanden zu haben.

»Joh, genau der wars, jonge Frau! Mei Gedächtnis isch au nemme des alde. Die Plakate hend se dohglassa, weil se ganz schnell verschwonda send, nachdem i denne droht han. Selbstverständlich hätt' i denne nie ebbes doa, des hen Se au gwisst, gell, Frau Kommissarin.«

Soso, ›Öko-Aktivischda‹. Das mit dem Luftgewehr hakte Katharina jetzt mal als nicht gehört ab. »Und was haben Sie mit den Plakaten gemacht?« Danach hatte sie nichts mehr verstanden. Alexander nickte jedoch eifrig.

Herr Sauter schaute in den Himmel. »Die hättet gut brannt

em Ofa. Aber dann isch so an Möchtegern komma mit seine edle schwarze Lederschühla ond hat die Beitle-Plakate in den Kofferraum von seim schicka Flitzer neipackt. Ond wia der gschimpft hat. Mir wollt er no a Anzeige zukomma lasse, da han i …«

»… ihm auch mit dem Luftgewehr gedroht«, flüsterte Katharina. Der Sauterbauer mochte kein gutes Gedächtnis mehr haben, aber seine Ohren waren intakt, trotz Fendt. Er beschwor, sonst niemanden bedroht zu haben, zumindest nicht ernsthaft, doch bedauerlicherweise konnte er weder den Möchtegern noch die ›Öko-Aktivischda‹ genauer beschreiben. Dass der Geländeplan nur für das B27-Bauprojekt 2025 entstanden sei, nahm er fraglos hin und verabschiedete sich schließlich. Er müsse sich wieder »om die Setzling« kümmern.

Endlich ging es zurück in die Direktion. Katharina musste zugeben, dass sie dank des Einsatzes ihres Kollegen ein ganzes Stück weitergekommen waren. Auf dem Weg nach Esslingen erklärte der Filderstädter gestenreich, warum er als Ausrede für Herrn Sauter die B27 genommen hatte. Frust, die Bundesstraße betreffend, kannte man hier auf der Ebene seit Jahrzehnten, und wer auch immer an der Regierung war, ließ sich immer neue Besonderheiten einfallen, um die Anwohner zu unterhalten, ob es um überteuerte, nicht funktionierende Hightech-Beschilderung ging, deren Sensoren bereits durch Spinnennetze aus dem Konzept gebracht werden konnten, den immer wiederkehrenden Aus- und Umbau am Echterdinger Ei oder die Zufahrtsbegrenzungsampeln. Was die Dinger bringen sollten, fragte sich sogar Katharina. War die Kommune den anderen bei der Stauvermeidung weit voraus, oder warum bremste man ausgerechnet die Filderstädter aus, wo sich doch die Blechlawine bereits aus dem Aichtal hochschob oder jeden Morgen Staumeldungen über den Businesspark am Fasanenhof im Radio kamen?

Katharina beauftragte Samuel telefonisch, nach Protestaktionen oder Pressemeldungen zu recherchieren, auch wenn Alex beschwor, dass es in den letzten Wochen keine gemeldeten Vorkommnisse gegeben habe. Nicht einmal die Grünen machten mehr durch irgendwie geartete Demonstrationen von sich reden. Hier in Filderstadt gehörten sie inzwischen quasi selbst zum Establishment, genauso wie im Stuttgarter und im Tübinger Raum, wo die Rathäuser mehr oder weniger fest in grüner Hand waren. Umso unverständlicher fand Katharina, dass ein solches Nutztier-Hochhaus unter der Hand genehmigt werden konnte.

16:05 Uhr. Wenn Samuel keine Berichte fand, hatten sie nichts in der Hand, keine weiteren Protestaktionen, keine Presse. Definitiv nicht die Vorgehensweise üblicher Öko-Aktivisten. Und ein wenig unprofessionell: Es machte keinen Sinn, solch eine Aktion bei Nacht und Nebel und nur einmalig durchzuführen. Da musste man doch ansetzen und richtig Ärger machen, die Leute aufrütteln! Und trotzdem ein weiterer Hinweis darauf, dass einige Leute bereits von dem Bauprojekt wussten: der Schweinskopf mit Beitles Gesicht. Hatte der Bauer sich vertan?

»Warum haben die nicht die Presse informiert?«, überlegte Katharina.

Alexander zuckte mit den Schultern. »Klingt alles sehr dilettantisch. Vielleicht hat Beitle etwas gegen die Demonstranten in der Hand gehabt?«

»Oder sie haben den Entschluss gefasst, Beitle ohne großes Aufsehen aus dem Weg zu räumen. Nach dem Motto: kein Bauherr, keine Gefahr.« Beziehungsweise ihn aus dem Weg räumen zu lassen.

Also existierten die Plakate womöglich noch. Wusste auch Bauer Sauter mehr, als er erzählt hatte? Die Erfahrung lehrte, jede Variante für möglich zu halten, auch wenn dieser alte Landwirt mit seinem strahlenden Goldzahn-Lächeln überhaupt nicht verschlagen wirkte. Sie musste die Urheber der Aktion dringend ausfindig machen, dann würden sich bestimmt einige Fragen klären. Ob der Herr Architekt Krömer mehr darüber wusste? Ein Schelm, der Böses bei der Beschreibung des Lackaffen dachte, den Sauter beschrieben hatte. Katharina musste sich dringend mit der Soko über das weitere Vorgehen abstimmen. War es mit diesem Hintergrundwissen immer noch richtig, Krömer in Sicherheit zu wiegen? Womöglich war der Mann eine tickende Zeitbombe.

Alexander setzte Katharina vor der Direktion ab. »Vorhin konnte ich den malerischen Ausblick gar nicht richtig genießen …« Er stieg aus und ließ seinen Blick über Rossneckarkanal, Agnesbrücke und Stadtkirche schweifen.

Da hatte er zweifelsfrei recht, aber Zeit, sich für die Schönheiten der Esslinger Innenstadt zu begeistern, blieb nach Abschluss des Falls noch genug. Auch sie bekam bei der Arbeit selten genug etwas davon mit, denn der Blick aus dem Großraumbüro ging auf die eher großstädtische Berliner Straße Richtung Bahnhof.

Alex öffnete die Tür des Streifenwagens. »Jetzt darfst du mich noch mal fragen!«

»Was meinst du?«

»Ob ich mit dir weggehe. Um sieben am Stützagass-Brunnen?«

»Ist das auch so ein Filderstädter Unikat?«

»Plieningen. Kennst du nicht den ehemaligen Pflugscharbrunnen im Zentrum? In Filderstadt schauen mir zu viele Augen zu, wenn ich mit meiner wunderschönen Kollegin ausgehe.« Damit zwinkerte Alexander und brauste über die gelbe Ampel davon.

* * *

Katharina drehte den Hebel in der Dusche ganz nach links. Das heiße Wasser tat gut, nachdem sie den ganzen Tag unterwegs gewesen war. Das Dezernat hatte sie um kurz nach sechs verlassen, unter Hartwaldts Raubtierblick, der offensichtlich meinte, Spuren würden sich allein durch Überstunden ganz von selbst finden. Doch zeigte er sich dadurch besänftigt, dass sie es gewesen war, die den neuen Baustein im Beitle-Puzzle besorgt hatte. Und Hinweise waren in der Tat rar. Eine Einheit hatte Beitles Assistenten überprüft, ohne brauchbare Hinweise zu finden. Auch sein erster Assistent hatte ein doppelt und dreifach überprüftes felsenfestes Alibi, es gab keine ungewöhnlichen Kontobewegungen bis auf das teure Abo eines Online-Porno-Portals mit besonders exotischen Praktiken. Als Polizist erfuhr man alles, auch das, was man nicht erfahren wollte. Ein anderer Mitarbeiter war ebenfalls in ihren Fokus geraten, da er sich in absehbarer Zeit selbständig machen wollte. Er hatte bereits Verhandlungen mit Beitles Geschäftspartnern begonnen, aber der Mann verhielt sich ansonsten nicht auffällig, er hatte kein Motiv, Beitle aus dem Weg zu schaffen.

Gleich zu Beginn der Besprechung hatte Hartwaldt Katharina wegen Krömer in die Zange genommen, ihr Vorgehen dann aber im Nachhinein abgesegnet. Der Soko-Leiter war misstrauisch, aber wer sein Vertrauen genoss, konnte auch eigene Entscheidungen treffen. Aktuell wurden Krömers Vorgeschichte und seine Verbindungen geprüft. Die Fangschaltung zu Handy und Büro war leider noch nicht genehmigt, aber einen Auszug der gewählten Nummern hatten sie immerhin beantragt. Wenn die Öffentlichkeit gewusst hätte, wie langsam beamtische Mühlen mahlten … in Zeiten digitaler Überwachung unvorstellbar. Über internationale Geheimdienste hätte sie ihre Informationen vermutlich wesentlich schneller erhalten.

Nur Samuel hatte wieder Falten auf der Stirn gezeigt, als Katharina von Alexanders Vorgehen bei Albin Reuter erzählt hatte. Ihr liebster Kollege klüngelte im Gegensatz zu dem Filderstädter nicht, konnte es nicht ausstehen, Zusagen zu machen, die er nicht einhalten konnte. In Hartwaldts Miene hingegen hatte nichts darauf hingedeutet, dass er Alexanders Vorgehen missbilligte.

Das Bad war voll mit heißem Wasserdampf, unruhige Verwirbelungen tanzten in der Luft, wenn sie sich bewegte. Ganz hinten im Badezimmerschrank hatte sie noch eine Haarkur gefunden, an deren Deckel sich schon eine Kruste bildete, die aber noch halbwegs nach Maracuja roch und bestimmt ihre Wirkung tat. Irgendwie. Sie rubbelte sich mit dem Handtuch ab und putzte dann den beschlagenen Spiegel, der ein kurzen Blick freigab, um dann sofort wieder zu beschlagen. »Spieglein, Spieglein an der Wand«, … war das eine Antwort, dass sich das freche Ding einfach wieder vernebelte? Katharina wickelte das Handtuch um ihren Körper und öffnete das Fenster einen Spalt breit. Kühle Abendluft zog herein. Jetzt fror sie zwar, sah aber wenigstens wieder klarer. Und Kälte straffte bekanntlich die Haut. Wenn sie keinen Infekt brachte. Zitternd kämmte Katharina ihr schulterlanges Haar, das sie heute Abend ausnahmsweise offen tragen wollte. Der Kontrast zu ihren dunkelbraunen Augen war eins der Dinge, die Katharina an sich mochte. Wann hatte sie überhaupt das letzte Mal darüber nachgedacht, ob sie einem Mann gefiel? Sie schob den Gedanken weg.

Bevor Katharina die Wohnung verließ, griff sie in ihr Bücherregal. Mal sehen, ob ihm das Buch gefallen würde. Sie lief die Stufen im Treppenhaus hinunter, ohne auf jemanden zu treffen. Schweren Herzens entschied sie sich, den Parkplatz aufzugeben und das Auto zu nehmen, damit sie nicht dauernd auf die Uhr schielen musste und den Abend genießen konnte, egal, wann die letzte Bahn fuhr. Der Nieselregen lud geradezu ein zu einem lauschigen Abend drinnen beim Essen. Aprilwetter Ende März. Voller Vorfreude schwebte Katharina über den nassen Boden, in dem sich die Lichter der Reklameschilder spiegelten. Katharina nahm die mittlere Filderlinie nach Plieningen und passierte die Martinskirche. Dem hübschen, belebten Zentrum mit seinen alten Häuschen hatte sie die paar Mal, die sie durchgefahren war, eindeutig zu wenig Aufmerksamkeit geschenkt. Die Reflexionen auf regennasser Straße machten es noch einladender, durch die Fenster der Wirtschaften zu schauen. Sie parkte an der Filderhauptstraße und fand Alexander, der entspannt an den Brunnenrand gelehnt wartete. Als er sie entdeckte, schenkte er ihr ein Lächeln, das fast schüchtern wirkte. Der private Alexander, nicht der Ermittler. Zur Begrüßung legte er den Arm um sie. Sie schloss kurz die Augen und genoss die Berührung. »Schön, dass du noch gekommen bist.«

Über eine halbe Stunde zu spät. Sie hatte ihm geschrieben, dass es etwas länger dauern würde. Sein feuchtes Haar deutete darauf hin, dass er hier draußen gewartet hatte. Jeans, Sportschuhe und ein Poloshirt unter der ebenfalls nass glänzenden Lederjacke waren vielleicht etwas sommerlich, standen ihm allerdings auch im feuchten Zustand gut.

»Du bist noch hübscher, wenn du die Haare offen trägst.« Sein Blick steifte den ihren.

»Danke.« Katharina versuchte, ihre Nervosität zu verbergen und schaute sich geschäftig um. »Was schlägst du vor?«

»Hast du Hunger?«

Was für eine Frage. Katharina nickte. Regelmäßiges Essen – immer so eine Sache während der Ermittlungen. Alexander bog von der Filderhauptstraße in die Bernhauser Straße ab, und sie ergatterten den letzten kleinen Tisch in einer

Pizzeria namens »Da Domenico«, ganz hinten in der Ecke. Schön verschwiegen. Alexander nahm Katharina den Mantel ab, seine Hand berührte ihre Schulter dabei ein bisschen länger als nötig.

Sie versuchte, ihre Verwirrung zu ignorieren. Warum fühlte sich das Zusammensein mit ihm plötzlich so ungewohnt und anders an? Schließlich waren sie doch schon den ganzen Tag unterwegs gewesen. Als ob so ein Date alles veränderte. Klar, bisher hatten sie nur über Berufliches gesprochen. Und jetzt beobachteten sie sich über den Tisch hinweg wie zwei Fremde. Außerhalb des sicheren Ermittlungsterrains fühlte sich Katharina mit einem Mal aufgeschmissen und versteckte sich fürs Erste hinter der Speisekarte. Zum Glück lenkte sie verführerischer Duft nach Gebratenem vom Nebentisch ein bisschen ab. Also, was gab es hier Schönes? Pizza Messicana, das klang doch lecker. Oder Gnocci al pesto? Oder Tris di pasta?

»Soll ich dir einen passenden Wein zum Essen vorschlagen?«, brach Alexander das Eis. Er war schon bei der Getränkekarte angelangt.

Ob er wohl öfter hier war? »Ich nehme die Tagliatelle mit Lachs von der Wochenkarte. Kennst du dich mit italienischem Wein aus?«

»Geht so. Aber einen schönen Weißen zu Tagliatelle kann ich gerade noch empfehlen.«

»Ich nehme einen Montepulciano. Der geht immer«, behauptete Katharina.

»Würdest du dich zu einem Sauvignon blanc überreden lassen? Der Montepulciano ist etwas schwer zu einer leichten Lachs-Sauce.« Mit Kennerblick deute Alexander auf eine Flasche im Regal und winkte den Kellner her.

»*Ich* hingegen finde den Sauvignon blanc ein bisschen leicht für eine Lachs-Sauce.«

»Äffst du mich etwa nach?«, grinste Alex.

»Weißt du immer alles besser?«, konterte Katharina mit schlecht verstecktem Lächeln.

Bildete sich da etwa eine leichte Röte auf seinen Wangen? Alexander senkte für einen Moment seinen Blick. »Ich wollte dich vielleicht ein kleines bisschen beeindrucken.«

»Na gut, dann vertraue ich dir.«

Der italienische Wirt, ein freundlicher, kleiner Mann mit wachen Augen und Zopf, begrüßte Alexander und sie per Handschlag und zündete die Kerze auf dem Tisch an. Den Bildern an den Wänden nach zu urteilen hatte er früher als Jockey gearbeitet.

Während am Nachbartisch eine Pizza Prosciutto sowie dampfender, aufgeschnittener Braten mit Grillgemüse serviert wurden und der Duft ihre Nase umschmeichelte, lief Katharina das Wasser im Mund zusammen. Alexanders Hand schob sich näher an ihre heran, vorbei am Körbchen mit duftenden, frisch gebackenen Pizzabrötchen.

»Hättest du wirklich Lust auf einen Wechsel zur Kripo?«, griff Katharina das Thema vom Nachmittag auf, um die Stille zu durchbrechen.

Alexander zuckte mit den Schultern. »Ich weiß nicht … Einmal Streifenhörnchen, immer Streifenhörnchen. Wahrscheinlich würde ich ihn vermissen, den direkten Kontakt zu den Leuten. Ihr seid immer so … so …«

»Ja?« Katharina schob eine Haarsträhne, die sie immer wieder an der Nase kitzelte, zurück hinters Ohr.

»… gegen alle.«

»Das stimmt doch gar nicht!« Frechheit, so ein schlechtes Licht auf die Kriminalpolizei zu werfen.

»So hab' ich's nicht gemeint. Ist doch klar, dass für euch erst mal alle verdächtig sind. Nur wir … wir müssen eben auch mal helfen.«

Sie halfen auch, und das nicht zu wenig. Natürlich hatten sie hauptsächlich mit Negativem umzugehen, aber auch ein gelöster Mordfall half den Angehörigen, abzuschließen. Auch wenn naturgemäß hinterher keiner der Beteiligten glücklicher war, so war das eben.

»Apropos Verdächtige. Habt ihr noch etwas herausgefunden?«, fragte Alexander launig.

»Wir haben doch genug, oder?«, versuchte Katharina, das Thema abzublocken. Sie war eigentlich froh, für ein paar Stunden nicht darüber nachdenken zu müssen.

»Meinst du, wir sollten die Witwe genauer überprüfen? Mein Favorit ist allerdings dieser Krömer.« Seine Augen blitzten vor Neugierde.

Katharina ertappte sich dabei, im Hinterkopf Samuels Worten zu lauschen. Nein, Alexander mischte sich nicht ein und er versteckte auch nichts. Er hatte einfach dasselbe Ermittler-Gen wie sie, auch als Streifenpolizist konnte er nicht anders. Allerdings – »Wieso hattest du uns die Info mit dem Suizid von Bens Vater eigentlich nicht gegeben?«

Er zuckte mit den Schultern. »Ich hielt es nicht für wichtig. Ich meine, eigentlich war ich mir sicher, dass Ben nichts mit der Sache zu tun hat.« Er lächelte entschuldigend.

Als Ermittler konnte man sich nie sicher sein, dass jemand nichts mit einer Sache zu tun hat. Katharina wollte antworten, doch er kam ihr zuvor. »Oh Mann, jetzt versau' ich uns den Abend mit dem beruflichen Gerede.« Er klatschte mit der Handfläche gegen seine Stirn und lachte dieses unwiderstehliche Lachen. »Du musst entschuldigen, ich hab's meistens mit Nachbarschaftsstreitigkeiten, Einbrüchen, Betrunkenen und Auffahrunfällen zu tun. Und ab und zu mit umgefahrenen Schildern.« Alexander zwinkerte. »Naja, und manchmal auch mit Messerstechereien und ziemlichen Idioten. Aber das hält sich in Grenzen.«

»Dann willst du dein Leben lang auf Streife bleiben?«

Er wiegte den Kopf. »Nein. Irgendwann in den Innendienst, da hat man die Aufgaben nur am Telefon und kann jemand anders rausschicken. Draußen wird es immer stressiger. Wir werden immer öfter von anderen Stellen für große Events angefordert. Wann soll ich die ganzen Überstunden abfeiern, wann krieg ich mal eine mit der Flasche aufs Hirn? Angespuckt wirst du ja eh. Die Leute werden immer krasser. Du darfst dir Beleidigungen anhören, die du teilweise nicht mal verstehst, und kannst dir nicht sicher sein, ob dich der sich prügelnde Pulk, zu dem du gerufen wirst, nicht plötzlich geschlossen angreift.«

Katharina nickte, da ging es ihnen auch nicht besser. Beamte wurden da abgezogen, wo man meinte, dass sie gerade nicht benötigt wurden. Dass sie schlichtweg zu wenige waren, das zeigte sich immer stärker. Sie erzählte ihm aus ihrer Zeit als junge Polizistin bei Einsätzen in der Daimler-Benz-Arena, die damals schon nicht mehr Neckarstadion geheißen hatte, aber immer noch so genannt wurde, und von den Kurdendemonstrationen, die damals die ganze Innenstadt beschäftigt hielten. Die Zeiten wurden nicht besser. Beamte verloren ihre Autorität immer mehr, und um alle Verbesserungen musste diskutiert werden, der Spuckschutz war erst im vergangenen Jahr endlich bewilligt worden und bessere Ausrüstung war ein Thema für die ferne Zukunft. Namensschilder hatten sie gerade noch so abbügeln können, dass man sie und ihre Familien nicht auch noch zuhause abpassen konnte.

Die Frau des Wirts brachte die Weingläser. Mal sehen, ob dieser Sauvignon hielt, was Alex versprochen hatte.

»Dann auf uns. Schön, dass ich dich kennenlernen durfte.« Alexander hob seinen Weinkelch, und als sie anstießen, flirrte der helle Ton des dünnwandigen Glases einen Moment lang in der Luft.

»Ja, das finde ich auch.« Katharina lehnte sich zurück und wieder kehrte das nervöse Flirren in ihrem Bauch zurück, als sie ihm einen Moment zu lange in die Augen schaute.

»Was ist das für ein Buch da in deiner Tasche?« Er beugte den Kopf herüber.

»Thomas Morus, *Utopia*«, antwortete sie und legte es auf den Tisch. »Habe ich dir mitgebracht. Ist ein guter Gegenpol zu Machiavelli. Demokratie statt Diktatur.«

Er nickte und packte es ein. »Soweit ich weiß, sieht er das Thema aber sehr ironisch. ›Es ist ausgeschlossen, dass alle Verhältnisse gut sind, solange nicht alle Menschen gut sind.‹«

Sie lächelte. »Das klingt schon wieder sehr nach unserem Fall. Wie hat Beitle eigentlich seine Baugenehmigung bekommen?«

Alex zuckte zusammen. »Oh Mann, bist du unromantisch.«

Katharina merkte, wie sie augenblicklich rot wurde. »Vielleicht ein bisschen. Aber jetzt sag mal …« Sie versuchte, sich aus seinem Blick zu lösen. Wie sollte sie so klar denken?

Alexander seufzte etwas gequält, dann antwortete er: »Beim Beitle lief es wie bei anderen auch. Wer viel liefert, der bekommt auch das eine oder andere zurück. Ich hab' mir die Pläne mal kommen lassen. Offiziell fängt das Landschaftsschutzgebiet erst knapp hundert Meter nach seinem Haus an. Aber …«

»Aber?«

»… es gibt eine ältere Karte, auf der es fast dreihundert Meter weiter vorne beginnt.«

Katharina öffnete den Mund, um etwas zu sagen, aber Alex wiegelte ab. »Gegen kleine Mauscheleien kann man wenig machen, solange man nicht weiß, welche Hand welche füttert … Kümmern wir uns lieber um die großen Skandale.«

Katharina fand, dass das schon ein ganz schön großer Skandal war.

»Was meinen denn die Nachbarn dazu, im legalen Wohngebiet? Und die Anwohner der Gebäude unten im Tal? So ein *Flecka* kann eng sein.« Hatte sie das eine Spur zu abschätzig gesagt?

»Anwohner im Tal?« Alexander sah sie groß an. »Meinst du die Schützen?«

»Na, der Gebäudekomplex im Bombachtal, den man von da oben sieht.«

Er kicherte und hielt sich die Hand vor den Mund.

»Was ist denn da jetzt witzig?«

»Die Einzigen, die im Bombachtal Beitles Villa interessieren könnte, sind Stechmücken und Schmeißfliegen. Andere Bewohner gibt es da unten nicht in der Abwasserverwertungsanlage.«

Aha. Dann war der Gebäudekomplex, den Katharina aus Frau Beitles Fenster gesehen hatte, also eine Kläranlage.

»Musst nicht schon wieder rot werden, meine Süße.« Alexanders strahlend blaue Augen funkelten sogar im dunklen Ambiente der Pizzeria. Seine Hand schob sich über ihre. Katharina widerstand dem ersten Reflex, sie wegzuziehen. Sie hielt kurz den Atem an, dann gab sie dem Gefühl nach, spürte die Wärme seiner Handfläche und das angenehme Kribbeln, das seine Haut auf ihrer hinterließ.

»Das Angebot mit der Stadtführung steht, dann verwechselst du öffentliche Anlagen auch nicht mehr mit Villen.« Wieder dieses Zwinkern. Das hatte er echt drauf. »Und ich kenne Orte, die mit Sicherheit nicht mal jeder Filderstädter kennt. Verschüttete Burganlagen, historische Keltern, uralte Pestfriedhöfe …«

Pestfriedhöfe, das klang ja reizvoll. Ob er das wohl oft machte, hatte er Routine mit Dates? Seit wann war er eigentlich geschieden und warum? Fragen über Fragen – die sie ihm schlecht so direkt stellen konnte. Überhaupt klopfte ihr

Herz einen ganz schön schnellen Takt, dafür, dass Katharinas Kopf sich noch gar nicht so recht eingestehen wollte, dass sie ihn mochte.

Domenico stellte zwei dampfende Teller vor sie hin und zwang Alexander so, seine Hand von Katharinas zu nehmen.

»Bestimmt hast du einen Tinder-Account«, forderte sie eine Reaktion heraus.

»Tinder ist doch schon wieder out«, erklärte er. Katharina musste wohl ein bisschen zu verblüfft gestarrt haben, denn nun lachte er los. »Du glaubst mir das echt, was? Wenn mir eine Frau gefällt, zeige ich es ihr. Mit dem neumodischen Zeug habe ich mich noch nicht beschäftigt. Genau genommen hab' ich es noch mit keinem Mädel so weit geschafft wie mit dir seit Isabel.«

Isabel hieß seine Ex also. Mit wie vielen ›Mädels‹ hatte er es wohl schon versucht? Katharina nahm einen Bissen. Heiß. Sie verfluchte ihren Hunger und trank schnell einen Schluck Wein hinterher. Puh, besser. Zugegeben, dieser Sauvignon schmeckte wirklich nicht schlecht zu den Tagliatelle. Katharina atmete tief ein.

Alexander klappte den Deckel seiner Lasagne zur Seite. »Heißer Tipp, dann kühlt sie schneller ab.« Dieses Vorgehen war zwar eher ein Massaker als stilvolles Essen, aber sie behielt diesen Kommentar für sich. »Wie sieht es mit deinen Altlasten aus?«

»Meine letzte Beziehung ist nicht so gut gelaufen«, antwortete Katharina knapp.

»Verstehe«, antwortete Alexander, obwohl er gar nichts verstehen konnte. »Verheiratet? Geschieden?«

»Verhöre führen kannst du gut«, antwortete Katharina.

»Und du kannst die Führung schlecht abgeben.« Komisch, den Eindruck hatte sie von ihm auch gehabt. Katharina schwieg, und Alexander fühlte sich offensichtlich bemüßigt, gerade deshalb weiterzubohren. »Dein Ex war ein ziemlicher Kontrollfreak, stimmt's?«, fragte er mit einfühlsamem Blick.

Den konnte er sich sonst wohin schieben. Katharina kaute auf einem Stück Lachs herum, das plötzlich eher schmeckte wie fader Kaugummi. Wenn er das Date platzen lassen wollte, konnte er gern so weitermachen.

Domenico, der Wirt, hatte eine Gitarre von der Wand genommen und begann, ein paar Akkorde zu spielen und mit einem Tisch weiter vorne zu schäkern, an dem eine Geburtstagsgesellschaft Platz genommen hatte.

Alexander sah sie ernst an. »Das Problem gibt es mit mir nicht.«

Sie stutzte und musterte ihn lange, bevor sie sich entschied, ebenfalls ehrlich zu sein. »Das stimmt allerdings. Du machst eher dein ganz eigenes Ding, ohne dich berufen zu fühlen, dich mit überhaupt irgendjemandem abzustimmen.«

Alexander klappte seine Lasagne wieder zu und schenkte ihr einen seltsamen Blick, während die Gitarrenklänge im Hintergrund lauter wurden. Dann beugte er sich am Tisch vorbei und nahm sie ohne Vorwarnung in den Arm.

Katharina roch sein Parfüm und spürte die Wärme seiner Haut, die Muskeln, die sie an seinen Körper drückten. Seine Bartstoppeln kratzten an ihrer Wange. Sie schob den Stuhl näher zu seinem, als sie spürte, wie seine Lippen die ihren suchten. Es fühlte sich gut an, verdammt gut. Vielleicht konnte sie sich so langsam wieder einen Fehler leisten.

Mittwoch

Katharina drückte die Tür zur Vorhalle der Direktion auf und fühlte sich so leicht, dass sie den Eindruck hatte, die Stufen hinauf zu schweben. Der Pförtner rief ihr ein Kompliment zu, das sie nur am Rande wahrnahm. Vor einer halben Stunde hatte sie Alexander zum Hauptbahnhof gebracht, und obwohl der Alltag sie längst wiederhatte, fühlte sich alles unwirklich an. Noch schien die Frage, wie sie nach dieser Nacht miteinander umgehen sollten, weit weg. Bei einem schnellen Espresso in ihrer Küche hatte sie Alex nicht so recht in die Augen schauen können, während er keine Bedenken zu haben schien und schon Pläne fürs Wochenende schmiedete. Ein Kollege, und dann noch von der Streife! Sie mussten heute Abend dringend darüber reden, wie sie sich nun verhalten sollten. Alex sah vermutlich mehr als eine Affäre in dem, was da zwischen ihnen passiert war. Und Katharina? Keine Ahnung. Irgendwie fühlte es sich heute richtig an, den Kopf auszuschalten, die Verliebtheit zu genießen. Gedanken konnte sie sich immer noch machen.

Noch bevor sie im zweiten Stock angekommen war, brummte ihr Handy. »Ich vermiss dich, meine Schöne.« Oh weia. Noch schlimmer als romantische SMS war das breite Grinsen, das Katharina im Gesicht hatte, und sie wusste es. Fehlte nur noch, dass sie anfing, Liebeslieder zu pfeifen. Sie seufzte wohlig und zog die Tür auf.

Gleich vorne im Gang, direkt vor dem Besprechungsraum, erwartete sie die erste Überraschung. Frau Schmied saß auf einem der Stühle, beide Hände über ihre braun-goldene Handtasche gelegt. Ein cremefarbener Hut bedeckte die weißen Locken, ein buntes Seidentuch den Hals, sogar dezenten Lippenstift hatte sie aufgelegt. Ganz Grande Dame. Zum Arztbesuch, für den Stadtbummel oder fürs Wahllokal putzte man sich eben heraus, so hatten es auch Katharinas Großeltern gehandhabt. Was wollte Frau Schmied in aller Frühe schon hier? Hoffentlich schlug sie nicht gleich vor, den Beamten bei der Sichtung von Beitles Unterlagen zu helfen, um ihren Schwiegersohn post mortem des Mordes oder sonst einer Untat zu überführen. Was hätte Katharina für einen Schleichweg um den Wartebereich gegeben, aber nichts zu machen, sie musste an der Rentnerin vorbei.

»Guten Morgen, Frau Schmied.« Katharina ballte eine Faust. Hatte die Strategie, freundlich, aber bestimmt an ihr vorbeizueilen, also nicht funktioniert.

»Ah, grüß Sie Gott, Frau Bolizischdin! Schdopp! Wo wollet Se denn so schnell noh? Zu Ihne will i doch!«

Katharina bat sie, noch einen Moment zu warten, und verschwand schnell im Großraumbüro, wo Samuel bereits hinter seinem Rechner saß und tippte.

»Hast du unsere spezielle Freundin schon begrüßt?« Er imitierte Katharinas Grimasse und hielt dann in seiner Arbeit inne. »Wart mal, hast schon wieder Make-up benutzt?«

Frecher Kerl! »Soll hin und wieder vorkommen«, schnappte sie. Zugegeben, meistens schaffte Katharina es morgens tatsächlich nicht, sich zu schminken. Für wen sollte sie sich auch aufbrezeln im Dienst, für die Verbrecher?

»Jedenfalls ist es super! Lässt dich so frisch und jung erscheinen. So kennt man dich sonst gar …«

»Schrothi«, Katharina hielt den Tacker drohend in die Luft, »jetzt reicht's.«

»Verstehe«, grinste er. »Schöner Abend gehabt. Kripomaus und Streifenhörnchen, was kommt da eigentlich bei raus?«

Sie spürte, wie ihr die Röte in die Ohren stieg. Leider deckte das Make-up ihre Gesichtsfarbe nicht komplett ab. »Und wie steht's bei euch?«

»Kann nicht klagen. Aber seit eurer Familiengeschichte ist Angie ein bisschen zickig. Nimmt mir das irgendwie nicht ab, dass das deine Leute waren, die diesen Terror am Telefon veranstaltet haben. Was denkt die eigentlich, aus welchem Stall ich komme?«

Geschah ihm ganz recht. »Ja, das frag ich mich auch manchmal. Seid ihr denn jetzt offiziell zusammen?«

Samuel zuckte mit den Schultern. »Sie glaubt schon.«

Derartige Unstimmigkeiten gab es zwischen Samuel und quasi jeder seiner Partnerinnen. Aber Katharina konnte ganz ruhig sein, ihr derzeitiger Status war ja auch nicht gerade konkret.

»Was will denn die liebe Frau Schmied?«

»Mit dir reden. Und nur mit dir.«

Wenn das so war, dann gab es keine Ausrede. Vielleicht hatte die alte Dame ja tatsächlich weitere geheime Quellen angezapft. Immerhin hatten sie ihr die Information mit dem Nutztierhochhaus zu verdanken. »Kommst du denn nicht mit?«

»Ich?« Samuel starrte sie über den Bildschirm hinweg mit vollkommen überraschtem Blick an. »Zu *dir* wollte sie.« Das war mehr als nachdrücklich. Er kniff also mal wieder.

»Um es auf Schwäbisch zu sagen: Manchmal bisch du ein Granatensäggl!«

»Wenn ich dich korrigieren darf, meine Liebste: Granadaseggl! Aber mich kannst du ja nicht meinen.«

Katharina packte Stift und Block, den Gang zur Kaffeemaschine sparte sie sich. Noch mehr Herzklopfen war bestimmt nicht gesund.

»Wollen Sie einen Moment mitkommen, Frau Schmied? Etwas zu trinken?«

»Noi, danke. I han's eilig, i muss einkaufa ond nachher han i noh an Termin bei der Kosmedig.«

Katharina hielt der 87-Jährigen die Tür zum Besprechungsraum auf, und sie tauschten ein paar Höflichkeiten aus. Die Seniorin hatte keinen Führerschein, war mit dem Bus hergekommen und erzählte, dass sie den Blick ins Grüne und das Nachdenken auf der langen Strecke schätzte. Da konnte man ja gespannt sein, was sie sich währenddessen zusammengedichtet hatte. Agathe Schmied behauptete, dass die Fahrt über eine Stunde gedauert habe und sie zweimal umgestiegen sei. Für diese kurze Strecke und innerhalb desselben Landkreises? Das waren doch nicht einmal zwanzig Kilometer Luftlinie von Filderstadt nach Esslingen, vielleicht sogar weniger als nach Stuttgart. Aber ja, mit Anbindungen war es in der Region nicht so gut bestellt, wenn man nicht aus Stuttgart direkt kam; darüber machte man sich als Autofahrer nur dann Gedanken, wenn es abzuwägen galt: Machte eine der vielen Baustellen das Durchkommen wirklich unmöglich und wie lange brauchte der ÖPNV im Vergleich dazu? Katharina widerstand dem Impuls, der alten Dame anzubieten, sie im Anschluss nach Hause zu fahren.

Gunther Hartwaldt eilte an ihnen vorbei und bedachte Katharina mit einem giftigen Blick. Was für eine Laus war dem denn über die Leber gelaufen?

»Einen wunderschönen Morgen wünsche ich Ihnen«, rief sie ihm demonstrativ hinterher und schloss dann schnell die Tür. Die Seniorin wackelte in ihrem typischen Igel-Gang unbeirrt auf einen Stuhl zu und redete währenddessen unentwegt, weshalb Katharina Hartwaldts eigenartiges Verhalten auch gleich wieder vergaß.

Sie setzte sich und schenkte ihr ein Wasser ein. »Was haben Sie denn für uns?«

Die alte Dame spähte links und rechts über ihre Schulter. Dann riss sie die Augen auf und schob den Kopf nah an Katharinas heran. »Nix.«

»Nichts?«, fragte Katharina ungläubig.

»Nullkommanix. Nix ond wieder nix. I sag's Ihna, da schdimmt ebbes net! Als ob er noh aus am Totabett raus alle Schpura verschwischa dät.«

Katharina atmete tief ein. »Frau Schmied ...« Wie sollte sie der alten Dame erklären, dass Staub aufwirbeln nicht automatisch effektive Reinigung bedeutete?

»... aber i han im Scharnhäuser Reschdoroh ohgrufa ond nach Ohregelmäßigkeita g'frogt ...« Frau Schmied legte Hut und Handtasche auf den Tisch, dann schnaufte sie und legte vor dem Hinsetzen eine Pause ein. »... und im Restaurant in Neuhausa ... und im Restaurant in Dägerloch ... und in der Catering-Zentrale in Leinfelda ...«

Den Ermittlern schien sie ganz offensichtlich nicht allzu viel zuzutrauen, versteckte diese Einstellung aber geschickt hinter bodenständigem Charme und einem dicken Seniorenbonus. Katharina musste zugeben: Sie hatte die Frau falsch eingeschätzt. Von wegen, sie würde nach der Sache mit dem aufgetauchten Geländeplan den Beamten das Feld überlassen. Im Gegenteil, sie schien eine neue Aufgabe darin gefunden zu haben, sich als unbezahlte Polizei-Praktikantin zu verdingen.

»Ond dann han i versucht, jemand in dem Architekturbüro zu erreicha ...« Sie trank einen großen Schluck und verstummte zwangsweise einen Moment lang.

Katharina vergrub den Kopf in ihren Händen.

»Isch älles gut, Frau Bolizischdin? Hend Sie Kopfschmerza? Sie müsset ja immer so viel ermittla!« Eine Hand schob sich zu ihr herüber und tätschelte aufmunternd Katharinas Arm.

Deshalb also war Hartwaldt so sauer gewesen. Es gab keinen Wirkungsort Beitles, den die Rentnerin nicht kontaktiert hatte, und ihre Befragungen hatte sie bestimmt mit dem Einfühlungsvermögen einer Axt im Walde durchgeführt. Wenn es denn schlafende Hunde gab in Beitles Umfeld, hatte sie sie spätestens jetzt geweckt.

Katharina konnte sich lebhaft vorstellen, wie so ein Telefonat abgelaufen war. »*Grüß Gott, hier isch die Schwiegermutter von meim Schwiegersohn. I wollt amol fragen, ob Sie ebbes wisset zu seine Umtrieb. – Noi? Sen Sie sicher? Hat er nix verbroche, als Sie oimol zufällig in der Nähe waret? Sie wisset scho, so a kloine Unterlagenfälschung, a Betrügle oder au was Größeres? Noi? Na noh vielen Dank ond meldet Se sich, wenn Ihne ebbes eifällt.*«

»Aber i könnt au noh …«

Katharinas Faust traf den Tisch und Frau Schmied verstummte augenblicklich. Nein, bestimmt war es nicht ganz so schlimm gewesen, wie sie es sich vorstellte. Die alte Dame musterte sie mit treudoofem Blick. Doch, es war so schlimm gewesen, mit Sicherheit. Vermutlich noch schlimmer.

»Und was hält Irene von Ihrer Hilfe?«, lenkte Katharina das Thema aufs einzige Detail, bei dem Frau Schmied wirklich helfen konnte.

»Ach, des Irenele, die macht doch emmer glei wegen ällem Wind«, die Seniorin rutschte mit ihrem voluminösen Hintern umständlich auf dem Stuhl hin und her. »Die sän aber net sehr bequem.«

Zum Glück, dieser Umstand würde die Dauer ihres Aufenthaltes in der Direktion womöglich verkürzen. »Hat Ihre Tochter derzeit noch viel mit der Beerdigung zu tun?«, fragte Katharina. Vielleicht war Frau Schmied ja darüber im Bilde, was ihre Tochter im Auto des Bestatters zu suchen gehabt hatte. Falls sie es überhaupt gewesen war. Katharina überlegte gerade, ob es sinnvoll sein könnte, das Thema weiterzutreiben, doch Frau Schmied hatte ganz offensichtlich ihren eigenen Plan.

»Heit middag werd' i mich selber om die Umtrieb vom Gerhard kümmern. Ond wenn i jeden Stoi in ganz Filderschdadt umdreha muss.«

Um Gottes Willen, bloß nicht! »Wollen Sie uns nicht die Arbeit überlassen und wir kümmern uns darum? Das ist doch alles furchtbar aufwändig für Sie.«

»Lasset Se amol, jonge Frau ...« Konnte sich Frau Schmied nicht so langsam mal Katharinas Namen merken? Bestimmt war sie vorhin auch in die Direktion spaziert und hatte nach der ›Frau Bolizischdin‹ gefragt.

»Bundschuh.«

»Was? Lasset Se amol, Frau Bolizischdin, Sie hen ja so viel zum ermittla, da koh i alte Glugg Sie vielleicht no a bissle unterschdütza mit meiner Läbensweisheit.«

Es wäre wohl erfolgversprechender gewesen, über die Straße zu gehen und den Rossneckar aufzuhalten. Katharina stand auf und hielt Frau Schmied höflich, aber nachdrücklich die Hand hin, um ihr hochzuhelfen und sie zu verabschieden.. Wenn es nur eine Möglichkeit gegeben hätte, sie in Sicherungsgewahrsam zu nehmen ... Diese Frau war eine tickende Zeitbombe, und auch wenn sie langsam und gemütlich tickte, verminderte das nicht die mögliche Streuwirkung, die sie entfalten konnte.

»Jetzt machet Se mal net so hegdisch. Sie werdet mi scho glei wieder los. I muss no meine Schdrimpf hochzieha, die Jongfraua-Schenkela send oifach nemme so schdraff.« Frau Schmied grinste, als habe sie einen schlüpfrigen Witz gemacht. Bestimmt war es von Vorteil, dass Katharina ihn nicht verstanden hatte.

Kaum hatte sie die alte Dame zur Tür gebracht und ihr unter Androhung von Ingewahrsamnahme geraten, nicht weiter selbst zu ermitteln, da ließ sie ein scharfer Pfiff zusammenzucken.

»Bundschuh! Schroth! In mein Büro!« Der Boden bebte, als Hartwaldts Tür ins Schloss fiel. Wenn es so weiterging mit dem Türenknallen, würde der Hausmeister bald eine Menge Arbeit bekommen.

»Weißt du, was los ist?«, fragte Samuel verwundert.

»Bestimmt will er uns einen Orden verleihen.«

Klopfen oder einfach reingehen? Katharina entschied sich für Variante zwei. Gunther Hartwaldt stand mit dem Rücken zu ihnen und hatte die Hände hinter demselben verschränkt, während sein Blick auf die Stadtkirche hinausging. Warum hatten Chefs immer die beste Aussicht, sogar die, die nur ein Büro auf Zeit bezogen? Und was wollte er eigentlich? Nach einer dramatisch langen Pause zerschnitt ein einziger Satz die Stille. »Sind Sie eigentlich wahnsinnig?«

Katharina hatte sich nichts vorzuwerfen. Was konnte sie dafür, dass Agathe Schmied aus dem Nähkästchen geplaudert und von ihrer Aktion erzählt hatte? »Wir können Ihnen nicht ganz folgen«, spielte sie auf Zeit.

Hartwaldt wirbelte herum. »Das glaube ich wohl! Äh, nicht. Ach, suchen Sie es sich es doch heraus!«

»Ich glaube, es heißt ›nicht‹. Also: ›Wir können Ihnen *nicht* ganz folgen‹ – und *Sie* antworten dann: ›Das glaube ich *nicht*‹«, erklärte Samuel hilfreich.

Im Gegensatz zu Samuel war Katharina sich vollkommen bewusst, dass diese grammatikalischen Spitzfindigkeiten das Fass nur noch schneller zum Überlaufen bringen würden. Aber andererseits hatte auch sie genug von seiner Heimlichtuerei. Ein bisschen Gegenwehr musste erlaubt sein. »Ich glaube, es heißt eher *wohl.*«

Das Geräusch, das Hartwaldts Kehle entwich, erinnerte an einen brechenden Knochen. »Schließen Sie die Tür.«

Samuel gehorchte aufs Wort.

»Ich habe einen Anruf erhalten.«

Katharina verdrehte die Augen. Ohne Hartwaldts Sinn fürs Dramatische hätten sie sich den Auftakt bis hierher sparen können. Konnte er nicht einfach zum Punkt kommen?

Gleich darauf wussten Katharina und Samuel, was los war. Und das rechtfertigte Gunther Hartwaldts Stimmung vollkommen. Schweigend standen sie im Innenhof der Direktion und dachten über das Gesagte nach.

Schließlich ergriff Samuel das Wort: »Er hat doch nicht …? Ich meine, hat er wirklich …? Wusste ich's doch, die ganze Zeit über!«

Katharina lehnte sich an den Rand der grünen Bank. »Das ist überhaupt nicht sicher.«

»War doch klar, dass man ihm nicht vertrauen kann.«

Hinterher wussten es immer alle besser. »Überhaupt nicht!« Katharina, die eigentlich gelernt hatte, sich zu beherrschen und Gefühle wegzudrücken, kämpfte mit den Tränen. Genau das geschah, wenn man sich anderen öffnete. Man hatte seine Gefühle nicht mehr unter Kontrolle, bot volle Angriffsfläche. Sie hasste diesen verdammten Tag, sie hasste den letzten Tag – und sie hasste vor allem den gestrigen Abend.

Ein Anrufer hatte sich am frühen Morgen gemeldet, noch bevor Frau Schmied in der Direktion aufgetaucht war. Ein Gemeinderat aus Filderstadt hatte den Einsatzleiter der Sonderkommission zu sprechen verlangt und zuerst durchaus höflich um die Herausgabe des Geländeplans gebeten. Als diese Anfrage nicht fruchtete, hatte er mit höheren Stellen gedroht und nachdrücklich gefordert, das Projekt nicht zum Kern der Mordermittlungen zu machen.

Aber wie kam Hartwaldt dazu, das Alexander in die Schuhe zu schieben? Katharina musste ihn fragen. »Bestimmt steckt dieser Sielminger Gemeinderat, dieser Albin Reuter, dahinter, und Alexander trifft gar keine Schuld«, überlegte sie. Hartwaldt allerdings hatte den Namen Schumacher so direkt ins Spiel gebracht, dass Katharina sich fragte, ob der Gemeinderat am Telefon nicht mehr erzählt hatte, als der alte Fuchs preisgab.

»Hab' ich dir doch gleich gesagt!« Samuel merkte wohl selbst, dass seine Besserwisserei fehl am Platz war. »Ruf ihn doch an.«

Sie starrte die weiße Fassade an und schüttelte den Kopf. Aber die Fragen ließen sich nicht wegdiskutieren. Alexanders forsches Vorgehen, die heiklen Zusagen, seine Fragen am Vorabend. »Ich kann mir nicht vorstellen, dass er uns nur benutzt hat.«

Hinter den Fensterrahmen im ersten Stock bewegte sich ein Vorhang – wie Katharina sich bewegende Vorhänge inzwischen hasste! – und der Kopf einer jungen Frau tauchte auf. Sie winkte Samuel zu, doch der reagierte nicht.

Katharina zog das Handy aus der Tasche und starrte es an. Dann steckte sie es wieder zurück.

»Wir haben uns nichts vorzuwerfen.« Die Fakten sprachen für sie, denn erstens hatte Gunther Hartwaldt selbst ihnen Schumacher zugeteilt, und zweitens waren zuerst weder Samuel noch Katharina begeistert gewesen. So oder so traf sie keine Schuld, auch wenn sie Ermittlungsergebnisse mit ihm geteilt hatte. Sie hatte ihm keine Geheimnisse verraten, die er selbst noch nicht gekannt hätte. »Ohne Alexander hätten wir auf einige Hinweise nicht direkt reagieren können, sei es Benjamin Häberle oder Gemeinderat Reuter.«

»Win-win-Situation für uns und die schwarzen Schafe.« Samuel nickte. »Denk mal an die Telefonate gleich am Anfang, als wir in diesem ›Hasenheim‹ gewesen sind. Was war da so dringend? Warum ist er vom Tisch aufgestanden und weggegangen, was haben wir da nicht hören sollen? Vielleicht hat er da seine Kumpels auf den neuesten Stand gebracht.« Er überlegte. »Oder er ist eigens dazu abgeordnet worden, immer ein Ohr am Fall zu haben.«

»Samuel, es reicht.« Katharina vergrub ihr Gesicht in den Händen. Es fühlte sich an wie Verrat an ihr selbst. Der ganze gestrige Abend in der Pizzeria, die Nacht. Zu keinem Zeitpunkt hatte sie den Eindruck gehabt, dass Alexander sie aushorchte. Ausgerechnet Katharina, die mit ihrer Empathie in Verhören Erfolge damit erzielte, die Gefühle hinter den Worten zu lesen? Sicherheiten wurden zu Wahrscheinlichkeiten, zu Möglichkeiten, zu Unsicherheit. In ihrem Magen regte sich Übelkeit.

Was jetzt?

* * *

Der offensichtliche Verrat beschäftigte das ganze Team. Mitleidige Blicke und Getuschel begleiteten sie. In der Direktion war es nicht auszuhalten, das stand fest. Katharina brauchte Abstand. Es war am besten, weitere Indizien zu der Protestaktion zu suchen. Irgendwo musste der Frust raus und Katharina wusste auch schon, wo.

Um sich keinen Fehler zu leisten, stimmte sie das weitere Vorgehen gewissenhaft mit Karin Kaspars ab, die ihr durch die kleine Geste imponierte, sich nichts anmerken zu lassen.

»Guten Morgen, Herr Gehringer!« Ohne eine Erwiderung abzuwarten, schob sich Katharina an ihm vorbei ins Treppenhaus.

»Ich bin gerade … Sie kommen unpassend.«

Gehringer hatte sich in Schale geworfen, genauer gesagt in einen grauen Zweireiher. Gereizt zupfte er an seinem Bart.

Katharina tauschte einen Blick mit Samuel, der noch in der Tür stand. Prima, er hatte einen Termin und stand unter

Druck. Das hatte doch bei seiner Frau schon mal funktioniert.

»Wir müssen Sie bitten, mit hineinzukommen.« Samuel setzte ihn zusätzlich unter Druck, indem er von hinten aufrückte.

Die Geduld des Mannes schien heute in der Tat nicht sehr belastbar zu sein. »Gundulaaaaa … Kannst du die Herren Polizisten hier mal übernehmen?«

Die Herren Polizisten, soso. Es gab also tatsächlich noch eine Steigerung zur *Frau Bolizischdin*.

»Sie dürfen gerne gleich zu Ihrem Termin, Herr Gehringer.« Katharina ging vor den beiden die Stufen hinauf. »Wir brauchen Sie nur einen Moment lang.«

Gundula Gehringer erwartete sie oben mit vor dem Bauch gefalteten Händen. Sie war akkurat hergerichtet, blonde Locken umspielten ihr Apfelgesicht, das nun rote Flecken aufwies. Wieder sah sie zu ihrem Mann, bevor sie sprach. »Ich wollte gerade auf den Markt.«

»Dürfen Sie.«

»Ich entnehme Ihrer Stimme eine gewisse Abschätzigkeit.« Herr Gehringer schob seine Brille zurecht.

Wenn er jetzt noch *mein Herr* sagte … Katharina atmete tief ein. Alexanders Worte kamen ihr ins Gedächtnis: denk an die Diplomatie. Ach, gerade der. Sollte er ihr doch den Buckel runterrutschen mit seinen Spielchen.

»Sie haben uns schon mal nicht die ganze Wahrheit gesagt.«

Beide Gehringers sowie Samuel musterten Katharina abwartend.

Wer keine Beweise hatte, musste pokern. »Ein Bauer hat von einer Protestaktion hier auf dem Acker berichtet. Sie wissen etwas darüber.«

Frau Gehringer biss sich auf die Lippen. Herrlich, wie schlecht sie sich verstellen konnte.

»Was sollen ausgerechnet wir über irgendwelche Proteste wissen?«, schimpfte Herr Gehringer. »Glauben Sie, wir haben die Zeit, uns dauernd um alles zu kümmern?«

Das war zu viel. Erst die Neuigkeiten über Alexander, jetzt diese offensichtlichen Lügen. Mit einem Satz schnappte Katharina sich den Feldstecher vom Fenster und schwenkte ihn drohend an seinem Band hin und her. »Halten Sie uns *Herren* Polizisten eigentlich für vollkommen blöd? Beziehen hier einen dauerhaften Wachposten und scheren sich einen Scheißdreck um die Wahrheit. Sie lügen Beamte offen an, das ist strafbar!«

Samuel zog hörbar die Luft durch die Nase. Frau Gehringer trat sicherheitshalber einen Schritt zurück und stellte sich vor eine Porzellanschale im Schrank, nicht, dass der Feldstecher noch versehentlich das ›Willeroiundbosch‹ zertrümmerte.

»Legen Sie das sofort wieder hin! Und dann verlassen Sie unser Haus!« Damit hob Herbert Gehringer seinen Zeigefinger, schüttelte dann den Kopf und drehte sich um. Er polterte die Treppe hinunter, warf die Tür hinter sich ins Schloss und ließ seine verdutzte Frau allein mit den Beamten zurück. Auch eine Art, sich aus der Affäre zu ziehen. Katharina legte Samuel, der dem Mann nachsetzen wollte, eine Hand auf den Arm.

»Der Herbert ist manchmal ein richtiger Heißsporn …«, Frau Gehringers Blick fixierte die Treppe. Jetzt konnte sie ihm wohl schlecht hinterher.

»Ja, unsere junge Kollegin in der Ausbildung hier auch …« Offensichtlich war Samuel sauer über Katharinas Alleingang.

»Ach, in der Ausbildung sind Sie?«

»Mein Praktikant hat sich nur einen Spaß erlaubt.« Katharina legte das Fernglas an seinen Platz zurück. »Wir gehen dann jetzt.«

Was hatte sie sich eigentlich gedacht, was sie hier erreichen konnten? Zurück ins Büro, Vorladung raus und Punkt.

»… und was wollten Sie genau wissen?« Frau Gehringer strich eine Locke hinters Ohr.

Katharina sah erstaunt hoch. »Haben Sie etwas von einer Demonstration oder von einer Protestaktion mitbekommen?«

»Ach, das«, antwortete die Frau. »Irgendein Scherz von Jugendlichen. Die haben neulich Plakate in den Acker gestellt. Wird ja alles immer politischer.« Ihr Blick ging nach rechts oben, als ob etwas an der Decke klebte. »Nachdem einer der Bauern sie entfernen wollte, kam ein furchtbarer Lackel, hat erst bei uns geklingelt und rumgebrüllt, dann ist er rüber aufs Feld und hat die dreckigen Plakate unter großem Getöse in seinen sauberen Porsche geladen.«

»Woher wissen Sie das so genau?« Katharina gab sich Mühe, ihre Stimme neutral klingen zu lassen.

»Nachdem der Wilde bei uns war, hab' ich ein bisschen was mitbekommen, weil das Fenster ja geöffnet war, ich musste ja lüften. Ich hatte gekocht, Fleischsuppe. Das war ja irgendwann am Abend.«

Die Küche lag auf der anderen Seite des Flurs, ganz schön weit weg vom betreffenden Fenster also. Aber ob beim Kochen oder mit Feldstecher bewaffnet: Eine Konversation, die mehr als hundert Meter weit weg stattgefunden hatte, wäre ohne Richtmikrofon nicht zu verfolgen gewesen. Immerhin, Frau Gehringer schien nichts zu verbergen. Sie gab eine mehr oder weniger präzise Beschreibung von diesem Wilden – grauer Typ mit grauem Porsche, gockelhaftes Auftreten. Ganz offensichtlich Stararchitekt Krömer. Wenn sich der Verdacht bestätigte, hatten sie einen wichtigen Baustein gefunden. Es war Zeit, ihn vorzuladen.

»Wann sind Sie eigentlich hergezogen?«, fragte Katharina beim Hinausgehen, als ihr die Aussage des Bauern Sauter über die »Zugezogene« einfiel.

»Das muss schon an die dreißig Jahre her sein«, Frau Gehringers Blick ging in die Ferne. »Herbert hat damals nach seiner Lehre hier eine Anstellung als Bauzeichner bekommen.«

»Hier gilt mer auch noch nach fünfzig Jahren als Zugezogener«, erklärte Samuel, als sie über den Feldweg gingen.

»Mer? Fängst du jetzt auch noch mit Schwäbeln an?« Katharinas Blick fiel auf das Schild auf dem Fußgängerüberweg, das erstaunlicherweise wieder gerade stand. Was hatte sie für eine Lust, ihm einen ordentlichen Tritt zu verpassen.

»Ich und Schwäbisch? Da hast du dich verhört.« Samuel errötete tatsächlich.

»Hast du bemerkt, dass sie lügt?«

»Hat sie?«

»Samuel, was hast du gestern gegessen?«

»Woher soll ich das wissen? Wart mal. Gestern, also Dienstag. Morgens einen Smoothie und dann … nein, halt, Angie hat mir Kaffee und Hörnchen ans Bett gebracht.«

»Wohin ging dein Blick?«

»Katharina, jetzt drehst du bitte nicht auch noch durch!« Samuel musterte sie alarmiert.

»Blick nach links oben – erinnern. Blick nach rechts oben – konstruieren, Geschichten erfinden. Linke Hirnhälfte: Zeitempfinden und lineares Denken, rechte Hirnhälfte: Kreativität und Instinkt. Kapiert?«

Als Antwort verdrehte Samuel die Augen und begann zu schielen. »Ist das aus deinem Seminar? In der Psychologie sind solche Deutungshinweise verboten.«

»Oh, du Einstein, das sind Grundlagen, Kriminalistik Band 1. Frau Gehringer hat uns angelogen. Sie weiß mehr über die Protestaktion.«

Ein Auto brauste vorbei und schleuderte Dreck vom Straßenrand hoch. Katharina hob grollend eine Faust.

»Das mag ich an dir«, sagte Samuel.

»Was magst du an mir?« zischte Katharina.

»Dein Temperament, mein Schatz.«

»Blödmann.«

»Und deine Komplimente. Aber wenn ich wählen darf, wäre mir *Schrothi* doch lieber.«

Katharina zog ihr Handy hervor, um Krömers Vorladung zu veranlassen. Drei Anrufe in Abwesenheit, diesmal nicht von Lorenz, sondern von Alexander.

* * *

»Gratulation! Euer Architekt hat tatsächlich kein stichhaltiges Alibi.« Karin Kaspars kam ihnen auf dem Gang entgegen. Katharina fragte sich, wieso die Kollegin immer schon über alles Bescheid wusste.

»Seine Frau gibt an, dass er in der Tatnacht erst nach Mitternacht zu Hause war.«

Katharina blieb stehen. Das war in der Tat ungewöhnlich. Eine Ehefrau, die das Alibi des Mannes nicht bestätigte? Katharina und Samuel sahen sich überrascht an, während die Kaspars an Hartwaldts Tür klopfte. Der Soko-Leiter streckte den Kopf heraus, nahm einen Ordner entgegen und nickte Katharina und Samuel kurz und bündig zu. Die Zeichen standen auf Entspannung, zumindest für seine Begriffe. Ob er wohl eingesehen hatte, dass er den Ärger mit Alexander Schumacher selbst verbockt hatte? Mit Sicherheit nicht. Kopf über Bauch, ein Ermittler durfte nicht zum Spielball seiner Gefühle werden. Wie auch immer, Katharina brauchte Klarheit. Aber wie sollte sie das anstellen, ohne Alexander direkt zu fragen?

»Ist Krömer denn schon da?« Samuel spähte durch die Tür des Besprechungsraums. Doch da Karlheinz Krömer nicht als dringend tatverdächtig galt – noch nicht – würde Hartwaldt ihn wohl nur als Zeugen vorladen und nicht ins Verhör nehmen.

»Kommt gleich. Der hat sich so aufgeführt, dass Gunther mit dem Gedanken gespielt hat, ihn abholen zu lassen«, erklärte die Kriminalrätin mit finsterer Miene.

»Sollen wir uns nicht auch mal langsam duzen?«, fragte Samuel lässig.

Die Kaspars musterte ihn mit einem langen, neutralen Blick. »Klar, das können Sie Herrn Krömer bestimmt vorschlagen.« Damit verschwand sie um die Ecke und Samuel blieb zurück wie ein stehengelassener, nasser Regenschirm.

Katharina konnte zum ersten Mal an diesem Tag wieder befreit lachen. »Schrothi, die Kaspars und du, ihr spielt nicht in der gleichen Liga.«

»Ich dachte ja nur. Wir arbeiten so oft zusammen in letzter Zeit …«

Geknickt zog er sich zurück und Katharina folgte ihm mit gebührendem Abstand ins Büro. Manchmal war Katharinas Lieblingskollege schwer einzuschätzen. Fand er neuerdings taffe, fünfzigjährige Kolleginnen mit Bürstenhaarschnitt gut? Spähte er auf eine Beförderung? Regulär konnte er erst in etwa zwei Jahren auf eine Empfehlung hoffen, und nach Katharinas Einschätzung sollte er sich auch dafür ranhalten und bis dahin etwas mehr Motivation und Freude am Job an den Tag legen. Da half auch kein Duzen.

Keine halbe Stunde später begleitete ein Beamter den Architekten herein. Katharina beobachtete Krömer, wie er selbstsicher den Gang entlangschritt, als ob er ein Projekt vorstellen würde. Was hätte sie darum gegeben, bei seiner Vernehmung anwesend zu sein, aber nach diesem Morgen würde Hartwaldt sie wohl kaum berücksichtigen. Also widmete sie sich wieder ihrem Bildschirm. Samuel hatte ihr tatsächlich einen Kaffee aus dem ersten Stock mitgebracht. Der Junge machte sich.

Ein paar Minuten vergingen. Plötzlich tauchte Hartwaldts Kopf im Türrahmen auf.

»Bundschuh? Schroth?«

Katharina und Samuel rasten zum Besprechungsraum. Hartwaldt setzte sich wieder auf seinen Stuhl und musterte sie wie faule Äpfel im Obstkorb. »Wo bleiben Sie denn? Ich dachte schon, Sie haben Urlaub genommen.«

Krömer saß reglos auf der anderen Seite des Tisches und grüßte nicht. Schwarze, polierte Lackschuhe tippelten ungeduldig über den Boden. Katharina spürte Wut in sich hochsteigen. Dieser triumphierende Blick, als er vor ihr und Alexander den Plan in den Aktenvernichter geschoben hatte.

»Und jetzt nehmen Sie also mein Büro auseinander wie beim ›Tatort‹? Was meinen Sie, dort finden zu können?«, fragte er süffisant.

»Zum Beispiel Ihren Aktenvernichter«, erwiderte Hartwaldt ungerührt.

»Sicherheitsstufe 3. Der schneidet keine Streifen, der häckselt. Damit können Sie maximal noch düngen.« Krömer verzog den Mund zu einem gehässigen Lächeln.

Hartwaldt setzte nach: »Wie gut, dass unsere Beamten diese Arbeit gewohnt sind und in diesen Minuten in Ihrem Büro mit der Durchsuchung beginnen.« Das Lächeln gefror auf Krömers Lippen, und seine ungesunde Gesichtsfarbe changierte noch weiter ins Fahle. Ein kleiner Trost: Ihre Einschätzung war richtig gewesen. Nach ihrem Besuch hatte er sich vollauf in Sicherheit gewiegt und keinerlei weitere Spuren verwischt, nicht einmal den geschredderten Plan verschwinden lassen.

Hartwaldts Blick streifte sie. Volltreffer. In doppelter Hinsicht. Jetzt mussten sie nur noch schnell ein Team rausschicken, das sein Büro auch wirklich auf den Kopf stellte.

Karlheinz Krömer fing sich jedoch schnell wieder. »Ich möchte diese junge Frau hier anzeigen.«

»Wegen was genau?« Drei Augenpaare ruhten auf Katharina.

»Unerlaubtes Eindringen in mein Büro.«

»Ihre Sekretärin hat uns hereingebeten«, erklärte sie.

»Für Anzeigen innerhalb der Teilorte ist das Revier Bernhausen zuständig«, antwortete Hartwaldt ungerührt. »Genauso wie für umgefahrene Schilder übrigens. Also, wo waren wir … Sie haben uns etwas zu sagen, denke ich.«

Krömers graue Augen verengten sich zu Schlitzen. »Um was geht es Ihnen eigentlich?«

Gute Frage. Katharina hielt sich zurück und beobachtete den Soko-Leiter, der einfach abzuwarten schien, die Arme vor seinem Bauch verschränkt. Nach seiner Einschätzung war Krömer ein Kandidat, der sich früher oder später selbst verraten würde, weil er die Stille nicht ertragen konnte. Katharina spielte das Spiel mit, auch Samuel hatte die Beine übereinandergeschlagen und pulte etwas unter seinen Fingernägeln hervor. Stille störte ihn nicht, er konnte sofort in den Ruhemodus übergehen.

Bei Krömer sah das anders aus. Nervöse Gesten, eine Hand, die durchs dünne Haar strich, Schuhe, die unter dem Tisch wippten. So cool, wie er nach außen hin tat, sah es in seinem Innenleben keineswegs aus. Schließlich seufzte er theatralisch. »Ich habe niemanden umgebracht und die Firma Berbering unterstützt keine illegalen Projekte. War's das?«

»Ihre Frau sagt, Sie seien am Tatabend nicht zu Hause gewesen«, warf Katharina ein.

Krömer zeigte keine Regung, auch Hartwaldt zuckte nicht einmal. Sie legte nach. »Wie ist denn das Verhältnis zu Ihrer Frau?«

Krömer musterte sie scharf. »Ein sehr gutes, partnerschaftliches Verhältnis. Vera muss für mich kein Alibi erfinden. Hätten Sie mich doch direkt gefragt.«

»Na, dann erzählen Sie mal«, ermutigte Hartwaldt im Plauderton. »Laut Ihrer Sekretärin waren Sie nicht im Büro. Aber es gibt einen Eintrag in Ihrem Kalender.«

»Ich war wegen eines Projekts unterwegs. Bis kurz vor elf Uhr.«

»Sie lügen«, behauptete Hartwaldt kühl.

»Dann schauen Sie doch nach, wenn Sie meinen Kalender sowieso schon haben«, zischte Krömer.

Bei Krömers Körpersprache kam Katharina an ihre Grenzen. Kaum vorhandene Mimik, angriffslustig vorgeschobenes Kinn, aber fliehender Blick.

»Um den Kalender aufzugreifen, den uns Ihre Sekretärin zur Verfügung gestellt hat: Da steht ›23 Uhr G.‹. Durchgestrichen.«

Das habe ich vermutlich beim Telefonieren hingekritzelt und gleich wieder durchgestrichen.«

»Mit zwei verschiedenen Farben?«, fragte Katharina und zog eine Augenbraue hoch.

»Denken Sie jetzt etwa, dass ich …«

»Wir werden nicht fürs Denken bezahlt«, antwortete Hartwaldt. Katharina kannte diesen harmlos wirkenden Plauderton. Wenn Hartwaldt etwas hasste, dann waren es Spielchen.

»Kann ich jetzt gehen?«, fragte Krömer schnippisch. »Als erfolgreicher Architekt habe ich schließlich Termine.«

»Da haben wir was gemeinsam. Zeit habe ich auch keine. Dann schauen wir mal, was passiert, wenn …«, Hartwaldt sonderte ein kehliges Grollen ab, stemmte beide Fäuste in den Tisch und baute sich zu seiner vollen Größe auf, »… *ich* ungemütlich werde.«

So verharrte der schlaksige Kriminalrat und fixierte Krömer, den Kopf keinen Meter von ihm entfernt, mit dem Gesichtsausdruck eines Piranhas. Katharina spürte Genugtuung, als sie Krömer beobachtete, wie er seinen Rücken in die Lehne des Stuhls drückte. Seine Undurchschaubarkeit, seine Angriffslust, wie weggeblasen. Auch Samuel schob seinen Stuhl zur Sicherheit etwas zurück.

»Mein Anwalt! Das dürfen Sie überhaupt nicht«, behauptete Krömer schließlich trotzig. Er hatte seinen Schutzmantel aus Arroganz schnell wiedergefunden.

»Kriegen Sie!«, knurrte Hartwaldt. »Aber zuerst: wer ist G.? Gerhard Beitle? Sie wurden gesehen. Also, arbeiten Sie mit uns zusammen oder wollen Sie direkt in den Bau?«

Alle Achtung. Wer hatte Krömer mit Beitle zusammen gesehen? Niemand. Tatsächlich eine seiner Finten.

Und die Rechnung ging auf. Krömer schien tatsächlich umzukippen, schaffte es nicht, die Fassung zu wahren im Angesicht eines Soko-Leiters, der einfach nur vor ihm stand. Katharina hielt den Atem an. Gleich hatten sie ihn.

Es klopfte. Die Sekretärin schob ihren Kopf durch den Türspalt. »Herr Schumacher und ein Gemeinde…«

»JETZT NICHT!«

Krömer zuckte zusammen und straffte die Schultern. Sein Blick suchte Wände und Tür ab. Plante er etwa einen Fluchtversuch? Vorbei an drei Beamten? Er bemerkte Katharinas Blick, erwiderte ihn einen Moment lang und senkte dann wieder seinen Kopf. Als er ihn hob, lag Bestimmtheit in seinem Blick.

»Halten Sie meine Firma da raus. Ich erzähle Ihnen, was ich weiß.«

* * *

»Nicht möglich«, Samuel schüttelte den Kopf, als sie das Besprechungszimmer verließen. »Glauben wir ihm das? Darf der jetzt noch raus?«

Katharina zuckte mit den Schultern. Warum hätte Krömer sie anlügen sollen? Die Freigabe des Staatsanwaltes war raus, und das Team, das sie zur Durchsuchung von Krömers Büroräumen losgeschickt hatten, würde bestimmt Interessantes zutage fördern.

»Er war am Tatort, eventuell auch zur Tatzeit. Bis der Wahrheitsgehalt seiner Aussage geprüft ist, wird Hartwaldt ihn hierbehalten. Wir haben genug Argumente, schätze ich. Andererseits steht hier in spätestens einer halben Stunde Krömers Anwalt im Flur – mit Sicherheit ein noch schlimmerer Kotzbrocken als er – und macht uns die Hölle heiß.«

War der Architekt Beobachter, Auftraggeber oder womöglich sogar der Täter? Katharina mochte nicht so recht daran glauben, dass er zu solch einer Tat fähig war, allein körperlich hätte Beitles massiver Körper ihn vor unlösbare Aufgaben gestellt. Auch seine Überraschung gestern im Büro, darüber, dass der Geländeplan vom Toten stammte. Nein, das passte nicht zusammen. So oder so, Krömer und Beitle hatten sich tatsächlich dort draußen verabredet, bei nasskaltem Wetter, in der Dunkelheit auf dem Acker … Was um Himmels Willen sollte der Grund hierfür gewesen sein? Das roch förmlich nach Mauschelei. Sich bei Tag und Sonnenschein auf dem Acker zu irgendwelchen Vorbesprechungen und ersten Vermessungen des Ackers zu treffen, wäre aber auch nicht klug gewesen, an einer dermaßen frequentierten Stelle, mit Bauer Sauter, der ständig auf seinem Fendt hin- und herpatrouillierte, und mit den Gehringers, die ihren Posten am Fenster hingebungsvoll betreuten.

Krömers Aussage war das fehlende Teil im Antwortpuzzle auf die Frage, was Beitle da draußen gewollt hatte. Wenn sie stimmte.

Nun hatte Hartwaldt entschieden, sein Verhör auf der ›privaten‹ Ebene fortzusetzen, und Katharina und Samuel hinauskomplimentiert. Es schien, als sei Krömer geknackt und würde tatsächlich noch weitere Details offenbaren, bis sein Anwalt da war. Hoffentlich würde er später nicht wieder alles revidieren. Und hoffentlich konnten die Beamten bis dahin die Dokumente aus Krömers Büro in Sicherheit bringen.

Die Sekretärin holte Katharina ein. »Herr Schumacher will Sie sprechen. Er hat einen Gast dabei.«

Mit einem Mal galoppierte ihr Pulsschlag und sie fühlte sich schwindlig. Katharina stützte sich an der Wand ab. »Kommt nicht in Frage.«

Die Sekretärin hatte wohl kein »Nein« als Antwort erwartet, denn sie blieb einfach an Ort und Stelle stehen.

Katharina schüttelte bestimmt ihren Kopf. Sie konnte, nein, sie wollte auf keinen Fall mit Alexander sprechen, dazu war sie nicht in der Verfassung. Nicht so kurzfristig und nicht hier. Keine Aussprache im Büro. Ausgeschlossen.

»Soll ich übernehmen?«, bot Samuel an.

Das Letzte, was sie tun würde, wäre, ihren Kollegen vorzuschicken. Was wollte Alexander überhaupt hier? Stellte er sich dumm, oder hatte er am Ende vielleicht selbst noch keinen Wind davon bekommen, dass seine Doppelagententätigkeit aufgeflogen war? Katharina konnte ja nur mutmaßen, was da am Telefon gesprochen worden war, *ihr* gegenüber hatte Hartwaldt ja nur Andeutungen gemacht.

»Was hat die Sekretärin gesagt, mit wem ist er gekommen?« Samuel hielt die Stellung an ihrer Seite. »Mit einem Mitglied des Gemeinderats?« Albin Reuter?

Katharina atmete tief durch und bog um die Ecke. Alexander und der Mann hatten es sich im Wartebereich gemütlich gemacht und unterhielten sich angeregt bei Kaffee und – Kekse?! Wer in aller Welt hatte den beiden Kekse serviert?

»Hallo, Katharina!« Freudig machte Alexander einen Schritt auf sie zu und breitete seine Arme aus. »Ich hab' ein paar Mal versucht, dich zu erreichen.«

»Guten Tag«, antwortete sie reserviert und hob die Hand wie ein Stoppschild weit vor ihren Körper.

Er blieb abrupt stehen und sah sie verwundert an. Katharina wendete ihren Blick ab. In welchem Maße auch immer er gelogen hatte, gleich würde sie es wissen.

»Habt ihr eben mal ein paar Minuten für uns? Ich hab' hier …«, versuchte er es erneut.

»Keine Zeit, Herr Schumacher.« Während sie es sagte, fiel Katharina auf, dass das »*Herr* Schumacher« arg dick aufgetragen klang. Aber jetzt war es schon egal.

Samuel zog eine Grimasse, während Alexander eingeschnappt »Kann mich mal einer aufklären?« murmelte und die Stirn runzelte.

»Wen hast du mitgebracht?«, versuchte Samuel die eisige Stimmung mit betonter Höflichkeit zu retten.

»Gestatten: Herr Dr. Krummold vom Filderstädter Gemeinderat.«

»Guten Tag, Herr Krummold«, Katharina hielt ihm sachlich die Hand hin.

Krummold kam ohne Umschweife zum Geschäftlichen. »Meinen Sie, wir können an einem, ähem, ungestörten Ort plaudern?«

Die gewählte Ausdrucksweise, zusammen mit seiner Kleidung (kariertes Hemd, grüne Hosenträger, beige Leinenhose und braune Lederschuhe) wären locker als Karikatur durchgegangen, wenn er nicht diese seriöse Aura ausgestrahlt hätte. Seine Mappe hielt er wie einen Schild vor sich und folgte ihnen aufrecht, als habe er einen Besen verschluckt. Wenn Katharina zum Lachen zumute gewesen wäre, hätte sie sich über seinen Gang amüsiert. Er warf bei jedem Schritt den entsprechenden Fuß in die Luft, als ob er verborgene Energien abbauen musste. Wie ein Reiher, der durch einen Teich stakste, und dabei lange Algenfäden abschüttelte.

Hartwaldt war noch mit Krömer und inzwischen auch seinem Anwalt im Besprechungsraum (ein schneller Blick durch die Glastür – wer nichts von dem Verhör wusste, musste eine lockere Besprechung vermuten), also ging es um die Ecke ins Verhörzimmer mit Ausblick. Katharina hatte mehr Lust auf Brechreiz als auf dieses Schmierentheater. Sie stieß die Tür auf und ließ alle Herren nacheinander eintreten. Alexander kam als Letzter.

»Würdest du mir mal verraten, was …«

»Zum Verraten haben wir ja dich«, zischte Katharina.

»Sag mal … spinnst du?«

Langsam konnte er sich seinen beleidigten Blick aber sparen! »Ob ich spinne? Das könnte ich eher dich fragen!«

Samuel und Dr. Krummold hatten bereits Platz genommen und sahen interessiert herüber.

Sie musste die Sache abkürzen. Am liebsten hätte sie ihm die Tür vor der Nase zugeknallt. Samuel schien denselben Gedanken zu haben, denn er stand auf und sagte mit lauter Stimme: »Ich glaube nicht, dass deine Dienste noch gebraucht werden.«

»Aber …« Alexander war im Begriff, seinen Fuß in die Tür zu schieben, aber Katharina drückte die Tür mit aller Wut, die sie in sich hatte, zu. Wie gut, dass der Verhörraum keine Glastür hatte.

Dem Gemeinderat ging es nicht viel besser mit dieser spontanen Entscheidung als ihr. »Der Herr Schumacher ist meine Begleitung!«, protestierte Dr. Krummold.

»Er hat Sie ja begleitet. Bis zu dieser Tür.« Katharina setzte sich und versuchte sich zu konzentrieren. Ihr Ärger über Alexander hatte im Gespräch nichts zu suchen.

»Nun, äh …« Derart aus dem Konzept gebracht, musste Dr. Krummold erst einmal umständlich seinen Ordner öffnen und in seinen Papieren herumsuchen. Schließlich kramte er seine Brille aus der Jacke und setzte diese ebenso umständlich auf.

»Hier, meine Karte.« Dr. Krummold zog ein kleines Papier aus den Tiefen der Mappe hervor. Die Visitenkarte zierte ein ausgegrautes Paragraphenzeichen, das über den ganzen Hintergrund verlief. »Doktor der Rechtswissenschaften«, las Samuel laut vor und zog die Stirn kraus.

»Dr. iur. Giesbert Anselm Krummold.« Es waren wohl immer irgendwie dieselben Eltern, die auf solche Namen wie »Giesbert« kamen.

»Spreche ich mit den federführenden Ermittlern?« Krummold legte den Kopf schief wie ein Huhn, das auf ein Korn wartete.

»Das tun Sie«, bestätigte Samuel.

»Gut.« Die Antwort schien ihn nicht zu befriedigen, so lang wie er das Wort zog, nichtsdestotrotz schob er seine Brille auf seiner spitzen Nase weiter nach hinten und holte ein Blatt hervor. »Dann appelliere ich in aller gebotenen Dringlichkeit an Sie, die baulichen Entscheidungen der Stadt Filderstadt nicht zum Zentrum Ihrer Ermittlungen zu machen.«

»In aller gebotenen Dringlichkeit gedenken wir jedoch genau das tun«, erklärte Katharina fest.

»Was tun wir in aller … Dingsda … Dringlichkeit?«, fragte Samuel.

»Mauscheleien öffentlich machen«, erklärte Katharina nachdrücklich, wandte sich allerdings eher an die Adresse des Gemeinderats.

»Genau dies sollten Sie nicht tun.« Er räusperte sich. »Auch und vor allem, weil es keine Mauscheleien gibt. Und außerdem in Ihrem eigenen Interesse!«

Wollte er sie etwa einschüchtern? »Gerade Sie als Jurist sollten wissen, wie …«

»Doktor der Rechtswissenschaften, bitte.«

»… *Doktor der Rechtswissenschaften* sollten wissen, wie die Rechtslage in Deutschland ist.«

»Was wissen *Sie* denn über unsere Rechtslage?« Mit leisem Spott legte Krummold seine Hände auf den Tisch und faltete seine Finger akkurat ineinander.

»So oder so darf ein Bauprojekt nicht an der Öffentlichkeit vorbei geplant werden«, erwiderte Samuel.

»Wird es doch gar nicht! Sehen Sie, der Gemeinderat ist von der Öffentlichkeit gewählt, um dem Volk die Last abzunehmen, jede mühselige Entscheidung selbst treffen zu müssen. Der Bürger muss wiederum ja auch arbeiten und seine Brötchen verdienen. Und wenn er dann nach Hause kommt …«

»… hat man ihm über Nacht ein bezauberndes Nutzviehhochhaus vor die Nase gestellt, Elend und Gestank gratis dazu.« Und dem Herrn Dr. iur. Giesbert Krummold vielleicht ein kleines extra Häuschen am Waldrand.

»Ja und?«, fragte der Gemeinderat und hob seine Augenbrauen, als sei er ganz verwundert. »Eine Nutztiermast- und -zuchtanlage, noch dazu auf so kleiner Grundfläche, das ist doch ein Gewinn für alle Beteiligten. Noch dazu eine so hochmoderne.«

»Für die Tiere und Anwohner ganz bestimmt nicht!«

»Das rechnet sich! Hier eine Beispielaufstellung aus der Anlage in Maasdorf.«

»Verstehe – einer geschenkten Sau schaut mer net ins Maul.« Und die Kommune schenkte sich moralische Bedenken angesichts der zu erwartenden Einnahmen.

Krummold ignorierte Katharinas Kommentar und breitete Excel-Listen auf dem Tisch aus, befüllt mit endlosen Zahlenkolonnen, zudem Beispielbilder aus dieser Maasdorfer Anlage. Und da war sie wieder, die Beklemmung. Rosige Schweine, viel zu groß gezüchtet, vor grauem Beton, dicke

Wände, entzündete Klauen und Gelenke auf unbequemen Spaltenböden. Der Fotograf hatte alles gegeben, um ein bisschen Schönheit aus dem Elend herauszuholen, Ferkelchen in Nahaufnahme vor weichgezeichneten, verschwommenen Hintergründen. Zynisch. Beauftragt von denselben Menschen, die daheim ihre Haustiere pflegten und Kinder und Rasen verhätschelten.

»Kann man Tiere überhaupt so halten?«

»Nicht alle Rassen überleben das. Deswegen braucht man speziell gezüchtete Sorten …«

»… bei denen die Tiere so viel Fleisch entwickeln, dass sie dann kaum mehr laufen können.« Katharina bemerkte erstaunt, dass sich auch Samuel über das Thema informiert hatte.

»Klar, wenn die Leute Schnitzel für 99 Cent kaufen, kann man sich ausrechnen, was die Aufzucht des kompletten Tiers kosten darf. Und wenn die Regierung die Mehrwertsteuer für Fleisch auf 19 Prozent hochsetzt, darf das Material noch weniger kosten, damit es auch verkauft wird.« Ein Beitrag zum Klimaschutz statt zum Tierwohl, darum ging es den Lobbyisten, und sie kamen durch damit. Damit hatte Krummold allerdings recht. Tiermastanlagen – nein danke, zumindest nicht vor der eigenen Haustüre, aber das Billigangebot beim Discounter wird trotzdem mit dem Leuchtstift markiert.

Katharina rief sich den geplanten Bauplatz vor Augen. »Genau gegenüber dem Bio-Supermarkt? Was für ein perfekter Ort.«

»Bei mir zu Hause kommt so ein Fleisch auch nicht auf den Tisch«, warf Krummold eilig ein. »Aber die Leute sind doch selber schuld. Angebot bestimmt Nachfrage.«

Der letzte Metzger in Plattenhardt, der auf faire Haltung und Schlachtung der Tiere gesetzt hatte, hatte schon vor Jahren schließen müssen. Und wenn der WKD dann noch eine

Totalmodernisierung der Einrichtung anmahnte, brach das vielen Kleinstunternehmern das Genick.

Katharina nickte und überlegte laut: »Wenn diese Neuigkeit die Runde gemacht hätte, wären die Bürger Sturm gelaufen.«

Krummold zuckte mit den Schultern. »Wir machen Nägel mit Köpfen. Dann ist es so und Punkt. So tickt der Mensch halt und der Deutsche im Besonderen. Äußerst duldsam und anpassungsfähig an die Gegebenheiten. Und in ein paar Jahren kräht kein Hahn mehr danach.«

»Gut, dass es auch unser Job ist, anpassungsfähig zu bleiben.« Samuel griff betont lässig nach der Liste mit den Zahlenkolonnen. »Eine Hand wäscht die andere. Und mit was sind Ihre gewaschen?«

»Mit dem Vertrauen der Unternehmer und Bürger vor Ort!« Krummold schob sein Kinn vor. Ihn schien der Bestechlichkeitsvorwurf nicht zu treffen. Keine Regung, nicht mal mit den Mundwinkeln zuckte er. Von diesem ausgebufften Hund konnte sogar Stararchitekt Krömer noch was lernen.

»Das ist also alles? Nur ein Freundschaftsdienst für Herrn Beitle?«

»Eher wohl ein Dienst an unserer Stadtkasse. Ich kenne den Mann ja nicht einmal persönlich. Und untersuchen Sie nicht seinen Mord?«

»Genau das tun wir.« Katharina beschloss, eine andere Karte zu spielen. »Vielleicht hatte ja jemand Mitleid mit den Tieren und wollte ein Exempel statuieren?«

Herr Krummold wurde ein wenig blass um die Nase. »Meinen Sie, es gibt auch für … andere Personen Grund zu erhöhter Vorsicht?«

Angenehmer Gedanke, wenn der Herr Dr. Krummold und seine Kumpane sich so bedroht fühlten, dass sie in Zukunft lieber zweimal nachdachten, bevor sie in Hinterzimmern ihre Stempel unter fragwürdige Bauprojekte setzten.

Der Gemeinderat rutschte auf seinem Stuhl herum und sah aus dem Fenster. Nicht umsonst waren die Sitzmöbel nicht besonders bequem. Bequemer Sitz, bequeme Verhandlungsposition, unbequemer Sitz, … nun ja. Küchenpsychologie sicherlich, aber vor allem: funktionierende Küchenpsychologie, und das nicht nur bei Frau Schmied.

»Haben Sie in den Unterlagen noch weitere Dokumente zu dieser – doch noch in weiter Ferne liegenden – Projektidee gefunden?«

Auf einmal waren die Pläne also noch eine in weiter Ferne liegende Projektidee. Hatte Reuter das nicht ganz ähnlich formuliert? Für wie dumm hielten die sie eigentlich?

»Auf welche Dokumente spielen Sie an?«, fragte Samuel.

»Nichts Spezielles«, beeilte Krummold sich zu sagen. »Detailliertere Informationen und, nun, vielleicht auch den einen oder anderen Namen?«

Daher also wehte der Wind. Beteiligte, Hintermänner, Zahlungen, … soviel dazu, dass dieses Projekt sich erst im Stadium einer Idee befinden sollte. Wenn sie diese Unterlagen gefunden hätten, Katharina würde sie mit Freuden ans Dezernat Betrug weiterleiten (und an den Pressesprecher). Aber Beitle hatte ihnen die Freude wohl nicht machen wollen, zumindest war in seinen Papieren und auf seinem Rechner aus dem Büro der Villa bisher nichts Hilfreiches mehr aufgetaucht. Nur dieser auf den ersten Blick nichtssagende Plan. Kein Zettelchen, keine winzige Notiz. Irgendwo musste es noch mehr zu holen geben, nur wo? Mal sehen, wann die Durchsuchungsergebnisse des Architekturbüros Berbering vorlagen.

Samuel grinste breit, erhob sich und hielt Dr. Giesbert Krummold die Tür auf. »Wir haben Namen. Eine Menge. Auf baldiges Wiedersehen.«

Offensichtlich hatte Katharina an ihrem Kollegen soeben eine bisher versteckte, bösartige Seite entdeckt. Genaugenommen fehlten sie ihnen noch, die Namen, aber dem Doktor würde die eine oder andere schlaflose Nacht ganz gewiss nicht schaden. Nach einem letzten bestimmten Appell, dass sie die Kriminalpolizei und Filderstadt auf keinen Fall in Verruf bringen durften, verabschiedete sich Herr Doktor Krummold, der sichtbar Mühe hatte, so selbstsicher und raumgreifend durch den Gang zu schreiten wie bei seinem Einmarsch.

* * *

»Viecher auf vier Stockwerken – mit satten Rabatten und Preisfeuerwerken«, stellte Samuel zynisch fest. »Da brauch ich erst mal einen Kaffee!«

»Wenn das so weitergeht und weitere hochrangige Profiteure hier auflaufen, kündige ich.« Katharina spähte um die Ecke. Keine Spur von Alexander. So wichtig war sie ihm offensichtlich doch nicht, dass er auf sie gewartet hätte, um die Vorwürfe zu klären. Was für ein feiger Kerl. Eine Träne bahnte sich ihren Weg über Katharinas Wange, ihre Augen begannen zu brennen. Schnell wischte sie sie mit dem Ärmel ab. Dieses riesengroße Arschloch. Wie gut ihr diese Wut tat. Zur Hölle mit ihm! Puh, schon viel besser.

Dann überschlugen sich die Ereignisse. Die Tür des Besprechungsraums öffnete sich, und Hartwaldt verabschiedete einen kurz angebundenen Krömer und seinen Anwalt. Alexander kam neben Karin Kaspars aus dem Gemeinschaftsbüro und verharrte, als er Katharina am anderen Ende des Gangs entdeckte. In seinem Blick lag etwas, das sie nicht deuten konnte. Verletztheit? Hartwaldt stob zu den beiden hinüber. »Herr Schumacher, hiermit nehme ich Sie wegen Verdachts auf Geheimnisverrat fest.«

»Ein Anwalt ist auf dem Weg hierher«, erklärte Kaspars, und Katharina bemerkte erst jetzt, dass die Kollegin Alexander sanft, aber bestimmt am Arm hielt.

Unbeteiligt beobachtete Katharina, wie Alexander von den Kollegen in Hartwaldts Büro geführt wurde. Also gab es wirklich einen Grund für diese Festnahme.

Samuel legte ihr den Arm auf die Schulter und sie löste sich aus ihrer Starre. »Bleib lieber bei mir. Du bist so naiv, sonst sammelt dich noch irgendein dahergelaufener Streifenpolizist auf.«

Katharina fühlte sich wie betäubt, eine dicke Watteschicht zwischen sich und der Außenwelt. Sie vergrub sich hinter ihrem Schreibtisch, hinter ihrem Monitor.

Etwas später tauchte Hartwaldt auf und gab die Losung aus, mit voller Kraft weiter zu ermitteln. Keine Zwischen-Besprechung, obwohl so viel passiert war. Keine Erklärung zu Alexanders öffentlicher Festsetzung, die eigentlich eine Bloßstellung seiner Person war. Samuel vereinbarte Termine mit Zeugen und telefonierte mit dem ersten Stock, als ob nichts passiert wäre. Katharina wollte nach Hause, nur weg hier. Keiner kam mit Neuigkeiten in den Raum, weder Frau Kaspars noch Hartwaldt erklärten sich, alles lief weiter, als sei nichts geschehen. Sie tippte und tippte, bis ihre Fingerspitzen sich taub anfühlten.

Die Stunden vergingen, und sie befand sich nach wie vor im Nebel. Samuel hatte ihr schon die zweite Tasse Kaffee geholt, obwohl die erste noch unberührt war. Katharina betrachtete die feine Schicht, die sich auf der kalten, braunen Flüssigkeit gebildet hatte und nun träge darauf trieb.

Am späten Nachmittag lud Kriminalrätin Kaspars Katharina und Samuel zum Abendessen ins »L'Osteria« ein, ein paar hundert Meter von der Direktion entfernt. Da konnte nur Hartwaldt dahinterstecken.

Ein erneuter Besuch beim Italiener war vielleicht genau das Richtige, damit die Erinnerung an das leider durchaus romantische Tête-à-Tête sich gar nicht erst festigte. So wie ein gefährlicher Sturz bei Sportlern durch das sofortige Wiederholen der Übung Angst gar nicht erst aufkommen lassen sollte.

»Siehst du, die steht doch auf mich«, meinte Samuel triumphierend, als sie die Direktion gegen halb acht verließen und die Agnespromenade entlanggingen.

Katharina entdeckte einen Streifenwagen, der bei dem kleinen Eiscafé auf der anderen Seite des Neckarkanals parkte. Vermutlich der von Alexander. Und er würde noch eine Weile dort stehen bleiben. Ob er den Beamten auch etwas über sie erzählt hatte? Hatte sie Fehler gemacht? Sie gingen über den kleinen Steg in das Gebäude der alten Zimmerei. Im Erdgeschoss gab es einen Markt und einen Feinkostladen, sogar leckere Brotaufstriche wurden hier hergestellt. Sie folgten der Treppe vor der Bar hinunter zur »L'Osteria«.

Katharina war gespannt, was Hartwaldt ihnen mitzuteilen hatte. Oder hatte Karin Kaspars den Tisch auf eigene Faust reserviert, weil sie um seine Gesundheit fürchtete? Bei seiner Rastlosigkeit war zu erwarten, dass der schmale Soko-Leiter vorzeitig über den Neckar ging.

Das Restaurant zog seine Kundschaft vor allem mit den wagenradgroßen Pizzen an, aber auch die Lage innerhalb Esslingens war einzigartig. Natürlich profitierten die Beamten der fußläufig gelegenen Direktion ebenfalls. Die Pizzeria lag auf einer kleinen Landzunge zwischen Rossneckar- und Wehrneckarkanal, etwas unterhalb des heutigen Stadtniveaus. Sie bekamen im bereits gut gefüllten Lokal einen Tisch direkt am Fenster zum Wasser hin, neben einer der weiß-grün gefliesten Säulen zugewiesen. Frau Kaspars hatte schon angedeutet, dass sie und Hartwaldt eventuell später kommen würden. Direkt neben ihrem Tisch saß ein Liebespaar, das gerade dabei war, sich gegenseitig die Zungen im Hals zu versenken. Samuel grinste breit. »Da kriegt man richtig Lust.«

»Du kannst es ja mal bei der Kaspars versuchen«, knurrte Katharina.

»Und du beim Hartwaldt«, kicherte Samuel. »Eure Launen werden immer ähnlicher. Ihr würdet euch bestimmt verstehen.«

Taktloser Mistkerl. Katharina schaute demonstrativ in die andere Richtung. Eine junge Familie mit Kleinkind und Baby. Entspannt tätschelte der Mann die Hand seiner Frau. Hatten die überhaupt noch Zeit für so was? Musste das Baby nicht längst im Bett sein? Und wann fingen die Kinder an zu nölen? Sie musste dringend irgendwas gegen ihre misanthropische Stimmung tun.

»Einen Montepulciano, bitte!« Die Kellnerin zückte ihren Block. »Und einen Vorspeisensalat vorneweg.«

»Montepulciano zum Salat?«, fragte Samuel.

»Ach, halt die Klappe.« Was hatte Katharina es satt, mit Männern in Pizzerien über die Weinauswahl zu diskutieren!

Eine halbe Stunde später erschienen dann auch der Soko-Leiter nebst Begleitung. Katharinas Magen hing in den Knien. So ein Vorspeisensalat machte schließlich erst recht Appetit, und der Montepulciano hatte Gelegenheit bekommen, seine volle Wirkung zu entfalten. Leerer Magen plus Scheißtag plus starker Wein: ganz schlechte Idee. Samuel hatte den Korb mit den Pizzabrötchen an sich gezogen. Seine Vorsätze zur gebremsten Kohlenhydratzufuhr: vergessen. Ermittlungszeiten waren selten gesund.

»Dasch ruiniert mir die Figur«, mampfte er und stopfte gleich noch eins in seinen Schlund, während er immer noch damit beschäftigt war, das frisch verliebte Pärchen zu beobachten. Katharina griff schnell in den Korb, bevor er leer war. Das Brot würde den Wein im Magen aufnehmen, und der

Schwindel würde nachlassen, bis sie endlich ihr Essen bestellen konnten.

Hartwaldt nahm Kaspars schweigend den Mantel ab. Die beiden brauchten offenbar keine Worte, um sich zu verstehen. Was für ein perfekter Gentleman der Soko-Leiter sein konnte! Tür aufhalten, der Dame den Stuhl zurechtschieben. Ob er das für seine Frau auch tat? Oder waren diese beiden etwa ein Paar? Und der Mann, in den sie sich Hals über Kopf und ohne jede Vorsicht verliebt hatte, in Untersuchungshaft. Katharina stürzte den letzten, großen Schluck Rotwein hinunter und ignorierte das beharrliche Grimmen im Magen.

Bevor die Kellnerin die Bestellung aufnahm, verschwendete Hartwaldt kein einziges Wort. Er hatte die Kollegen nicht einmal gegrüßt. Erst als Samuel seinen Fisch, Katharina und Frau Kaspars jeweils eine Pizza Verdure und Hartwaldt eine Pizza Quattro Stagioni nebst Antipasti-Platte verschlungen hatten, kam der Soko-Leiter in Plauderlaune.

»Also langsam mache ich mir Sorgen.« Er leerte mit einem Zug seine Apfelschorle. Beim vorigen Fall war es noch Bier gewesen. »Karin, was schlägst du vor?«

Sie zuckte mit den Schultern. »Reichlich verworren. Erinnert mich irgendwie an die Palmüller-Sache.«

Es stellte sich heraus, dass sie von einem Fall sprach, in dem Kaspars und Hartwaldt vor zwei Jahrzehnten ermittelt hatten. Ein Schweinezuchtbetrieb war in Flammen aufgegangen, allerdings hatte der Bauer die Scheune selbst angezündet, wie in solchen Fällen üblich, um hohe Versicherungsprämien zu kassieren und so eine neue, modernere Scheune bauen zu können. Leider konnte man den Bauern nicht mehr fragen, denn offenbar war seine Frau nicht in den Plan eingeweiht gewesen und hatte sich selbst zu einem gefährlichen Löschmanöver in den Stall bewegt, aus dem sie ihr Mann dann befreien wollte, was wiederum seinen Tod zur Folge gehabt hatte. Auch hier wieder nur eine Randnotiz: 300 Schweine, die qualvoll im Rauch erstickt waren. Kaum zu fassen, aber bis heute gab es immer noch keine Rauchmelderpflicht in deutschen Ställen.

»Es geht nicht immer nur um Schweine«, seufzte Gunther Hartwaldt und orderte bei der Kellnerin noch einen Nachtisch, im gleichen Tonfall, mit dem er sonst arme Kollegenschweine in sein Büro befehligte.

»Meistens geht's um die Scheine«, überlegte Samuel.

»Oder um die Liebe …« Auch Karin Kaspars schien von der knutschenden Einheit am Nebentisch inspiriert.

»Ach, Liebe. Papperlapapp. Geld. Neid. Wut. Verletzter Stolz. Eifersucht oder Liebe sehe ich hier nicht«, knurrte Hartwaldt. Gegen romantische Schwingungen war er offenbar immun.

Katharina traute sich nicht, nach Alexander zu fragen. Immer wieder streifte sie Hartwaldts Blick.

»Mord aus Eifersucht ist hier schlecht vorstellbar, aber in der Realität das häufigste Motiv«, zitierte sie daher ganz allgemein.

»Die Spuren lassen eher an Totschlag denken als an geplanten Mord. Ein schneller, unkontrollierter Schlag, viel Blut, Verzweiflung, Wut, Provokation, Affekt. Aber dann die Inszenierung …« Die Kaspars nahm einen Schluck Weißwein.

»Die Witwe?« Die Beziehung der Beitles wirkte wie ein Arrangement, das wie geschmiert gelaufen sein musste. Wenn Irene Beitle ihren Mann beseitigen wollte, hätte sie das von langer Hand geplant. Eifersucht? Eine Prostituierte, die Beitle ganz für sich haben wollte? Aber nein, nichts, nichts und nochmal nichts. Bis auf …

»Es ist nichts Handfestes, aber ich wundere mich schon, wie viel Betreuung durch einen Bestatter nötig ist … wie viele Termine sind denn zur Vorbereitung eines Begräbnisses üblich?«

Hartwaldt war aufmerksam, auch, als sie von der möglichen Sichtung der Witwe im Wagen des Bestatters zwischen Bonlanden und Sielmingen erzählte. Doch auch sonst gab es eine Menge Ansätze: ein prall gefülltes Bankkonto, eine äußert verärgerte Schwiegermutter, eine Menge Mitarbeiter, offene Projekte, Abhängigkeiten, Neider, Geheimnisse.

»Und die Kinder, haben wir die schon durchleuchtet?« Hartwaldt schaufelte seine Portion Tiramisu in sich hinein und schielte gleichzeitig auf den Teller seiner Vertrauten. »Karin, schaffst du den noch?«

»Ja, Gunther.« Sie zog den Teller weiter in ihr Hoheitsgebiet und zwinkerte Katharina zu. »Ich esse lieber nur ein Viertel Pizza und nehme den Rest für morgen mit, damit der leckere Nachtisch noch passt.«

»Hartwaldt würde die Reste der anderen auch gern mitnehmen – nur eben im Bauch statt im Doggy Bag«, flüsterte Samuel.

»Herr Schroth, ich mag über gesunden Appetit verfügen, schwerhörig bin ich nicht.«

»Die Kinder sollten wir noch einmal genau unter die Lupe nehmen.« Soweit Katharina wusste, hatten Beamte der Sonderkommission deren Alibis überprüft, aber bisher war es nicht nötig gewesen, mit ihnen in Kontakt zu treten. Eine Fehleinschätzung? Die Entwicklung des Falls schien ein Umdenken jetzt jedenfalls sinnvoll zu machen.

Beim Verabschieden vor dem Lokal vereinbarten sie, die Witwe und Nachkommen von Beitle noch genauer unter die Lupe zu nehmen. Selbstverständlich hatte Hartwaldt das Essen nicht übernommen und alle selbst zahlen lassen, obwohl er es locker als Arbeitsessen hätte absetzen können.

»Wie heißt der Bestatter noch mal?«, fragte Kaspars, indem sie sich Samuel zuwendete.

»Gotthelf. Vom Bestattungsinstitut ›Aeternitas Gotthelf‹.«

Während Kaspars Samuel weitere Fragen zum Verhältnis von Witwe und Bestatter stellte, rückte Katharina näher zu Hartwaldt auf und nahm ihren Mut zusammen. »Wie passt Schumacher in den Fall?« Die Frage »Was hat er gemacht?« traute sie sich nicht zu stellen.

»Schumacher? Ach ja.« Hartwaldt musterte sie auffallend lang. »Geht es Ihnen gut?«

Katharina sah ihn überrascht an. »Klar. Wieso?«

»Na, Sie wissen schon.« Ihm schien das, was er sagte, selbst unangenehm zu sein, aber er hielt ihren Blick.

»War das vorhin nötig?«, fragte sie.

Er blieb für einen Moment lang stumm, dann nickte er. »Wird ihm eine Lehre sein. Vertrauen Sie mir.« Damit verabschiedete er sich und hakte sich bei Karin Kaspars ein.

Katharina schaute den beiden hinterher, wie sie durch die Abt-Fulrad-Straße in Richtung Unterführung Untere Beutau gingen. Samuel echauffierte sich darüber, dass die Kollegen während der Ermittlungen tanzen gehen ›mussten‹ – denn nachdem sie »L'Osteria« verlassen hatten, zog es Hartwaldt und Kaspars noch auf die Esslinger Burg, wo ein Tango-Event stattfand.

Samuel ging zum Parkhaus, aber Katharina entschloss sich, nicht sofort nach Hause zu fahren. Hinter ihrer Stirn pochte es, und Hartwaldts Worte, aber auch dieses eine Glas Wein setzten ihr mehr zu als gedacht. Dennoch identifizierte sie sich am Eingang der Direktion mit ihrem Chip und ging hoch ins Büro, um die Erkenntnisse erneut durchzugehen und den Beitle-Nachwuchs noch einmal genauer zu überprüfen. Vielleicht gab es etwas, das sie übersehen hatten.

Das Licht ihres Anrufbeantworters blickte. Eine Meldung von Frau Beitle, sie vermisse ihre Mutter. Der Anruf war um 19:40 Uhr eingegangen, kurz nachdem Katharina ihren Schreibtisch verlassen hatte. Die alte Dame hatte doch von einem Termin bei der Kosmetikerin gesprochen, irgendwann am Nachmittag. Jetzt zeigte die Uhr vier nach halb elf. Katharina drückte trotzdem auf Rückruf. Doch Irene Beitle nahm nicht ab, wahrscheinlich hatte sich die Sache schon erledigt. Zur Sicherheit würde sie es morgen früh noch einmal probieren.

Donnerstag

Der nächste Morgen begann mit einer Besprechung, in der eigentlich nur Aufgaben verteilt wurden. Eine kurze Ankündigung dazu, dass die Kooperation mit Filderstadt nun direkt übers Bernhäuser Revier laufe. Neue Ansprechpartner wurden genannt. Katharina hörte nicht richtig zu. Sie suchte nach Spuren des gestrigen Abends in Hartwaldts Gesicht und dem von Kollegin Kaspars, fand aber nichts als pure Konzentration auf die Arbeit. Kein verhuschtes Lachen, Rotwerden beim gegenseitigen In-die-Augen-Sehen, kein verschmierter Kajalrest in ihren Augenwinkeln. War der Tango folgenlos geblieben? Und warum interessierte sie sich dafür?

»Wohin geht's denn?«, fragte Samuel vergnügt, als sie aus der Tiefgarage fuhren.

»Hast du nicht zugehört? Bianca Beitle.« Katharina setzte den Blinker und verkniff sich einen Kommentar, der auf die Wichtigkeit von persönlichem Einsatz und selbständigem Handeln als Voraussetzungen für eine mögliche Beförderung hinwies.

»Aha«, tat Samuel interessiert. »Bianca also.« Was hatte er in der Besprechung eigentlich wieder die ganze Zeit auf seinem Handy herumgetippt? Angie?

»Gehst du morgen mit Angie auf die Blaulichtparty?«, fragte Katharina.

»Was? Mit Angie?« Samuel glotzte sie verdutzt an, als ob sie ihm vorgeschlagen hätte, Butterbrote als Snack ins Fitnessstudio mitzunehmen.

Der benahm sich wirklich wie ein Teenager. »Freust du dich eigentlich schon auf deinen dreißigsten Geburtstag im Juli?«, stichelte sie.

Samuel tippte schweigend weiter.

Katharina nutzte die Stille und die erstaunlich leeren Straßen, um sich Gedanken über das bevorstehende Gespräch mit Bianca zu machen. Was sie wohl erwartete? Waren die drei verwöhnte Gören oder streng erzogene Internatskinder? Wohl eher ersteres. Tamino Beitle, der Jüngste, schien Narrenfreiheit zu genießen, als Künstler mit eigenem Loft. Sein Alibi würden zwei Kollegen nun ebenfalls genauer überprüfen, doch aller Wahrscheinlichkeit nach hatte er sich zur Tatzeit in Berlin aufgehalten. Offensichtlich sprach er nur daheim vor, wenn er Geld brauchte. Bianca war letztes Wochenende in Dresden gewesen, gemeinsam mit einer Freundin, Laura Schwab, wie die Akte dokumentierte. Aber selbst, wenn nichts bei dem Treffen herauskam, ein Gespräch mit ihr würde neue Facetten des Toten zeigen, den liebenden Blick eines Kindes auf seinen Vater vielleicht. Immerhin studierte sie Agrarökonomie. Da lag die Verbindung zu Beitles Nutztierhochhaus doch nahe. Der Älteste, Lucas, war wohl immer noch nicht in Deutschland eingetroffen. Siedend heiß fiel Katharina ein, dass sie Frau Beitle noch einmal anrufen wollte.

»Ob Agathe Schmied inzwischen wohl wieder aufgetaucht ist?« Knapp erzählte sie ihrem Kollegen von Frau Beitles gestrigem Anruf.

»Unkraut vergeht nicht.« Samuel schätzte die Lage entspannt ein. »Sonst hätte Irene Beitle sich noch mal bei uns gemeldet.«

Da hatte er wohl recht. Menschen, die Verwandte vermissten, riefen in der Regel sofort bei der Polizei an, aber wenn die Verwandten dann wieder aufkreuzten, meldete das keiner.

Sie erreichten Hohenheim zügig dafür, dass es Donnerstagmorgen war. Der Berufsverkehr schien heute woanders stattzufinden. Am Kreisverkehr bogen sie in die Garbenstraße ein, passierten ein hübsches Restaurant mit Biergarten unter stattlichen Kastanien und fuhren links an den Universitätsgebäuden entlang. Rechts erstreckte sich der Hohenheimer Park, versteckt hinter Büschen, und davor lag eine lange Reihe von Stellplätzen. Mit Glück fanden sie einen Parkplatz.

Erstaunlich, dass Katharina auch ohne Navi sofort wieder hingefunden hatte.

»Geht's dir gut?«

»Was?« fragte sie zerstreut.

»Du guckst das Gestrüpp an, als käme gleich ein Monster draus hervor.«

»Oh, ach so. Ich war 'ne Weile nicht mehr da.« Katharina nahm ihre Handtasche aus dem Wagen und legte sie über die Schulter ihrer Lederjacke.

Ein Mann mit Aufsitzrasenmäher fuhr über den Rasen. Die kühle Luft duftete nach frisch gemähtem Gras.

»So früh im Jahr?«, fragte Samuel.

»War warm«, antwortete Katharina. Weihnachten hatten sie wieder 20 Grad gehabt, da fiel der Winter eben weitgehend aus, um vermutlich nächsten Monat im April, wenn alles blühte, mit ganzer Macht zuzuschlagen. Sie folgten dem Weg, der zwischen weiteren Universitätsgebäuden entlangführte. Typischer Beton-Schick, genau wie an der Vaihinger Universität. Breite Glaseingänge sorgten für Helligkeit in den grauen Treppenhäusern. Katharina stieß Samuel an und deutete auf eine Tür. Da hatte ein findiger Geist grüne Kreise mit fast einem Meter Durchmesser an die Türen geklebt. Damit die Studenten den Eingang auch fanden? Ein roter Kreis an der festen Glasscheibe dazwischen wies offensichtlich darauf hin, dass hier kein Durchgang war. Damit sich kein müder Student morgens um halb elf die Nase brach, wenn er gegen die Scheibe krachte. Natürlich tat Katharina den jungen Leuten mit dieser Annahme Unrecht, denn das Klischee stimmte einfach nicht mehr: Kurz vor Mittag wirkte hier niemand verschlafen. Auf dem Campus herrschte emsiges Treiben. Fußgängerverkehr wie auf der Königsstraße umfloss die beiden Beamten, während sie sich zu orientieren versuchten. Vor einem Durchgang plapperte eine Horde ausländischer Studenten in babylonischem Sprachenwirrwarr miteinander und durcheinander.

Weiter oben am Hang ragten historische Gebäude auf, lange Häuserzeilen, die augenscheinlich ebenfalls zum Campus gehörten. Sie passten optisch schon eher zum historischen Schloss, das weiter hinten zu erahnen war. Auch dort war Katharina schon gewesen. Vor den breiten Säulen hatte ... *Nein, denk jetzt bitte nicht daran.* Es ließ sich einfach nicht vermeiden, die Erinnerung war noch zu präsent. Und das direkt nach der Sache mit Alexander. Während Samuel das Leitsystem studierte, schaute Katharina sich um, entdeckte weiter hinten den steilen Weg hinunter in den Park. Wann war sie mit Kilian hier gewesen? Ganz zu Beginn ihrer Beziehung musste das gewesen sein. Damals hatte sie das Zusammensein mit ihm noch nicht aus der Spur gebracht. Ein Sommertag, die Luft warm und die Liebe frisch. Eine Affäre, eine mögliche gemeinsame Zukunft? Alles offen. Genau wie bei Alexander und doch wieder ganz anders. Das Gras auf den Wiesen war hoch gewesen, die Sonne hatte ihre Strahlen durch die Nadelbäume geschickt, fast so wie heute, nur später im Jahr. Juli oder August. Schildkröten saßen auf den Steinen im See oder dämmerten im Wasser schwebend vor sich hin, die Beinchen ausgebreitet als ob sie flögen. Kilian hatte eingekauft, auf jedes Detail geachtet. Eierbecher, Eierlöffel, Silberbesteck, frische Honigmelone. Im Nachhinein sah sie klarer: jede Kleinigkeit geplant, weiße Kerzen, Kerzenständer, Streichhölzer, Salzstreuer, Basilikum. Wenn nur ein winziges Ding gefehlt hätte oder etwas schiefgegangen wäre, er wäre komplett ausgerastet. Anscheinend war an diesem Tag keine Serviette zerknittert, nichts im Korb ausgelaufen, kein Fleck auf der Decke, kein Vogel zu laut. Damals war sie einfach nur begeistert gewesen von so viel Romantik und Aufmerksamkeit.

Samuel fasste Katharina an der Schulter und schob sie durch einen weiteren Pulk. »So langsam machst du mir ernsthaft Sorgen. Du kennst den Kerl doch erst seit Montag.«

Sie folgten dem Weg weiter, vorbei an mehr Beton, an weiteren Glastüren mit grünen und roten Punkten, fröhlich diskutierenden Studenten und Bauarbeitern, die irgendwas ausbesserten, bis sie schließlich eine Straße passierten. Das Hohenheimer Schloss erhob sich hoheitlich hinter den Bäumen.

»Hallo?« Samuel schob sich vor Katharina und zwang sie, abzubremsen. »Kannst du mal antworten? Wo treffen wir sie denn? Geht dir immer noch das Streifenhörnchen im Kopf rum?«

»Was?« Katharina schüttelte den Gedanken ab. »In der Mensa.«

»Also wieder zurück.« Samuels seufzte, sein Blick klebte am Hintern einer Schwarzhaarigen.

»Du kennst dich aus?«, fragte Katharina, um etwas zu sagen.

»War mal auf 'ner Party hier.«

»Hätte ich mir nicht träumen lassen.«

»Ehrlich?«

»Hallo? Wie lange kennen wir uns?« Sie lächelte. Eigentlich musste sie Samuel dankbar sein, dass er sie so locker auf den Boden zurückholen konnte.

Die Mensa lag keine fünfzig Meter hinter ihnen, ein hübscher, weißer Bau mit hohen Fensterfronten. Davor ein Hinweis auf eine Veranstaltung. »Vorteile und Herausforderungen der Bio-Schweinehaltung«. Da schau an, auch eine der traditionellsten Universitäten begann, neue beziehungsweise ganz alte Wege zu gehen.

Sie betraten das Gebäude. Typischer Kantinengeruch empfing sie, Gelächter und ein hoher Geräuschpegel. Hinter einem kleinen Vorraum lag der Speisesaal. Katharina schätzte, dass hier mehrere hundert Menschen Platz fanden. Einige Tische waren schon besetzt, teilweise saßen ganze Gruppen zusammen über Blätter gebeugt oder entspannt feixend. An der Fensterfront kleine graue Bartische mit silberfarbenen Hockern. Obwohl es erst Ende März war, standen draußen Bierbänke, und tatsächlich saß dort der eine oder andere mit Notebook oder Block vor seinem Pott Mensakaffee. Die Frühlingssonne ließ den Raum in warmem Licht erstrahlen, die spürbare Energie der jungen Menschen und der Blick ins Grüne drängten Katharinas dunkle Gedanken zurück.

Bianca schien noch nicht da zu sein, aber es war auch erst kurz vor neun. Tief durchatmen. Konzentration auf das bevorstehende Treffen. Katharina zog Stühle an einen leeren Tisch, während Samuel eine Gruppe grüßte, als ob er selbst hier eingeschrieben wäre. Den konnte sie ja gleich dalassen. Ein starker Kaffee wäre jetzt genau das richtige gewesen, doch an den Tafeln über der Essensausgabe war nur Filterkaffee angeschrieben, und die Humpen, die vor den Studenten standen, sahen nicht sehr ansprechend aus. Da ging es den Studenten auch nicht besser als ihnen im zweiten Stock der Direktion. In den Auslagen Brötchen in Plastik, jedes einzeln eingepackt.

Noch in der Nacht hatte Katharina eine SMS an die Handynummer geschickt, die in der Akte als die von Bianca Beitle notiert war, und sie hatte ihr gleich geantwortet. Die junge Frau war zwanzig Jahre alt und studierte Agrarökonomie im dritten Semester. Katharina spürte die Ungeduld, endlich ihre Fragen loszuwerden und sich einen eigenen Eindruck zu machen. »Was meinst du, hat Beitle das Bauwerk für seine Tochter geplant, um ihr nach Ende ihres Studiums ein Auskommen zu sichern?«

»Liegt zumindest im Bereich des Möglichen. Hab' in der Villa gar nicht so genau auf die Fotos geschaut. Ob die wohl ihrer Mutter oder eher ihrem Vater ähnlich sieht? Wäre beides kein Gewinn.«

»Was kann man hier eigentlich noch studieren?«

Samuel zuckte die Schultern. »Praktisch alles. Management, Kommunikation, Lehramt, Chemie, Bio, Informatik, Pädagogik, WiWi ...«

Was immer WiWi war. Hatte er das alles eben erst gelesen, sich dieses Wissen für eine Party angeeignet oder waren das schlichtweg die Studiengänge diverser Ex-Freundinnen? Katharina konnte es nicht mehr in Erfahrung bringen, denn nun betrat eine junge Frau den Saal und blickte sich suchend um. Katharina erkannte sofort die Bianca vom WhatsApp-Account. Cremefarbener Mantel, schmale Hose in hohen Stiefeln, braunglänzender Pulli. Auffällig schon allein deshalb, weil die anderen Studenten eher praktisch als schick gekleidet waren. Ihr langes braunes Haar floss wie Wasser über ihren Kragen. Hohe Wangenknochen, dazu noch ein bisschen Babyspeck. Ein hübsches Mädchen, ohne Zweifel aus vermögendem Hause.

»Wow«, entfuhr es Samuel sogleich.

»*Schrothi!* Benimm dich«, zischte Katharina und winkte ihr zu.

Sie kam an den Tisch, und Katharina und Samuel erhoben sich. Bianca Beitles ungeschminkter Mund verzog sich zu einem Lächeln, die leicht schrägen Augen verengten sich zu Schlitzen. Auf den ersten Blick eine offene Person mit einnehmendem, freundlichem Wesen. Dunkle Tränensäcke unter geröteten Augen wiesen allerdings darauf hin, dass sie geweint hatte. Trotz ihres sonst so gepflegten Äußeren hatte sie die Trauer nicht weggeschminkt.

»Guten Morgen, Frau Bundschuh! Und Herr ...?«

»Kriminalkommissar Schroth. Sie können mich gern Sam nennen«, Samuel beugte sich so zackig an Katharina vorbei, dass sie zur Seite wich.

Bianca Beitle lächelte pflichtschuldig, während sie sich setzte.

»Zuallererst möchte ich Ihnen unser herzliches Beileid aussprechen«, Katharina streifte ihren Kollegen mit einem Seitenblick. »Wann hat Ihre Mutter Sie denn erreicht?«

Bianca Beitle presste die Lippen aufeinander und sprach erst nach einem kurzen Moment. »Wir sind noch in Dresden gewesen. Mama hat mich am frühen Morgen auf dem Handy angerufen …«

War nicht von einem Wochenendausflug die Rede gewesen? »Also am Montagmorgen? Wann wollten Sie denn zurückkommen?« Es waren doch keine Semesterferien.

»Wir haben noch einen Fachbetrieb besucht. Und Freunde getroffen und ein bisschen gefeiert. Irgendwann am Montagnachmittag wäre unser regulärer Flug zurück gegangen.« Biancas Stimme brach.

Katharina konnte die Gedanken hinter ihrer Stirn förmlich lesen. Sie dachte an die Nacht, in der ihr Vater unter grausamen Umständen umgebracht worden war, während sie vermutlich irgendwo in Dresden ausgelassen am Feiern war. Solche Zufälle gab es, niemand konnte etwas dafür. Trotzdem wurden Millionen Psychologen bemüht, damit Hinterbliebene mit der vermeintlichen Schuld leben lernten, nicht im richtigen Moment vor Ort gewesen zu sein. Das Schicksal konnte man sich nicht kaufen, es entschied blind. Was Irene Beitle ihrer Tochter wohl über den Tod des Vaters gesagt hatte? Die Witwe hatte Gerhard Beitle in der Pathologie identifiziert, die schrecklichen Verletzungen, die ihm zugefügt worden waren, gesehen. Was würde eine Mutter davon weitergeben? Vermutlich nur das Nötigste.

»Agrarökonomie …«, begann Samuel mit etwas Allgemeinem, wohl, um das Mädchen abzulenken. »Was interessiert Sie denn an diesem Studium?«

»Der Lehrstuhl hier ist international renommiert.«

»Und deshalb haben Sie sich für so ein traditionelles Studium entschieden? Möchten Sie Bäuerin werden?«, fragte er.

»Damit steht einem vieles offen«, antwortete Bianca ausweichend. Sie hob die Hand, um einen am Gebäude vorbeieilenden Kommilitonen zu grüßen. »Man kann wissenschaftlich tätig werden, in der Forschung, Betriebe beraten, auch im Ausland oder Drittweltländern Pflanzenbau koordinieren. Und natürlich in der Nutztierhaltung arbeiten.«

»Und Sie?«

Ausgerechnet in diesem Moment klingelte Katharinas Handy. Karin Kaspars, da musste sie drangehen. »Sie entschuldigen mich.« Katharina stand auf, und Samuel blieb allein mit Bianca zurück. Hoffentlich ruinierte er nicht das ganze Gespräch mit seinem Gebagger.

»Ja?« Katharina ging durch den Vorraum und hörte nur Krachen in der Leitung. Draußen hatte sie endlich Empfang.

»Sind Sie schon bei Bianca Beitle?«, fragte Kaspars ohne Einleitung. »Jetzt raten Sie mal, mit wem ihre Freundin noch über Facebook verknüpft ist.«

Ratespiele, prima. »Welche Freundin?«

»Laura Schwab, das Mädchen, mit der sie in Dresden war. Studiert auch Agrarökonomie.«

Katharina seufzte. »Okay. Und mit wem …?«

»Lucas Beitle.«

Was sollte das jetzt wieder heißen? »Und Bianca?«, fragte sie aufs Geratewohl, um nicht ganz unwissend zu klingen.

»Die ist laut Recherche des Kollegen nicht bei Facebook angemeldet. Den geposteten Bildern nach könnten die zwei ein Liebespaar sein. Also Laura und Lucas.«

»Also, Bianca ist nicht bei Facebook, aber ihre Freundin, die …«

»… eventuell mit Lucas liiert ist, oder war. Genau.«

Katharina verabschiedete sich von der Kollegin und blieb noch einen Moment lang vor der Mensa stehen. Wie sollte sie mit dieser Information Bianca gegenüber umgehen? Eine weitere Spur, jedoch keine, die oberflächlich betrachtet in direktem Zusammenhang mit dem Tod von Gerhard Beitle stehen musste. Wobei auch hier die alte Ermittler-Regel galt: Ein Zufall ist vielleicht ein Zufall. Zwei Zufälle sind es höchstwahrscheinlich nicht.

Also galt es, einen ersten Zufall auszuräumen. Katharina setzte sich wieder, während Samuel Bianca über ihren Lebenslauf befragte. »… Aber soweit ich weiß, gilt das Studium als eher konservativ und nicht besonders tierwohlorientiert.«

Bianca Beitle zuckte mit den Schultern. »Die Meinungen über das, was in der Tierhaltung als natürlich und tiergerecht gilt, gehen weit auseinander.«

»Biancas Großvater war in der Viehhaltung tätig, daher ihr Interesse«, klärte Samuel Katharina auf.

Sollte sie jetzt einen Testballon zu dem geplanten Nutztierhochhaus steigen lassen? Katharina war sich nicht sicher, ob das der richtige Zeitpunkt war. »Dann wäre die Veranstaltung, die draußen beworben wird, nichts für Sie?«, fragte sie stattdessen.

Bianca Beitle überlegte einen Moment und strich sich eine Haarsträhne hinters Ohr. »Dieses biologische Schweinehaltung-Dingens? Warum nicht?«

Vielleicht war es doch ratsam, vorsichtig aufs Ganze zu gehen. »Gab es denn Pläne, dass Sie den Hof Ihres Großvaters übernehmen?«

Bianca Beitle schüttelte den Kopf. »Den haben meine Eltern schon lange verkauft.« Sie schaute von Katharina zu Samuel.

»Was hat das eigentlich mit Papas Tod zu tun?« Ihre Augen trübten sich und wurden feucht.

»Das wissen wir noch nicht ganz genau«, erwiderte Katharina wahrheitsgemäß. »Ihr Vater hat auf den Fildern gute Arbeit geleistet, aber es kann sein, dass er auch andere Projekte geplant hat. Zum Beispiel ein Gebäude in Plattenhardt.« Sie ließ den letzten Satz in der Luft hängen.

»Davon weiß ich nichts«, antwortete Bianca eine Spur zu schnell und sah Katharina fest in die Augen. Kein gutes Zeichen. Ein starrer Blick sollte Offenheit suggerieren, war aber genau deshalb auch ein Indikator für Lüge.

Mehr brauchte Katharina nicht: Also wusste Bianca vom Bau des Hochhauses. Und vermutlich hatte ihr Vater geplant, dass sie es nach dem Studium leiten würde. Sie lenkte das Mädchen wieder auf sicheres Terrain und zeigte sich interessiert am Familienleben, vermied es dabei, wertend zu klingen. Bianca erzählte von einem Vater, der seine Kinder bedingungslos liebte, aber wenig daheim gewesen war. Von den Grabenkämpfen der Teenager untereinander, vom künstlerischen Tamino, der im Gegensatz zu Lucas für keinerlei Kritik des Vaters erreichbar gewesen war. Durchaus harmonisch klang das Ganze. Kleinere Streitereien, aber alle hatten sich furchtbar lieb. Oma Agathe, Opa Willi, die immer für die drei Kinder dagewesen waren. Der Zank zwischen Oma und Papa. Ob Biancas Vater die Mutter geliebt hatte? Ein Lachen. »Das müssen die beiden selber miteinander ausmachen. Kinder brauchen nicht alles zu wissen.«

Da hatte sie allerdings recht. Katharina wechselte das Thema. »Wollte denn keiner von Ihnen die Betriebe Ihres Vaters übernehmen?«

Das Mädchen zuckte mit den Schultern, wurde wieder vorsichtiger. »Tamino bestimmt nicht. Den haben Papas Pläne gar nicht interessiert. Lucas war dafür vorgesehen gewesen, aber der hat Paps mit seinem Sozialpädagogikstudium einen dicken Strich durch die Rechnung gemacht.«

»Bleiben noch Sie«, stellte Samuel fest.

Bianca lachte. »Ich fühl mich noch ein bisschen zu jung für das Ganze. Und die Arbeitszeiten in der Gastronomie ...«

»Aber später?«, hakte er nach.

»Später? Mal sehen.« Wieder dieses Ausweichen. Die Arme waren verschränkt, der Blick abweisend, sogar ihre Fußspitzen hatte Bianca zur Tür gedreht. Sie hatte ihnen offensichtlich nichts zu sagen.

»Und Ihre Freundin Laura?«, spielte Katharina ihren letzten Trumpf.

»Was soll mit ihr sein? Sie ist mit mir und Lucas befreundet«, antwortete Bianca ein wenig schnippisch. Sie drehte den Kopf weg vom Tisch, weg vom Gespräch.

»Sind die beiden nicht zusammen?«, blieb Katharina am Ball und bemerkte aus dem Augenwinkel Samuels überraschten Gesichtsausdruck.

»Das war doch nur eine kurze Sache. Ein Flirt. Laura hat einen Freund.« Bianca zuckte mit den Schultern und schien kein Interesse daran zu haben, auf die Sache einzugehen. Aber sie hatten sie mit der Frage auch nicht kalt erwischt. Eigenartig. Sie zog ein Haarband aus der Tasche und begann, sich wie beiläufig ihr langes Haar einzudrehen. »Wann fangen Sie jetzt eigentlich an zu ermitteln?«

»Bitte?«, fragten Katharina und Samuel gleichzeitig.

»Ist ja nett, dass wir uns hier kennenlernen, aber sollten Sie nicht Verdächtige verhören und Zeugen befragen?«

Da hatte sie zweifellos recht. Katharina verzichtete auf den Hinweis, dass sie gerade genau dies taten: überprüfen, ob Beitles Tochter zu einem der auserwählten Kreise gehörte – oder den Täter gar kannte.

»Wir haben gehofft, Sie hätten vielleicht noch den einen

oder anderen Hinweis für uns.« Samuel setzte einen undurchschaubaren Blick auf.

» Woher soll ich denn wissen, wer meinen Vater auf dem Gewissen hat?« Unvermittelt ging das Mädchen auf Angriff, hielt ihnen vor, seit Montag vier Tage vertan zu haben, in denen man den Täter doch längst hätte finden müssen. Die Ermittler ließen den Ärger an sich abprallen. Katharina verstand sie ja. An Biancas Stelle hätte sie auch nicht verstanden, was es hieß, alle Spuren zu sichten und die Wahrheit zu finden, wenn jeder nur das erzählte, was er für richtig befand.

»Falls Sie sich entschieden haben, an einem oder mehreren Punkten nicht die ganze Wahrheit zu sagen, machen Sie sich mitschuldig«, dieser Satz lag Katharina auf der Zunge, aber sie wusste ja, dass er nichts brachte. Kein Beteiligter hatte in diesem Fall eine weiße Weste, und Lügen gab es mehr als genug. Selbst Beitles eigene Tochter spielte nicht mit offenen Karten. Wie viel Lust Katharina manchmal gehabt hätte, es den Betreffenden einfach ins Gesicht zu sagen. Aber die Erfahrung zeigte, dass sie sich dadurch Chancen verbaute. Besser, sie behielt ihre Gefühle unter Kontrolle. Diese Zwanzigjährige war im Prinzip arm dran, hatte gerade ihren Vater verloren. Aber ein Mord war eine ganz andere Sache als Mauscheleien, als das Generieren von Jobs für die eigenen Kinder. Ein Mord veränderte einen Menschen, sein Denken, machte ihn für immer und in jeder Situation zum Täter. Egal, um was es ging.

Katharina und Samuel verabschiedeten sich. Samuel drückte ihr seine Visitenkarte in die Hand.

»Aber ich habe schon die Nummer Ihrer Kollegin …«

»Sie können auch mich immer anrufen. Sam Schroth, nicht vergessen.«

* * *

»Sam Schroth. Planst du, in eine reiche Familie einzuheiraten, wenn's mit der Beförderung nicht klappt?«, fragte Katharina bissig, als die Millionärstochter und Agrarökonomiestudentin die Mensa verlassen hatte. »Bianca Beitle hat übrigens mit den Augen gerollt.«

Samuel war der Typ Mann, dem es egal war, wenn Frauen mit den Augen rollten. Er besaß ein gesundes Selbstbewusstsein. »Das bedeutet, dass sie beinahe ohnmächtig geworden ist«, behauptete er. »Wo wohnt sie eigentlich?«

»Hat eine kleine Wohnung in der Nähe des Campus.«

Während Samuel sich noch vor dem langen Edelstahltresen der Mensa einreihte, um eins der abgepackten Brötchen zu kaufen, blieb Katharina vor der Tür stehen, spürte die warmen Sonnenstrahlen auf ihrem Haar und beobachtete das Treiben. Jemand hatte auf Bianca Beitle gewartet, und nun sah sie den Schemen der beiden Frauen nach, die hinter einer Glasfront die Treppe hochstiegen. War das Laura Schwab? Mit Sicherheit hatte Bianca ihrer Freundin von diesem Treffen erzählt. Es machte allerdings wenig Sinn, diese junge Dame jetzt zu befragen. Nach was auch? Bisher war sie lediglich eine Ex-Freundin von Lucas.

Dass Bianca beim Thema Nutztierhochhaus ganz offensichtlich zu lügen anfing, gefiel Katharina gar nicht. Unwahrheiten, Betrug, dunkle Geschäfte, wohin man in Beitles Umfeld auch schaute.

»Schollen wir über den Park tschurücklaufen? Der ischt scho schön romantisch.«

Katharina zuckte zusammen. Sie hatte Samuel nicht kommen gehört. »Bloß nicht!«

»Schtimmt, Romantik ischt ja so gar nischt dein Ding. Hab' isch vergeschen«, witzelte er mit vollem Mund.

»Also schön, laufen wir durch den Park.«

»Gehen, nischt laufen«, Samuel beeilte sich, mit Katharina Schritt zu halten, als sie den Campus verlassen hatten und dem mäandernden Weg durch die Rasenflächen folgten.

Sie passierten Kräuter- und Blumenbeete. Auf kleinen Schildern war sorgfältig notiert, um welches Gewächs es sich jeweils handelte. Ein Eichhörnchen huschte knapp vor ihnen über den Weg und verschwand zwischen den Büschen.

Hier im Park fühlte sich die Luft durch die hohen Bäume etwas kühler an. Vereinzelte Spaziergänger wanderten umher, und eine Gruppe Studenten bestimmte mit ihrer Dozentin Gehölze. Ein bisschen weiter vorne, unter der Baumgruppe, hatten sie und Kilian damals ihre Picknickdecke ausgebreitet. Es war seine Idee gewesen, überraschen hatte er sie wollen. Katharina war so verliebt gewesen, ein Tag in den schönsten Farben. Damals hatten sie zusammen entschieden, dass diesem noch viele folgen sollten. Sogar von Verlobung hatte er gesprochen. Nur hatte er sich danach nie wieder diese Mühe gegeben. Vielleicht würde es helfen, diesen Platz noch ein letztes Mal zu besuchen, um mit diesem Kapitel abzuschließen. Erst mit ihm, und dann mit dem miesen Verräter.

»Kannst du endlich mal langsamer machen? So habe ich mir den Spaziergang nicht vorgestellt.«

Katharina stoppte abrupt und versuchte sich zu orientieren. In den Bäumen hüpften Meisen umher, und eine Amsel guckte misstrauisch von einem Ast herunter.

»Was hältst du von ihr?«, fragte Samuel in den Moment der Ruhe hinein.

»Sie lügt«, antwortete Katharina schlicht. Sie ging in die Hocke und strich mit der Hand über das taufeuchte, frisch gekürzte Gras.

»Meinst du?« Ihr Kollege schielte verunsichert zwischen Katharina und der Wiese hin und her. »Und was machst du da?«

Katharina stand auf und spuckte auf die Stelle. Wie befreiend sich das anfühlte. Sie stampfte ein paar Mal fest auf den Boden, dann drehte sich zu dem verdutzten Samuel um. »So. Wir können gehen.«

Regungslos blieb er stehen und bedachte sie mit einem Blick, der Gedanken an eine Zwangsjacke nahelegte.

»Kommst du endlich? Sie hat zu lügen begonnen, als wir sie zu dem geheimen Projekt ihres Vaters befragt haben. Sie hat viel zu schnell geantwortet, und meinen Blick viel zu lange fixiert.«

»Wenn sie den Blick hält, hat sie nichts zu verbergen, dachte ich?« Samuels Gesichtsausdruck zeigte vollkommene Verwirrung.

»Denkst *du*, mein Lieber.« Sie passierten den Ausgang des Parks, und Katharina atmete ein weiteres Mal tief durch. »Je länger der Befragte den Blick hält, desto weniger Wahrheit enthält die Aussage.«

»Ich glaub, ich muss auch mal zu so einem CSI-Seminar mitkommen.«

»Musst du aber aus eigener Tasche bezahlen.«

»Oh.«

»Es gibt auch leicht verständliche Fachliteratur. Oder Fernsehen um 20:15 Uhr.«

»Haha.«

So schlecht war die Serie gar nicht, auch wenn sie wenig mit wirklicher Polizeiarbeit zu tun hatte. Katharina aber hatte zwei dicke Sachbücher auf dem Nachttisch liegen, nur fand sie nicht die Zeit, sich in die Thematik zu vertiefen. Wirklich schade, in einem davon verriet ein FBI-Ermittler seine Tricks. Katharina hatte schon beim Durchblättern gestaunt, was sie da noch lernen konnte. Sie war überzeugt, dass das Lesen versteckter Zeichen hilfreich war. Andererseits war es verständlich, dass Kollegen alten Schlags wie Hartwaldt für dieses Zwischen-den-Zeilen-im-Verdächtigen-Lesen wenig Verständnis hatten, er kam ja prächtig mit der Holzhammer-Methode durch. Aber ohne Verdächtigen kein Holzhammer, den man auspacken konnte. Immerhin arbeitete er inzwischen ohne zu murren gelegentlich mit Fallanalytikern zusammen. Auf Deutsch klang der Begriff irgendwie seriöser als ›Profiler‹.

* * *

In der Direktion wurde nur über eines gesprochen: Bei der Bürodurchsuchung bei Berbering waren Spuren illegaler Geldwäschegeschäfte aufgetaucht, Krömer hatte wohl Verbindungen nach Italien und Rumänien, sogar nach Malta, obwohl Katharina keine Ahnung hatte, wie Malta in diese Reihe passen sollte. Karlheinz Krömer, Strippenzieher mafiöser Strukturen? Jetzt ermittelte das LKA, und diese Kollegen würden nicht lockerlassen. Hoffentlich ging es dem arroganten Architekten nun anderweitig an den Kragen. Hatte man eigentlich die Plakate der Demonstration auf dem Feld bei ihm gefunden? Der leitende Beamte der Aktion war nicht im Haus, und auch sonst wusste mal wieder keiner Bescheid.

Routinemäßig schaute Katharina auf ihr Handy. Kein Anruf von Lorenz. Fast vermisste sie etwas. Ob Alexander schon wieder auf freiem Fuß war? Irgendwie hatte sie gehofft, dass sich die Sache aufklären würde, aber stattdessen war alles immer schlimmer geworden. Ihr Magen krümmte sich abermals zusammen bei der Erinnerung, wie er gestern mit diesem Gemeinderat Dr. Krummold in der Direktion aufgetaucht war. Ob Alexander gewusst hatte, dass der versuchen würde, die Ermittler einzuschüchtern? Hartwaldt hatte richtig gehandelt. Unwahrscheinlich, dass jetzt noch etwas von den folgenden Disziplinarmaßnahmen zu ihnen nach Esslingen durchdringen würde.

Doch zuallererst nahm sich Katharina Facebook vor. Sie selbst hatte keinen Account, wozu auch? Die paar Freundschaften, die sie noch Zeit hatte zu pflegen, kamen auch ohne Online-Kontakt zu kurz. Und ihr Frühstück, Mittag- und Abendessen brauchte sie in Fotoform auch nicht jedem aufs Brot zu schmieren. Was sie hätte posten können, darauf konnte und sollte die Welt verzichten.

Guckt mal hier, mein neuer Freund Alex. Ich bin ja sooooo verliebt …
(76 Likes)

Wein und Lachstagliatelle beim romantischen Date.
(104 Likes. Damit toppe ich jeden Post im Freundeskreis. Schließlich hat keiner mehr damit gerechnet, dass ich noch einen abbekomme.)

Wahrscheinlich das letzte Bild, das ich poste, denn leider hat er mich belogen und betrogen und sich vermutlich nur aus beruf-

lichen Gründen an mich rangemacht. Im Moment sitzt er im Arrest. Hat er jemanden umgebracht, Geheimnisverrat, Vorteilsnahme? … Ich weiß es nicht, sucht euch was raus. Falls ihn jemand verprügeln will: Alexander Schumacher, Streifenpolizist, Filderstadt, wohnhaft in Aichtal. Kann mir jemand einen Trost-Post schreiben?
(135 wütende und traurige Smileys. 27 bekräftigende Kommentare, dass dieser Alex das weltgrößte Arschloch sei und ein Idiot, eine Klassefrau wie mich einfach gehen zu lassen.)

Die Idee brachte sie immerhin zum Schmunzeln. Schnell knüllte Katharina den Schmierzettel zusammen, bevor Samuel ihn noch in die Finger bekam.

Aber es gab ja noch den falschen Account, den Katharina zusammen mit ihm vor einiger Zeit wegen eines anderen Falls angelegt hatte. Ein Kollege von der Kriminaltechnik hatte mit Photoshop ein Bild einer fiktiven Frau gezaubert, ganz nach Samuels Gusto.

Da dieses Mitgliedskonto quasi das seiner Traumfrau war und das offenbar auch eine Menge anderer Männer so empfanden, häuften sich die Freundschaftsanfragen von fragwürdigen Typen mit nacktem Oberkörper und einer Menge potentiellen »Schwiegertochter gesucht«-Kandidaten. Doch nachdem die Kaspars ihnen gesagt hatte, dass Lucas Beitle und Laura Schwab auf der Online-Plattform Bilder posteten, wollte Katharina sich einen eigenen Eindruck verschaffen. Sie tippte also *Ja Nina* und das komplizierte Passwort

123456 ein. Zwölf neue Freundschaftsanfragen seit ihrem letzten Besuch.

Jetzt aber zu Lucas Beitle. Sie fand ihn auf Anhieb. »Um zu sehen, was Lucas mit seinen Freunden teilt, sende ihm eine Freundschaftsanfrage.« Die Freundesliste und alle Bilder: gesperrt. Vorbildlich, aber dumm für die Ermittler. Also weiter zu seiner Freundin. Laura Schwab, nicht gerade ein seltener Name. Beim dritten Anlauf klappte es. Volltreffer, Lauras Profil war nicht geschützt. Ein nettes Mädchen mit kurzem, braunem Haar lächelte vom Bildschirm, sie stand in Funktionskleidung vor einem Bergmassiv. Datenschutztechnisch war sie das Gegenbeispiel zu Lucas. Warum sicherten die Leute ihre privaten Informationen und Fotos denn nicht? Ein breites Grinsen zog sich über Katharinas Gesicht. Genau: damit sie in Ruhe recherchieren konnte. 227 Freunde, Fotoalben vom Urlaub, von Freunden, Wandern mit einem jungen Mann. Ah, da war ja Lucas. Die Ähnlichkeit mit Bianca unverkennbar, nur war Lucas' Kinn kantiger, sein Gesicht nicht ganz so fein, statt Babyspeck hatte er Bartstoppeln und breite Schultern. 23 Jahre, Locken und ein sympathisches Lächeln. Den angehenden Sozialpädagogen nahm man ihm ab. Aber da war auch dieser provokante Zug um den Mund, der seinen Vater bestimmt nicht nur einmal zur Raserei getrieben hatte. Waren das Agathe Schmieds wache Augen? So langsam musste er in Deutschland angekommen sein.

Es gab eine Menge weiterer Bilder auf Lauras Profil. Freunde, Familie, eine Hochzeit. Lucas jedoch fehlte bei den neueren Posts, seit etwa einem halben Jahr. Ein hagerer, dunkelhaariger Mann schien seinen Platz eingenommen zu haben, aber auch nur auf einem Bild. Sie ging die Kontakte durch. Nein, kein bekannter Name. Wahrscheinlich hatte sie sich getäuscht.

Katharinas Blick fiel auf das Post-it. Ach, Agathe Schmied. Schnell druckte sie ein paar Bilder von Lauras Account und das Profilbild von Lucas auf dem Farbdrucker aus, dann griff sie zum Hörer.

Rasch wurde abgenommen. Irene Beitles Stimme klang bedrückt. »Ja?«

»Bundschuh hier. Frau Beitle, ist Ihre Mutter inzwischen wieder aufgetaucht?«

»Schön, dass Sie mich auch noch zurückrufen. Das Bernhäuser Revier kümmert sich inzwischen um die Suche.«

Das saß. Katharina verkniff sich die Entschuldigung, die ihr auf der Zunge lag. Schließlich war sie kein Kindermädchen und Frau Schmied ein erwachsener Mensch. Wenn sie jedem Anruf nachgingen … Aber andererseits gab es tatsächlich keinen Grund, dass sie …

»… ist sie mit Sicherheit nicht nach Hause gekommen? Vielleicht hat sie sich leise und unbemerkt hereingeschlichen?«

»Mal abgesehen davon, dass meine Mutter die Worte ›leise und unbemerkt‹ nicht kennt, war ihr Bett unangetastet«, schnappte Irene Beitle. »Und wir haben weder zusammen Abend gegessen noch gefrühstückt.«

Mit einem Mal fühlte Katharina sich elend. Wie hatte sie den Anruf nur vergessen können? … Aber das Revier Bernhausen war ja an der Sache dran. Hoffentlich hatten die Kollegen nichts verschlafen und die Situation der alten Frau richtig eingeschätzt.

»Haben Sie denn eine Idee, wo sich Ihre Mutter aufhalten könnte?«, fragte Katharina.

»Stimmen Sie sich eigentlich nicht mit Herrn Schumacher ab?«, kam die prompte Erwiderung.

»Frau Beitle, es tut mir leid. Wir ermitteln im Mordfall an Ihrem Mann.«

»Ich weiß. Und verwickeln meine Tochter in Hohenheim in eigenartige Gespräche.«

Keine Frage, die Frau war fertig mit den Nerven. »Wir tun alles in unserer Macht Stehende«, sagte Katharina in beruhigendem Tonfall. »Bitte geben Sie mir ein oder zwei Stichworte, und ich kümmere mich um die Sache. Wo wollte Ihre Mutter denn hin, was hatte sie vor?«

Irene Beitle schnaufte. »Sie war bei Ihnen in der Direktion, dann wollte sie bestimmt wie jeden Tag einkaufen und sich mit den anderen Alten beim Arzt treffen und sich unnötige Medikamente verschreiben lassen. Und sie hat mir von einem Kosmetikerinnen-Termin am Nachmittag erzählt.«

Also hatte sie ihre Mutter seit dem gestrigen Morgen nicht mehr gesehen oder gehört. Auf die Nachfrage Katharinas, ob ihre Mutter eine weitere Spur im Fall Gerhard Beitle verfolgte, bemerkte die Witwe knapp, dass die Seniorin verstanden hätte, dass sie sich heraushalten solle, sonst würde sie sich demnächst im St. Vinzenz wiederfinden. Das mit dem Heraushalten hatte ja bisher nicht so toll geklappt. Aber im St. Vinzenz hielt sie sich ja offensichtlich nicht auf. Was das sein sollte, wusste Katharina nicht. Aber immerhin hatte Frau Beitle die Nummer der Kosmetikerin parat.

»Frau Schmied ist immer noch verschwunden?«, fragte Samuel und warf seine Lederjacke über den Stuhl. »Wo warst du in der Pause?«

»Welche Pause?« Katharina tippte die Nummer des Kosmetikstudios.

»Mach laut, bitte!«, Samuel beugte sich über den Tisch und drückte auf den Lautsprecher.

»Jaqueline Nägel, hallooooo?«

»Hallo Frau Nägel …« In dem Moment, in dem es ausgesprochen war, fiel Katharina ihr Fehler auf. Sie ignorierte Samuels Gekicher.

»Haha, guter Witz«, kiekste die hohe Stimme. »Ich bin die Sandy. Was kann ich für Sie tun?«

Katharina hielt kurz den Hörer zu. »Bin ich wirklich mit einem Kosmetikstudio verbunden?« Dann fragte sie laut: »War gestern eine Frau Schmied bei Ihnen?«

»Moment«, flötete Sandy und ein paar Augenblicke später erklang ein erneutes »Hallooooo?«

»Ja?«, fragte Katharina.

»Also, die Frau Schmied war gestern Nachmittag bei meiner Kollegin Katerina. Hat eine Pediküre bekommen, das hat sie Ihren Kollegen auch schon gesagt.«

Ob etwas auffällig gewesen war und wo die alte Dame anschließend hinwollte, wusste Sandy nicht. Na super. Und in Bernhausen anzurufen und womöglich nach Alexanders Verbleib befragt zu werden, darauf hatte Katharina keine Lust.

Also nötigte sie Samuel.

»*Was* soll ich machen?«, fragte er verdutzt.

»Auf dem Revier anrufen und fragen, wer mit der Suche nach Frau Schmied befasst ist«, erklärte Katharina geduldig.

»Soll ich nicht direkt …«, Samuel zog sein Handy hervor.

»Nein! Bitte mach' das für mich.«

Er wählte, schilderte sein Anliegen und wurde weiterverbunden. »Was soll ich sagen, wenn sie nach deinem …«

Katharina suchte sicherheitshalber das Weite und machte einen Abstecher in die Kantine, um vielleicht doch noch belegte Croissants zu ergattern.

Als sie zurückkam und Samuel ebenfalls eins auf den Tisch legte, schüttelte der nur den Kopf.

»Menschen im fortpflanzungsfähigen Alter … ah danke. Kein Serranoschinken?«

»Käse. Alles gut bei dir? Wo ist Frau Schmied?«

»Nicht die geringste Spur von der alten Dame. Aber sie haben gefragt, ob Schumacher jetzt gar nicht mehr auf dem Revier vorbeikommt.«

Er war also nicht zum Dienst erschienen? »Und was hast du gesagt?«

»Dass sie vermutlich bald Arbeit mit ihm haben werden«, erklärte Samuel in der ihm eigenen Sensibilität.

»Sag mal, spinnst du?«, brauste Katharina so plötzlich auf, dass er auf seinem Stuhl zusammenzuckte und das Croissant gerade noch am Absturz hindern konnte.

»Was hätte ich denn sagen sollen? Der Kollege, der uns zugeteilt wurde, späht Ermittlungsergebnisse aus und gibt sie an einen hochverdächtigen Kreis weiter!«

»Aber wenn du auch noch Fährten legst, geht das Getratsche im Büro erst richtig los!« Katharina klatschte mit der Handfläche auf den Tisch, dass die Papiere einen Moment lang in der Luft hingen.

»Würdest du ihn auch so verteidigen, wenn ihr nicht gepoppt hättet?« Samuel schüttelte den Kopf und rollte zurück zu seinem Käsecroissant.

Katharina schnaufte. Themenwechsel, bevor es auch Tote unter den Kollegen gab. »Wo ist sie jetzt?«

»Frau Schmied?«

»Nein, die heilige Agathe.«

»Heilige wer? Na, Frau Schmied haben sie jedenfalls nicht gefunden. Kein Anhaltspunkt, wo sie nach der Nagelpflege hingegangen oder -gefahren sein könnte.«

»Frau Schmied heißt Agathe. Und nicht, dass sie mit dem Gesicht nach unten im – wie heißt der Bach nochmal?«

Kauen. Schlucken. »Bombach«

»… im Bombach liegt, danke.«

So langsam verrauchte ihre Wut. Katharina konnte ihm in Liebesdingen wohl niemals etwas vormachen, da war Samuel um einiges ausgebuffter als sie.

Sein Blick fiel auf die Ausdrucke. »War das deine Pausenbeschäftigung? Wer ist denn das Mädel? Und hier haben wir, lass mich raten … Lucas Beitle, oder?« Sachkundig überflog er die Informationen. »Hast du die Liste von Lucas' Facebook-Freunden?«

»Nein, er hat sein Profil nicht freigegeben.«

»Wird wohl wissen, warum. Und diese Laura?«

»Die hatte der Kollege schon ausgewertet, ich habe auch nichts Besonderes entdeckt.« Katharina zuckte mit den Schultern.

Samuel blätterte die Seiten um. »Keine interessanten Freunde? Hübsche junge Damen, die einsam sind? Ich hab' übrigens auch noch keine Pause gemacht.«

Katharina zuckte mit den Schultern. »Setz dich an meinen Rechner, bin noch eingeloggt.«

Samuel rieb sich die Hände und platzierte sich samt dem Rest seines bröselnden Croissants vor ihren Bildschirm. Katharina zog ihre Unterlagen außer Reichweite und biss lustlos in ihr eigenes Hörnchen. Ein kleiner Spaziergang über den Marktplatz würde jetzt bestimmt guttun.

Während sie hinausging, drehte Samuel den Kopf. »Ich hab' ihm im Vorbeigehen übrigens auch ein bisschen mit Konsequenzen gedroht. So was macht man nicht mit meiner Lieblingskollegin!«

Katharina hätte ihren Manchmal-Lieblingskollegen knuffen können. Wie es jetzt weiterging, das wusste nur Hartwaldt. Dienstaufsichtsbeschwerden wurden von einem speziellen Gremium geprüft, und bis dahin blieb der Dienst ausgesetzt. Und Alexanders Verhalten nach seinem Auffliegen war – gelinde gesagt – absolut fehl am Platz gewesen. Sie verstand ihn einfach nicht. Er hatte sie doch auch gemocht, oder? Bedächtig stieg Katharina die Stufen zur Agnespromenade hinunter und hielt die Nase in den Frühlingswind. Menschen spazierten durch die Straßen, über die Brücken und den Marktplatz, als ob heute Samstag wäre. Katharina ließ sich treiben. Sie bog nach links in die Wehrneckarstraße ab. Eine Mutti mit brüllendem Kleinkind auf dem Arm schob die Räder des Kinderwagens über Katharinas Fuß.

Sie unterdrückte den Impuls, zu fluchen. Groß schaute der Kleine sie an und vergaß sogar für einen Moment, weiter dicke Kullertränchen zu produzieren. Katharina versuchte zu lächeln. Tief durchatmen. Verrat und Ausnutzen war die eine Sache. Aber wie hatte sich Alex auch noch darüber aufregen können, dass sie sich aufregte? Katharina erinnerte sich an das Käsecroissant in ihrer Hand, biss noch einmal ab, dann warf sie es in einen Mülleimer. Ein Penner musterte sie böse.

Sofort befiel sie ein schlechtes Gewissen. »Darf ich Ihnen einen Kuchen spendieren?«, fragte sie den zotteligen Sonnenbrillenträger und nickte zur gegenüberliegenden Bäckerei hinüber.

»Danke, junges Frollein, Kuchen verträgt mein Magen irgendwie garnicht. Nur Schnaps. Aber wenn Sie mir einen Zehner …«

Katharina behielt ihr Geld und folgte der Fischbrunnenstraße hoch zum Marktplatz. Das Geläut von St. Dionys erklang, parallel stimmte das Glockenspiel im Alten Rathaus ein. 14 Uhr. Eine Gruppe Japaner sammelte sich vor der Renaissance-Fassade, um das perfekte Bild aus perfekter Perspektive zu schießen.

Mit etwas gehobener Laune kehrte Katharina in die Direktion zurück. Wenn die kurze Affäre mit Alexander schon gezeigt hatte, dass sie das mit der Liebe besser sein ließ, dann wollte sie wenigstens diesen verzwickten Mordfall zu einem Erfolgserlebnis werden lassen.

* * *

Samuel erwartete Katharina bereits.

»Du glaubst nicht, was ich gefunden habe!«, verkündete er stolz, während er über dreißig Blätter auf ihrem Tisch ausbreitete.

»Pack das bloß schnell weg. Wenn der Hartwaldt die Farbausdrucke sieht, kriegt er wieder seine fünf Minuten.«

»Dafür spare ich uns vielleicht eine Menge Ermittlungsarbeit«, behauptete Samuel unbeirrbar und wedelte mit einem der Blätter. »Hier, schau mal. Auch ein Freund von Laura Schwab.«

»Wie soll ich so was erkennen? Halt mal still …« Das war doch der Typ vom Foto, Lauras Bekannter. Wo hatte Katharina ihn nur schon mal gesehen?

»Chris Ge.«

»Aha.«

»Ge für Gehringer.«

»Gehringer?«

»Genau! Herbert und Gundula.«

»Meinst du nicht, es gibt noch mehr Gehringers auf dieser Welt? Schließlich sind sie ja *Zugezogene*. Da muss es doch auch noch andere geben.« Und dieser Chris hatte kaum Ähnlichkeit mit seinen möglichen Eltern. Aber vielleicht der Bereich um die Augen …

»Erinnerst du dich dran, wie die beiden Typen den Tisch aus dem Haus getragen haben?«

»Meinst du, der war das? Hm … Ruf mal sein Profil auf«, forderte Katharina ihren Kollegen auf. Im gleichen Augenblick surrte ihr Handy. Sie warf einen schnellen Blick drauf. »Habt ihr eine Spur von Frau Schmied?«, stand in der SMS von Alexanders Nummer.

»Nein«, tippte Katharina schlicht.

Keine zwanzig Sekunden später summte es wieder. »Aussprache?«

»Kannst du knicken«, antwortete Katharina und legte dann das Handy weg, dann beugte sie sich wieder zum Bildschirm hinüber. Wenn Alexander versuchen wollte, seine Arbeitsstelle zu retten, indem er sie vorschickte, hatte er sich geschnitten.

Inzwischen hatte Samuel das Profil von »Chris Ge« aufgerufen.

»Ich hab' ganze Arbeit geleistet und mir jede Menge Profileinträge und Chats durchgelesen«, erklärte er. Da hatte er wohl eher die Nadel im Heuhaufen gefunden. Er gab Katharinas Stuhl frei, und sie setzte sich. Einen Moment später wusste sie, warum er die Spur so schnell gefunden hatte. Laura war – natürlich – mit weiteren hübschen jungen Damen befreundet und Samuel hatte ein Gruppenbild auf irgendeiner Party angeklickt, das seinem Beuteschema am meisten entsprach. Katharina schaute auf den Boden und stampfte mit dem Fuß auf. »Oh, Mandy, wenn du wüsstest, was dein Schatz hier oben treibt ...«

»Angie! Angie heißt sie und treiben tu ich hier gar nichts außer ermitteln. Und dazu muss ich eben Bilder angucken.«

Zugegebenermaßen konnte dieses Bild tatsächlich ein wichtiger Hinweis sein. Dieser Christian Gehringer schien doch mehr mit den Beitles zu tun zu haben als gedacht.

Katharina las die Kommentare unter dem Partybild, auf dem auch Bianca und Lucas zu sehen waren. »Na Gehringer, gut überstanden den Abend?« Dieser Kommentar wiederum war von »Chris Ge« gelikt worden.

Christian Gehringer gab auf seinem Profil seine Freundeslisten frei; von ihm gepostete Inhalte waren jedoch gesperrt. Was alles möglich war.

»Warum sollte man Fremden Einblick in seine Freundeslisten gewähren, wenn man dann gleichzeitig die Inhalte doch blockiert?«

»Ist doch klar«, wusste Samuel. »So findet man sich doch umso schneller. Scheint sonst nicht sehr aktiv gewesen zu sein, der Gute«, er übernahm die Maus, weil es ihm wohl zu langsam ging. »Hatten die Gehringers nicht auch von einer Tochter gesprochen?«

»Die, die in Amerika wohnt? Minnesota war das, glaube ich.«

»Sollten wir überprüfen.« Doch unter Christians Kontakten befand sich keine junge Frau, auf die ihr Profil gepasst hätte.

»Ach ja, die Kaspars hat einen Fund gemeldet.« Samuel deutete auf einen Zettel, der am Telefon klebte. »Plakate in Krömers Privatgarage gefunden.«

Damit war also bewiesen, dass es Krömer gewesen war, der versucht hatte, die Protestaktion ungeschehen beziehungsweise ungesehen zu machen. Wo hatten die Kollegen die Plakate hingebracht? Katharina wählte Kaspars' Durchwahl.

»Soweit ich weiß, stehen sie noch in der Garage. Sollen wir jemanden hinschicken?«

»Nö, danke. Wir schauen selber vorbei.« Sie notierte die Adresse, legte auf und schaute den Hörer noch eine Weile an. »Was ist mit Fingerabdrücken? Geht da keiner von aus, dass man die eventuell als Beweisstücke sichern könnte?«

»Wozu?«, fragte Samuel. »Wobei: ist da nicht Beitle als Schwein drauf?«

Klar, dass ihn das wieder interessierte. »Was meintest du mit ›da schauen wir selber vorbei‹?«

»Komm, zieh die Jacke an, Schrothi. Ich hab' Lust, noch mal zu den Gehringers zu fahren. Wir sollten auch nach der verschollenen Tochter fragen.«

Und dazu noch das schlechte Gewissen, Frau Schmied vergessen zu haben. »Was machen wir denn mit der heiligen Agathe?«, fragte auch Samuel, als sie in einer Baustelle auf der

B27 warten mussten. »Vielleicht ziehen wir einen kurzen Abstecher zur Villa vor?«

* * *

An der Einfahrt zur Villa erwartete sie eine Überraschung.

»Und täglich grüßt der Bestatter«, Samuel pfiff durch die Zähne.

Die Beamten näherten sich über den Garten und blieben, verborgen durch das gemauerte Backhäuschen, mit perfekter Sicht auf die Fensterfront des Wohnzimmers stehen.

»Siehst du was?«, flüsterte Samuel.

»Das kannst du wohl sagen!« Auf dem weißen Sofa saßen doch tatsächlich die Witwe und der Bestatter in intimer Nähe, er hielt ihre Hände in den seinen. Sie schienen ein intensives Gespräch zu führen, aber die Stimmung wirkte entspannt.

Samuel streckte seinen Kopf über Katharina hinweg. »Ist nicht möglich! Für so einen Feger hätte ich die gar nicht gehalten!«

»Nach purer Leidenschaft sieht mir das jetzt auch nicht aus, aber beim Trösten ist Herr Gotthelf ja schon mal ganz vorne an der Front.«

»Na, das will ich meinen. Jetzt lehnt sie sich an seine Brust.«

Katharina kam ein Gedanke. »Meinst du, dass die sich schon vorher kannten?«

»Komm. Wir stören die Turteltäubchen ein bisschen.« Damit zog Samuel seinen Kopf wieder ein und stapfte zurück zum Eingang.

Als Frau Beitle die beiden gezwungenermaßen hereingebeten hatte, verharrte sie mit verschränkten Armen vor dem Durchgang zum Wohnzimmer. »Haben Sie meine Mutter gefunden?«

»Bisher leider nicht. Können wir uns kurz drinnen unterhalten?«

Widerwillig ließ die Witwe die beiden Beamten passieren. Im Wohnzimmer sprang Herr Gotthelf flugs auf, warf seinen Mantel über und klemmte seine Auftragsmappe unter den Arm. Er konnte seine Nervosität nicht recht verbergen. Erst jetzt bemerkte Katharina, dass er eigentlich eine Halbglatze hatte. Längeres dunkles Haar war von der linken Kopfhälfte über die rechte gekämmt und mit Gel auf dem Oberkopf festbetoniert. Seine hakenförmige Nase ragte dominant aus dem schmalen Gesicht, aber ein freundlicher Zug um die Augen machte den ernsten Eindruck schnell wett.

»Was machen Sie hier?«, fragte Katharina provokativ.

Zu ihrer Verwunderung löste sich der Bestatter aus seiner Erstarrung, durchmaß den Raum mit zwei Schritten und begrüßte die beiden Beamten. »Hartmut Gotthelf, Ihr Helfer auf dem Weg zum Herrn. Ähähä, kleiner Spaß.« Er strich über seinen lichten Haarschopf. Katharina und Samuel schauten wie auf Kommando zu Irene Beitle.

Die senkte den Blick und stellte sich mit würdevollen, langsamen Schritten neben den Bestatter. »Herr Gotthelf, also Hartmut, hilft mir über diese schwere Zeit hinweg.«

»Das geht jetzt aber schon ein bisschen schnell, oder?«, fragte Samuel, während Katharina das Paar noch musterte. Die beiden passten optisch perfekt zusammen. Neben dem blassen Mann erschienen sogar die Wangen der Beitle rosig.

»Wir …, wir kennen uns schon eine ganze Weile. Ich hatte vor etwa einem Jahr …, war es ein Jahr?«

»Ein bisschen weniger, Irene. Letztes Frühjahr.«

»Ja, danke Hartmut. Im Frühjahr hatte ich mich nach einer Familiengruft erkundigt, und seitdem sind wir uns … nun ja … ans Herz gewachsen. Freundschaftlich, versteht sich.«

Hartmut Gotthelf nickte, aber die Vertrautheit, die sie ausstrahlten, war deutlich mehr als Freundschaft.

»Und dabei haben Sie nicht zufällig Pläne zum Ableben des Gatten gefasst?«

Gotthelf stellte sich wie auf Kommando näher zu Irene Beitle und legte seine Hand auf ihre Schulter. »Ich glaube nicht, dass wir uns solche Anschuldigungen gefallen lassen müssen. Meine … äh … also, Irene erwartet in den nächsten Stunden die Ankunft ihres Sohnes. Laden Sie uns doch bitte offiziell vor.«

Ein solches Angebot bekamen sie auch nicht jeden Tag. Katharina versuchte, nicht die Augen zu verdrehen. Fluchtgefahr bestand bei diesen beiden wohl nicht, nichtsdestotrotz würde sie gleich in der Direktion Bescheid geben. Wie hatten sie diese Liaison nur vor der neugierigen Frau Schmied geheim halten können?

»Frau Beitle, so oder so, wir brauchen Sie noch einen Moment«, sagte Samuel. Herr Gotthelf verabschiedete sich schnell, und Katharina hoffte, dass er wirklich nur zu seinem Büro fuhr, wie er im Gehen versicherte. Aber jetzt mussten sie sich um Frau Schmied kümmern.

»Terminkalender? Meine Mutter?« Die Witwe würdigte Katharina und Samuel keines Blickes, während sie sprach. Im Stillen hatte Katharina damit gerechnet, die alte Dame wohlbehalten beim Fegen auf dem Hof anzutreffen oder im Streitgespräch mit ihrer Tochter. Stattdessen hatten sie eben diese Tochter mit ihrem Liebhaber vorgefunden. Doch langsam ließ es sich nicht mehr leugnen, da musste etwas passiert sein. Frau Schmied fehlte nun bereits seit fast 24 Stunden. Kein gutes Zeichen. Katharina fragte nach der üblichen Marschroute der Rentnerin durch den Ort. Falls sie schon auf der Strecke von der Kosmetikerin nach Hause abhandengekommen war, würde es noch schwerer werden, sie zu finden. Dann musste der ganze Kreis abgesucht werden.

»Irgendein Zipperlein pflegt sie immer, deshalb ist sie oft beim Arzt. Um anschließend jemandem zu berichten, wer diesmal Schuld an ihrer Krankheit trägt, trifft man sie in der Bäckerei. Je nachdem, mit wem sie sich verabredet, beim Kettinger am Tierwasenbrunnen oder beim Alber an der Hauptstraße. Oder in der Apotheke. Oder in der Bank. Gestern war auch Markt. Oder nein, halt, der ist erst heute. Ich komme ganz durcheinander mit den Wochentagen.«

Frau Beitles Stimme hatte bei Weitem nicht ihre übliche Schärfe. Im Gegenteil, fast zärtlich sprach sie über ihre Mutter. Katharina traf eine Entscheidung, von der sie wusste, dass Gunther Hartwaldt sie nicht gutheißen würde, sollte er davon erfahren. Gerhard Beitles Mörder stammte aus seinem Umfeld, er konnte mit Sicherheit auch noch einen Tag später überführt werden. Aber je länger Frau Schmied verschwunden blieb, desto weniger Chancen gab es für die Seniorin.

»Also, ich weiß nicht, ob wir den Bestatter und die Witwe jetzt aus den Augen lassen sollten«, zweifelte Samuel, als sie die Oberdorfstraße entlangfuhren.

»Ich hab' ja schon in der Direktion angerufen, die überprüfen ihn und seine Firma.« Katharina verdrängte den Gedanken, einen Fehler gemacht zu haben. Die Beitle war in der Tat eine eigenartige Frau, und dieser Gotthelf stand ihr in nichts nach. Aber ob sie den Goldesel wirklich gemeinsam um die Ecke gebracht hatten, um sich dann so schnell zusammen erwischen zu lassen? Sei es wie es sei, die Zeit lief ihnen davon.

Vier Ärzte, drei Banken, zwei Bäckereien und zwei Apotheken später gab es immer noch keinen Hinweis auf Frau Schmieds Aufenthaltsort. Bei ihrem Hausarzt hatte man ihnen immerhin gesagt, dass schon ein Kollege nach ihr gefragt hätte.

»Also *ich* würde mich mit Alexander abstimmen, hier geht's immerhin um Leben und Tod«, meinte Samuel altklug, während sie durch die Bonländer Hauptstraße zum Auto gingen.

»Ich glaube nicht, dass er wieder Dienst nach Vorschrift macht nach dieser Sache. Er ist suspendiert.« Vermutlich saß Alexander zu Hause und leckte seine Wunden. Und doch konnten sie in dieser Situation jede Hilfe brauchen. Hauptsache, sie hatten sich hinterher nicht den Tod der alten Dame vorzuwerfen.

»Andererscheits, schie ischt ja auch schon – wie alt ischt schie?« Samuel mampfte seine Pizzaschnitte, die die Bäckerin extra für ihn aufgewärmt hatte.

»Kannst du mal schlucken, bevor du sprichst? 87 ist sie. Und bei der Konstitution wird sie locker 100.«

»Und alle in ihrem Umfeld verlieren durch ihre nervige Art ein paar Jährchen.«

»Wenn du nicht willst, dass ich dir die Pizza komplett in den Rachen schiebe, hältst du jetzt einfach mal die Klappe.«

Obwohl sie weiterhin keine Spur von Agathe Schmied hatten, schlug Katharina vor, erst mal beim Privathaus von Karlheinz Krömer die Plakate einzusammeln, wenn sie sowieso schon in der Nähe waren. Das Haus in Musberg lag nur ein paar Straßen von seinem Büro entfernt. Katharina zeigte Samuel im Vorbeifahren das Gebäude, in dem »Architektur & Planung Berbering« untergebracht war.

»Warum hast du mich beim letzten Mal eigentlich nicht mitgenommen?«, fragte er vorwurfsvoll.

»Weil du nicht mit zu den Beitles wolltest und stattdessen lieber mit fremden Kollegen die Restaurants des Opfers inspiziert hast. Falls du dich erinnerst, mein Schatz.«

In einer der peinlichsten Situationen ihrer bisherigen Ermittlungen alleingelassen hatte er sie. Katharina dachte mit

Grausen daran, wie sie auf Zehenspitzen hinter Agathe durchs Gebüsch und den Keller geschlichen war und wie Frau Beitle sie im Büro kalt erwischt hatte.

Als sie in den Örlesweg einbogen, kam ihnen eine hübsche Frau mit einem halbwüchsigen Mädchen entgegen. Beide hatten langes braunes Haar, und bis auf den Seitenscheitel der Tochter dieselbe Frisur. Katharina schätzte die Frau auf etwa vierzig. Das Mädchen hatte eine spitze Nase, riesige Füße wie alle Teenager und trug blinkende Turnschuhe. Genau dieselben strahlend blauen Augen, dazu der schön geschwungene Mund. Sie sah ihm wirklich ähnlich … Katharina starrte den beiden hinterher.

»Kannst du mal nicht immer nach den Mädels gucken und dich stattdessen auf den Verkehr konzentrieren?«, imitierte Samuel ihren Tonfall.

Ein letzter Blick in den Rückspiegel, dann setzte Katharina den Blinker nach rechts. In der letzten Baureihe vor dem Feld stand ein Privathaus.

»Zwei Garagen, Küche, Bad«, witzelte Samuel.

Der niedrige Bungalow wirkte in der Tat nicht halb so prächtig wie diese beiden breiten Doppelgaragen. Das Bild des mickrigen Büros flammte wieder vor ihr auf, verblasste Pläne an den Wänden. Versuche, das große Geld zu machen über zwielichtige Geschäfte, weil es auf ehrliche Art nicht klappte? Und dann stand mit einem Mal Beitle in der Tür und wollte Krömer für sein geheimes Projekt ins Boot holen – zwar nur für einen Profanbau ohne zu erwartendes Renommee, für Krömer trotzdem das Geschäft seines Lebens, der Deal, der seine Finanzen endlich auf einen akzeptablen Standard heben würde.

»Die erste Generation schafft Vermögen, die zweite verwaltet es, die dritte studiert Kunstgeschichte und die vierte verkommt …«, zitierte Katharina mit Blick auf den kaputten Rollladen im ersten Stock.

»Heißt es nicht: den Ersten der Tod, den Zweiten die Not, den Dritten das Brot?«, überlegte Samuel.

»Nicht bei Bismarck.« Katharina zog den Zündschlüssel ab und stieg aus.

Familie Krömer schien nicht da zu sein, niemand öffnete auf ihr Klingeln. Schade, Katharina hätte die Frau an Krömers Seite, die ihm kein Alibi gegeben hatte, gern kennengelernt. Vielleicht wohnte sie schon gar nicht mehr hier? Katharina spähte durch das vordere Fenster hinein. Koch- und Essbereich waren sauber aufgeräumt. Blühende Orchideen auf dem Sims, Dekoration auf Tisch und Bar, kein Staub zu sehen.

»Ist der Krömer nicht hinter Gittern? Ach warte, das war ja Alexander.«

»Wenigstens du selbst kannst über deine Witze lachen. Nein: Betrug und keine Verdunklungsgefahr, Krömer kann sich frei bewegen, solange er sich innerhalb der Landesgrenzen aufhält.«

Katharinas Blick fiel auf den Briefkasten, aus dem die heutige Ausgabe der Stuttgarter Nachrichten ragte. Und das am Nachmittag. War noch keiner zu Hause gewesen, um die Zeitung herauszunehmen? Hoffentlich mussten sie nicht auch noch eine Suchmeldung nach Krömer und seiner Frau herausgeben. Bevor sie sich weitere Gedanken dazu machen konnte, entdeckte sie das Bild auf dem Titel: Ein 3D-Rendering, wie Architekten es nutzten. Sie zog die Zeitung aus dem Schacht und schlug sie auf. Der Artikel ging über die ganze Seite: »Skandal aufgedeckt: Nutztierhochhaus in Filderstadt an der Öffentlichkeit vorbei geplant?«

Erst jetzt sah Katharina, dass die Darstellung des Hochhauses auf der Basis des Geländeplans konstruiert war, den ihnen Frau Schmied geliefert hatte. »Mögliche Ausführung, rein fiktiv«, stand klein darunter. Na toll. Nun war wirklich jeder gewarnt, sogar der, der vom Dorfklatsch bisher verschont geblieben war. Katharina überflog den Artikel, in dem niemand außer Beitle namentlich genannt wurde. Weder Beteiligte noch die Quelle der Informationen wurden preisgegeben. Wie waren die Details überhaupt an die Öffentlichkeit gelangt? Immerhin hatte Katharina hier nicht die Bild-Zeitung in Händen, sondern ein seriöses, überregionales Blatt, das bestimmt keine ungeprüften Informationen nach außen gab.

Auf der gegenüberliegenden Straßenseite wurde ein Fenster geöffnet. Eine Frau mittleren Alters schaute heraus, um das Fenster gleich darauf wieder zu schließen.

»Ist offen!« Samuel hatte eine Tür aufgezogen, die ins Garagentor eingelassen war. Als sie hineinkam, erhellte bereits eine Leuchtstoffröhre den Innenraum. »Dürfen wir das denn?«, äffte Samuel und pfiff durch die Zähne, als er den Porsche inspizierte. »Geil, ein 911er! Was für ein Wahnsinnsteil!« Natürlich versuchte er, die Tür zu öffnen. Abgeschlossen.

Katharina schaute sich um. »Wo sind die Plakate denn nun?«

Während die linke Hälfte der Garage für den Porsche genutzt wurde und sonst nur Regale mit Werkzeug an der Wand standen, diente die rechte Seite der Doppelgarage offensichtlich zur Lagerung von allerlei Krimskrams. Staubige, mehrfach beschriftete Kartons teilten sich den Platz mit zwei rostigen Dreirädern, ein Teppich stand aufgerollt in der Ecke. Man sah, dass die Kollegen fleißig gewesen waren, denn jegliche Sortierung des Materials war durch die Sichtung zerstört worden. Klebeband lag zwischen lose zusammengerollten Papieren, Schnüre waren achtlos auf den Boden geworfen. Ganz hinten, neben einer Tür, die vermutlich zum Garten führte, lehnten große Landschaftsmodelle an einem Metallschrank, daneben eine ölige Decke, mit der sie vermutlich abgedeckt gewesen waren. Und daneben die Plakate. Katharina zog eines davon hervor. Allem Anschein nach hatten die Demonstranten fünf gewöhnliche Wahlplakate geklaut, diese auf Holzlatten festgetackert und neu überklebt. Und das Motiv hatte es in sich. Ganz unverkennbar zeigte es Beitles Porträt. Sein volles Gesicht mit den rotgeäderten Backen war auf einen marmorierten Hintergrund montiert, der an Gülle erinnerte. Über die Nase hatten die Spaßvögel einen Schweinerüssel mitten in seinem Gesicht platziert, der gut zu den kleinen, hellblauen Augen unter den Schlupflidern passte. Und statt der Menschenohren hatten sie ihm ziemlich stümperhaft Schweineohren angeklebt. Über Beitles Schädel stand in fetten Lettern: Keine Schweinereien auf Filderstädter Äckern.

Warum verglich man Menschen eigentlich immer mit Tieren? Schweine waren so schlaue, hübsche Tiere mit intelligenten Augen. Wer sie mit einem Typen wie Beitle verglich, hatte wohl nichts kapiert. Amüsant wäre die Montage allemal gewesen. Wenn der Gastronom und Bauherr noch gelebt hätte. Es lag auf der Hand: Diejenigen, die diesen Schmalspurprotest initiiert hatten, wussten, was er und Krömer geplant und der Gemeinderat durchgewinkt hatte. Katharina strich mit der Hand übers Papier. Kein Zweifel, die Plakate waren professionell gedruckt worden. Keine Brüche, keine Überlappungen. Dieses Format konnte jedenfalls keiner zu Hause ausdrucken. Nirgends war der Name einer Organisation zu finden oder ein Hinweis auf die Urheber, die sich doch im Rahmen einer Demo normalerweise zu erkennen gaben, wenigstens mit dem Namen einer Gruppierung. Eine Gesinnungsgemeinschaft musste doch auf ihre Urheberschaft hinweisen. »Die wilden Krautköpfe«, »Tierrechte gegen Rechts« oder etwas Ähnliches. Aber nein, kein Name, kein Logo, kein Signet. Nichts außer Beitles Schweineschädel und der Headline.

»Da hat er neulich auf'm Acker aber besser ausgesehen.«

»Samuel«, zischte Katharina, die Witze auf Kosten von Toten nicht leiden konnte. »Komm, wir nehmen die Schilder mit in die Direktion.«

Sie nahmen sie mit nach draußen und entfernten vor der Garage die verkrustete Erde. »Schau mal, da!« Jemand hatte auf einem der Plakate seine Schuhe abgestreift. Eine braune Spur zog sich durch Beitles Gesicht bis hin zum Rand, wo im hellen Tageslicht ein Fußabdruck sichtbar war.

»Vielleicht einer der Täter«, freute sich Samuel.

»Hm, eher Krömer. Schau dir den Querstreifen am Übergang zum Absatz an, das sind Lloyds.« Kilian hatte die Marke immer günstig im Metzinger Outlet gekauft. Angeben konnte man schließlich auch mit einem Sonderangebot.

»Mein Mann trägt nur rahmengenähte Budapester«, mischte sich eine kühle Stimme ein.

Katharina musterte die elegante, schwarzhaarige Dame, die aus dem Garten gegenüber gekommen war, während hinter ihr die Frau, die vorhin aus dem Fenster geschaut hatte, sicherheitshalber an ihrer Eingangstür stehen blieb.

Frau Krömers ausgetretene Gesundheitslatschen bildeten den größtmöglichen Kontrast zum schwarzen Bleistiftrock und der hellblauen Bluse. Sie hatte die Beamten wohl die ganze Zeit beobachtet.

»Ich freue mich sehr, Sie anzutreffen«, behauptete Katharina, obwohl sie sich da nicht so sicher war.

Frau Krömer rollte mit den akkurat geschminkten Augen. »Sie werden dann schon irgendwann fertig, bevor wir das Gespött der gesamten Nachbarschaft sind, oder?«

»Keine Sorge.« Katharina lud die Plakate in den Kofferraum und musterte den exquisiten Schmuck, den Frau Krömer zur Bobfrisur trug. »Ist Ihr Mann auch zugegen?«

»Nein.« Frau Krömer machte eine unbestimmte Handbewegung. »Karl ist unterwegs, Verträge auflösen. Da hat er nun ja einiges zu tun.« Ein stechender, anklagender Blick. Ob sie eingeweiht war in die Geschäfte?

»Wieso ist dann das Auto Ihres Mannes in der Garage?«, fragte Katharina.

»Meine Liebe, glauben Sie, wir haben nur *ein* Auto?«

Diesem gekünstelten Lachen war nichts hinzuzufügen.

»Waren Sie denn mit den Bauplänen Ihres Mannes einverstanden?«, fragte Samuel direkt und ... zwinkerte er der deutlich älteren Frau tatsächlich zu?

»Ach, wissen Sie«, die Krömer schob sich tatsächlich näher an Samuel heran und blinzelte ihn von schräg unten an, »irgendwie muss man sein Baudarlehen doch tilgen. Und der Karl macht das, was er macht, schon richtig.«

Was er alles »schon richtig« machte, hatten sie nun ja auch herausgefunden. »Ein Alibi wollten Sie ihm aber nicht geben?«, fragte Katharina geradeheraus.

Die Krömer sah sie mit großen Augen an, als hätte Katharina eben die Rundheit der Erde in Frage gestellt. »Wozu? Wie in aller Welt kommen Sie darauf, dass er einen Nutzen davon hätte, wenn ich lüge? Warum sollte er seinen aktuell besten Kunden umbringen?«

Wieder abgeprallt. Andererseits war die Aussage stimmig, genauso wie ihre Körperhaltung.

»Wie war Herr Beitle denn so als Mensch?«, fragte Samuel mit aufreizend tiefer Stimme.

Du meine Güte, so was wirkte doch nie im Leben bei einer erfahrenen Frau! Katharina zog die Augenbrauen hoch. Es wirkte. Frau Krömer errötete unter ihrem zweifellos teuren Make-up und drehte einen Fuß ein, als ob sie sich ihrer Gesundheitslatschen eben bewusst geworden wäre und sie zu verstecken versuchte. »Ich habe ihn nur ein paar Mal getroffen. Ganz patenter Mann, wie mir schien. Konnte gut mit Karl.« Sie schien einen Moment lang zu überlegen, dann presste sie die

Lippen zusammen. »Aber sein Sohn war einmal zu Besuch, der war ein bisschen merkwürdig. Hat gar nicht zu seinem Vater gepasst. Keine Manieren.«

»Tamino oder Lucas?«, fragte Katharina.

»Lucas hieß er, glaube ich. Er war mit dabei, als Beitle meinem Mann etwas vorbeigebracht hat. Seltsamer Junge, ich hatte den Eindruck, dass er seinen Vater unbedingt brüskieren wollte.«

»Was genau hat er gemacht?«, wollte Samuel wissen.

Sie zuckte mit den Schultern. »Nichts Spezielles ... Spitze Kommentare zu den Worten seines Vaters. Wie das Teenager eigentlich so machen, nur ist der junge Herr ja bestimmt schon über zwanzig.«

Immer wieder stolperten sie über Lucas Beitle. Vielleicht war es mehr als dringlich, ihn kennenzulernen, auch wenn er zum Zeitpunkt des Mordes an seinem Vater außer Landes gewesen war. Gewesen sein musste.

»Aber nach der Geschichte mit den Plakaten hat mein Mann ihn schnell abgebügelt. Ganz klein war der, wobei sein Vater nicht glauben wollte, dass er dahintersteckt.« Sie nickte zum Kofferraum hinüber. »Mit Worten kann er nicht so schnell schießen, das Bürschchen.«

»Bitte was?«, fragten Katharina und Samuel zeitgleich: »Sie glauben, dass Beitles Sohn die Demonstration auf dem Acker initiiert hat?«

»Wer denn sonst? Wusste damals doch sonst keiner. Und ihr Verhältnis war mehr als schlecht.«

Naja, »wusste keiner« war wohl etwas untertrieben. Aber wenn diese Aktion tatsächlich *vor* der Sitzung des Gemeinderats stattgefunden hatte, schränkte dies die Zahl der möglichen Täter enorm ein.

Die Nachbarin kam nun doch über die Straße, zu groß war offensichtlich die Neugierde. Frau Krömer hatte es mit einem

Mal sehr eilig, sich zu verabschieden. Sie hakte sich bei ihr ein und zog sie förmlich zurück ins gegenüberliegende Haus.

»Na, wegnehmen können sie euch wenigstens nichts mehr«, war das Letzte, was Katharina und Samuel noch hörten.

* * *

»Machen einen auf dicke Hose, und dann sind sie pleite«, spottete Samuel, als sie auf die Landstraße nach Bonlanden abbogen.

»Bist du betrübt, weil du dich als Loverboy nicht von einer so attraktiven Sugarmommy aushalten lassen kannst, *Sam*?«

»Katha, geht's noch? Bloß weil du auf ältere Männer stehst, heißt das noch lang nicht …«

»Ältere Männer? Erstens ist es schon wieder aus, bevor es angefangen hat, und zweitens ist Alex gerade mal acht Jahre älter als ich! Oder neun.«

»Siehst du?« Zufrieden schob Samuel seine Mütze zurecht. »Wo willst du denn jetzt wieder hin? Ich dachte, Frau Schmied ist unser Ziel.«

»Lucas Beitle müsste doch bald zu Hause ankommen. So langsam sind es doch ein bisschen viele Hinweise, die zu ihm führen.« Zu viele Zufälle. Und außerdem gab es vielleicht inzwischen auch Nachrichten von der alten Dame. Katharina wählte die Nummer der Filderstädter Zentrale über die Freisprechanlage. Vielleicht war die Seniorin ja inzwischen aufgetaucht. Vielleicht lag sie mit einem verstauchten Knöchel in der Filderklinik. Der Mann am anderen Ende aber erklärte mit genervtem Unterton, dass nicht jede Stunde jemand anzurufen brauchte.

Ihre Entscheidung, noch einmal zu den Beitles zu fahren, war ein Volltreffer. In jeder Hinsicht. In der Einfahrt stand ein Streifenwagen, dazu ein Koffer und ein unglaublich zerschlissener Wanderrucksack, Marke ausrangierter Armeebestand, auf dem Aufnäher aus aller Herren Länder und einige Anti-Atom-Sticker prangten.

Eine junge Beamtin grüßte sie und schulterte den Rucksack. Samuel half ihr mit dem Koffer. Die Polizistin erklärte, dass Frau Beitle die Streife gebeten habe, Lucas vom Flughafen abzuholen.

Sie erreichten den Eingang, und die Kollegin bedeutete Samuel, den Koffer zum Rucksack zu stellen. Überraschend trat Alexander aus der Tür.

»Du?« Katharina und er standen sich regungslos gegenüber.

»Ich geh dann mal rein und rede mit Lucas«, Samuel schob sich eilig an Alexander vorbei.

»Hören Sie, Lucas muss sich ausruhen! Der Junge ist total erledigt.« Frau Beitle baute sich im Flur auf, die Fäuste in die Seiten gestemmt, doch Samuel schien die Konfrontation mit Katharina und dem Filderstädter Kollegen deutlich unangenehmer. Schon war er durch die Tür, obwohl Irene Beitle ihn weiterhin lamentierend zurückzudrängen versuchte.

Katharina blieb mit verschränkten Armen vor Alexander stehen, der sich ebenfalls keinen Millimeter rührte. Sie sah ihm an, dass er nicht recht wusste, was er jetzt tun sollte, und vermutlich waren ihr dieselben Fragen ins Gesicht geschrieben.

So viele Gefühle schossen gleichzeitig durch ihren Körper. Sie wollte Alexander anbrüllen, über seinen Betrug jammern, beleidigt sein, aber nichts passierte. Stattdessen stand sie weiter einfach da. Die Knie weich, im Kopf ein Vakuum.

Alexander schien ihren Angriff abzuwarten, und er war unsicher. Sein Blick wechselte zwischen Katharina und einem

Punkt weiter hinten hin und her, vermutlich der Beamtin, die an der Einfahrt auf ihn wartete, um zurück aufs Revier zu fahren. Dann sagte er etwas vollkommen Unerwartetes.

»Sollen wir eine Runde drehen?«

»Und Samuel? Und … deine Kollegin? Lucas Beitle?«

»Die laufen uns nicht weg.« Damit schritt Alexander an ihr vorbei, an seiner verdutzt dreinschauenden Kollegin und am Streifenwagen, die Auffahrt hinunter.

Alexander hatte die Einfahrt schon hinter sich gelassen und bog in den Feldweg ein.

»Würdest du mal warten?«, motzte Katharina.

»Außer Hörweite gerne«, antwortete Alexander und ging einfach weiter. Stur wie ein Esel. Erst als der Weg etwa hundert Meter weiter vorne eine sanfte Kurve machte, verlangsamte er.

Katharina versuchte, das schummrige Gefühl im Bauch zu ignorieren. Nein, sie war leider noch nicht immun. Sie schloss zu ihm auf.

»Bist du ernsthaft sauer wegen dieser Gemeinderatsgeschichte?« Die Hände in den Hosentaschen, schaute Alexander unsicher zu ihr herüber.

Wegen dieser Gemeinderatsgeschichte? Wenn der wüsste, warum sie sauer war. Sollte er es mal mit »Vertrauen« und »Verrat«, mit »sich öffnen« und »verletzt werden« probieren. Zum Teufel mit ihm! Katharina spürte den Kloß in ihrem Hals und fragte nur schlicht: »Wieso bist du im Dienst?«

»Wieso soll ich nicht im Dienst sein?«, prüfend musterte er sie.

»Tu doch nicht so. Soll ich auf dem Revier anrufen und nachfragen?« Also waren die Kollegen dort doch nicht informiert, schoss es ihr durch den Kopf. »Oder in der Direktion?«, schob sie hinterher.

» Katharina … das ist doch alles ein Missverständnis, das klärt sich. Und es hat überhaupt nichts mit uns zu tun.« Alexander setzte sich auf einen großen Baumstamm am Wegrand und hob abwehrend die Hände.

Katharina stellte sich mit verschränkten Armen vor ihn hin und ignorierte die Kälte und den feinen Nieselregen, der einsetzte. »Bist du eigentlich total bekloppt oder was?« Scheiß auf Diplomatie und nett trennen. Überhaupt, von Trennung konnte keine Rede sein, sie waren ja noch nicht einmal zusammen! »Dass Hartwaldt dich hat festnehmen lassen, war wohl auch so ein Missverständnis?«

»Ach, so ein Idiot!«

»Sind alles Idioten, die die Dinge nicht so angehen wie du?«

Alexander schüttelte den Kopf. »Katharina, ich versteh das nicht. Ich dachte, wir …«

»Du dachtest, wir poppen ein bisschen, und ich erzähl dir von allen Details, die du dann fein säuberlich an die richtigen Stellen weitergeben kannst, damit die wiederum rechtzeitig alle Beweise verschwinden lassen können. Tja, da hast du wohl falsch gedacht!« Sie atmete tief durch.

»Spinnst du eigentlich?« Alexander starrte sie entgeistert an. »Ich hab' doch überhaupt nichts, was du mir … Du hast mir doch überhaupt nichts …« Er schüttelte den Kopf. »Wir haben doch privat überhaupt nicht über den Fall …«

»Das Verfahren gegen dich läuft. Lüg mich besser nicht an«, sagte Katharina fest, während ihr Tränen in den Augen standen.

Der Nieselregen verstärkte sich, und sein kurzes dunkles Haar klebte an seiner Stirn. »Aber das … So war es doch überhaupt nicht …«

»Was bist denn du für ein Beamter?«, hieb Katharina auf ihn ein. Fast war sie ein wenig enttäuscht, dass er ihr gar nicht die Stirn bot, sondern sich unter ihren Anschuldigungen wand.

Dicke Tränen liefen über ihre Wangen, der Wind trieb den Regen inzwischen direkt in ihr Gesicht. Die Hand zur Faust geballt, wischte sie das Wasser mit dem Ärmel beiseite.

Jemand rief nach Alexander. Seine Kollegin. Doch er reagierte nicht und schaute mit zusammengekniffenen Lippen hinunter ins Bombachtal. So schwiegen sie sich eine Weile an. Es lag nicht nur an der Kälte, dass Katharina zitterte.

»Ich habe nichts von euren Interna weitergegeben. Ich bin doch nicht blöd«, sagte Alexander fest.

»Lass die Lügerei.« Katharina drehte sich um, bereit zu gehen.

»Schau, du hast mich mitgenommen zu diesem Krömer wegen des Plans. Da gibt's nichts, was ich von euch geklaut haben könnte. Ich war bei den meisten Schritten dabei. Die Geheimhaltung war so oder so vorbei, als wir beim Albin auf den Hof gekommen sind.« Er schien nach den richtigen Worten zu suchen, bevor er weitersprach. »Sie hatten danach nur ein paar Fragen, und die habe ich beantwortet, mehr nicht. Da hängen viele Menschen dran, Existenzen, verstehst du?«

»Und du wolltest es ihnen schonend beibringen, wie sie ihre Ärsche retten können, oder? Eine Hand wäscht die andere. Was ist dein Geheimnis, womit haben sie dich in der Hand?«

»Jetzt lass das doch!«, brauste Alexander auf. »Ich versuche nur zu schlichten. Da hängt tatsächlich eine Menge dran. Für jeden einzelnen.«

Nicht zu fassen, der meinte das wirklich ernst! Glaubte er, sie habe schon vergessen, wie dieser Reuter auf ihn einzuwirken versucht hatte? »Toll, so fürsorglich. Dann hast du nichts zu verbergen? Und es war mit Sicherheit nicht dein Revier, das den Plan an die Zeitung gegeben hat?«

»Was? Nein.« Er schüttelte den Kopf, und Katharina spürte leise Enttäuschung.

»Katharina, versuch bitte mal, mich zu verstehen.«

Das von einer Polizistin zu verlangen, grenzte an Wahnsinn. Katharina schüttelte den Kopf.

»Hör mal, ich bin hier aufgewachsen, ich kenne die Leute. Ich versuche zu vermitteln, schlimmere Dramen zu verhindern. Das sind doch keine Mörder!« Alexander drückte sich vollkommen durchnässt von dem Stamm hoch. »Warum sollte mein Chef mich suspendieren? Ich habe es ihm erklärt und gut. Dass dieses Gemauschel nicht okay war, ist klar. Auch dass zu Beitles noch andere Köpfe rollen müssen.«

»Zum Beispiel deiner.«

»Meiner? Was soll das?«

»Die alten Geschichten, die nicht hochgeholt werden sollen.«

»Katharina, das ist mein Privatleben. Alles längst vergangen.«

»Dein Privatleben?«

»Eine ganz alte Geschichte um eine Bauplatzvergabe. Nichts Wichtiges, verstehst du?«

»Nein, das verstehe ich nicht.« Wut und Kummer drückten ihr auf die Brust. Müßig, hier noch mehr Zeit zu verbringen. Sie hatten Lucas Beitle zu vernehmen, den Fall aufzuklären. Katharina zog die Jacke enger und stapfte durch den strömenden Regen davon.

Diesmal rief er nicht nach ihr.

* * *

Lucas Beitle saß auf dem elterlichen Sofa, den braunen Lockenkopf in seinen Händen vergraben. Seine Mutter räumte mit versteinertem Gesichtsausdruck die Spülmaschine in der Küche ein, immer wieder tauchte ihr Kopf im Rechteck der Durchreiche auf wie in einem Fernsehapparat. Samuels Fingernägel kratzten über die Armlehne des Sofas.

Der Regen ergoss sich immer noch aus Katharinas Haar in ihren Nacken. Sie kam sich so fehl am Platz vor, dass sie am liebsten nach Hause gefahren wäre. Aber sie konnte es nicht. Diese Familie konnte erst Ruhe finden, wenn alles aufgeklärt war, nicht, wenn sie sich selbst und ihnen jetzt einen kurzen Frieden ließ.

Sie atmete durch. Jetzt galt es, sich trotz der angespannten Situation einen Eindruck von Gerhard Beitles Sohn zu verschaffen, auch wenn die Witwe ihnen wieder anlasten würde, dass sie die Suche nach ihrer verschwundenen 87-jährigen Mutter vernachlässigten.

Samuel jedenfalls wirkte nicht so, als ob er schon viel erreicht hätte. Katharina stellte sich neben ihn.

»Guten Tag, Herr Beitle. Herzliches Beileid.«

Lucas hob den Kopf. Er war dünner geworden und sah ein bisschen verlottert aus. Längere Haare als auf den Facebook-Fotos, dazu trug er einen Bart am kantigen Kinn und musterte sie mit müdem Blick aus roten Augen. Den provokanten Zug um den Mund besaß er immer noch, allerdings wirkte Lucas auch wie ein Mensch, der gern lachte, mit diesen feinen Fältchen um die Augen, von Müdigkeit und Trauer nun verstärkt. »Guten Tag.«

»Wie geht's Ihnen denn?« Katharina setzte sich ihm gegenüber und streifte Samuels Blick. Offensichtlich hatte er noch nicht den richtigen Weg gefunden, mit dem jungen Beitle und den Anfeindungen seiner Mutter umzugehen.

»Das hat ihr Kollege auch schon gefragt«, lachte Lucas sarkastisch auf und zog die Augenbrauen hoch. Da war sie, die Ironie, wenn auch nur für einen sehr kurzen Moment.

»Ist auch eine blöde Frage. Wie soll es Ihnen schon gehen«, versuchte sie, jeden Unmut im Keim zu ersticken. »Ganz schön umständlich, die Reise von Costa Rica hierher, oder?«

»Da sagen Sie was«, stieg Lucas auf sicheres Terrain ein. »Es gibt zwar eine Verbindung von Stuttgart nach San José, aber allein um mit dem Bus zum Flughafen zu kommen, braucht man fast zwei Tage, und für den Flug noch mindestens einen halben.«

Sie tauschten ein paar Floskeln aus und Katharina war erstaunt, wie begeistert Lucas von Costa Rica erzählte, einem Land, das sich mit nachhaltigem Wirtschaften, Hinwendung zu Ökologie und naturnaher Landwirtschaft hervortat. Das Gespräch schien ihn vom Kummer abzulenken.

Auch Samuel befragte Lucas zu seinem Studium, und er erzählte über das Projekt, dass er vor Beginn des Praxissemesters in einem Kaff bei San José besucht hatte, und von der sozialen Einrichtung, die er im Westen des Landes ein halbes Jahr lang unterstützen wollte. Es ging um den Aufbau einer Schule für die Kinder von Armen aus nahen Krisenstaaten. Lucas' Züge wurden im Lauf des Gesprächs weicher, das waren die Themen, über die er gerne sprach. Ein sympathischer junger Mann. So ganz anders als sein Vater hatte er sich seine Nische im sozialen Bereich gesucht. Kein Wunder, dass es zu Reibereien gekommen war, vermutlich hatte der Senior eigene Pläne mit seinem Erstgeborenen gehabt, genauso wie mit Bianca. Gerade beschrieb Lucas Samuel den anstrengenden Weg, auf dem er – wegen Flugangst in den klapprigen Kurzstreckenflugzeugen – die lange Strecke per Bus bevorzugt hatte, um zum Flughafen San José zu gelangen. Und er wies darauf hin, dass er alles selbst finanzierte. Es war ihm offenbar wichtig, sich nach außen hin abzugrenzen von den Geschäften seines Vaters.

»Da hatten Sie unterwegs viel Zeit, um sich mit der schockierenden Nachricht zu beschäftigen«, schlug Katharina den Bogen zum eigentlichen Thema. »Haben Sie denn noch Fragen an uns?«

Lucas Beitle zuckte mit den Schultern. »Ich habe es ihm nicht gewünscht, dass er so endet. Aber wo gehobelt wird, fallen halt Späne.«

Irene Beitle in der Küche zog die Luft hörbar ein. Mit einem Mal wurde Katharina sich bewusst, dass Frau Schmieds Kommentare aus dem Off fehlten. Ohne Zweifel hätte die alte Dame die Stimmung wenigstens ein bisschen aufgelockert.

»Wie meinen Sie das mit den Spänen?«, fragte sie ganz ohne Schärfe, um Lucas nicht in die Enge zu treiben.

»Naja, wir wissen doch alle, dass er seine Hände ständig in der einen oder anderen halblegalen Sache drin gehabt hat«, erklärte Lucas in Richtung Durchreiche und verschränkte seine Arme vor der Brust. »Das werden Sie besser wissen als ich. Aber er war ein prima Vater. Solange der Nachwuchs noch am selben Strang zog wie er.«

»Ich hab' dir deinen Lieblingstee gemacht.« Mit Irene Beitles Stimme hätte man Brot schneiden können. Hart stellte sie die Tasse auf dem Glastisch ab, strich ihrem Sohn aber dann doch noch übers Haar. »Ist noch heiß.« Dann fiel ihr Blick auf die durchnässte Katharina und sie holte ein Handtuch, um es Katharina zuzuwerfen.

»Danke, Mama.«

»Waren Sie ab und zu sauer auf ihren Vater?« Katharina wischte mit dem Fuß über eine von ihr verursachten Pfütze.

»Wenn Sie mich deshalb nicht verdächtigen, gebe ich es gern zu.« Wieder bildete sich der sarkastische Zug um Lucas' Mundwinkel. »Das hat Ihnen Oma ja bestimmt schon alles groß und breit erzählt, wie ich gehört habe. Wo ist sie eigentlich?«

»Wir haben zwei Teams dran«, sagte Samuel etwas lauter als nötig, damit auch Frau Beitle hörte, dass ihnen das Verschwinden ihrer Mutter nicht egal war. »Wir finden sie, machen Sie sich bitte keine Sorgen.«

»Irgendwie komisch, dass sich nun gerade Oma dranmacht, Papas Mörder zu finden. Ausgerechnet.« Lucas schien keine Bedenken zu haben wegen des Gesundheitszustands der Großmutter. Er gähnte und führte dann die Tasse zum Mund. Der angenehme Duft von frischer Pfefferminze stieg in Katharinas Nase.

Vertraute Lucas einfach nur auf den Überlebensinstinkt seiner Großmutter, oder wusste er womöglich mehr? Gesetzt den Fall, man unterstellte ihm, dass er am Tod des Vaters beteiligt war, wäre es denkbar, dass er seine Finger auch bei Agathe Schmieds Verschwinden im Spiel hatte? Katharina kam die Konstruktion selbst hanebüchen vor.

Frau Beitle schickte immer wieder bitterböse Blicke aus der Küche.

»Ist der Herr Gotthelf noch hier, um Ihrer Mutter beizustehen?«, fragte Samuel.

»Gotthelf? Wen meinen Sie?« Lucas' Blick ging zur Durchreiche.

Keine Sekunde später stand die Witwe im Wohnzimmer. »Es ist alles geklärt«, sagte sie, *halten Sie bloß den Mund*, sagte ihr Blick.

Katharina stieß ihren Kollegen an. Dass sich so schnell nach dem Tod des Vaters ein neuer Mann um die Mutter kümmerte, war wohl nicht für die Ohren des Sohnes bestimmt. Vielleicht war es besser, wenn sie morgen noch einmal wiederkämen. Dann hatte Lucas ausgeschlafen, die Familie hatte sich gegenseitig Trost zugesprochen, allerdings womöglich auch ihre Aussagen besser abgestimmt.

Aber eins musste sie noch probieren. Hoffentlich empfanden die Beitles es nicht als zu pietätlos, aber der Fall musste gelöst werden. Mit komplett leeren Händen wollte Katharina die Villa nicht verlassen. Katharina flüsterte Samuel etwas zu, er stand auf und verschwand.

Lucas gähnte wieder herzhaft. Als er die Augen öffnete, hielt Samuel eines der Plakate vor ihn hin. Irene Beitle stach zum Sofa herüber und baute sich schnaubend vor Samuel auf. »Also, jetzt reicht es aber! Mein Fußboden! Behalten Sie Ihren Dreck ...« Als sie das Motiv erkannte, verstummte sie schlagartig.

Lucas Beitles Blick wanderte zwischen dem Plakat und seiner Mutter hin und her, das schlechte Gewissen stand ihm im Gesicht.

»Was soll denn das?« Seine Mutter hatte sich wieder gefangen, konnte ihre Augen aber nicht abwenden.

»Ich glaube, Ihr Sohn weiß, um was es geht, und kann es Ihnen auch erklären.«

Volltreffer! Katharina plumpste ein Stein von der Größe eines Nutztierhochhauses vom Herzen. Nicht auszudenken, wenn sie in dieser sensiblen Situation falsch gelegen hätten ... nein, es war richtig, ihn damit zu konfrontieren.

»Ich glaube, Sie verlassen jetzt sofort das Haus. Und du ...« Frau Beitles Stimme grollte drohend.

»Mama, kannst du uns einen Moment lang allein lassen?« Lucas schaute seine Mutter von unten an und rutschte auf dem Sofa zurück. Widerstrebend verließ Frau Beitle den Wohnbereich, nicht ohne ihrem Sohn einen letzten, bohrenden Blick zuzuwerfen.

»Also?«, drängte Katharina.

»Ein paar Bekannte haben das gemacht. Es sollte nur ein Streich sein ...«

»Woher haben die ›paar Bekannten‹ denn von diesem Projekt gewusst?«

»Ganz geheim kann man so was nicht planen.« Lucas zog die Mundwinkel in die Breite. »Wir ... äh, also sie wollten Papa nur ein bisschen provozieren und die Bevölkerung aufschrecken.«

»Ich denke, das haben schon alle gewusst?«

Lucas schüttelte den Kopf. »Bestimmt nicht. Papa hatte im letzten Jahr im Geheimen Vorgespräche mit Entscheidern und Bauträgern geführt. Sollte ganz schnell umgesetzt werden, wenn die Freigabe durch die Stadt erst erfolgt war. Noch bevor er das Projekt dem Gemeinderat vorstellen wollte, sollte alles durchgeplant sein. Nur noch die Verträge unterschreiben und dann – peng! Durchziehen, das Ganze. Total heiß war er auf diese Sache. Daheim haben wir uns dauernd gestritten, weil so was, das geht einfach gar nicht … Den anderen war es wurst, stellen Sie sich das mal vor! Tamino hat was von ›unguten Schwingungen‹ gemurmelt und ist einfach gar nicht mehr heimgekommen aus seiner Künstlerkommune.«

»Und Ihre Schwester war anderer Meinung …«, mutmaßte Katharina. Hatte Lucas mit seiner Position etwa allein dagestanden in seiner Familie?

»Ja, stellen Sie sich das mal vor! Bianca tickt in dieser Hinsicht echt nicht ganz richtig. Das Studium da in Hohenheim tut ihr nicht gut. Gott sei Dank war Laura da anderer Ansicht.«

Aha, nun brachte er seine Freundin sogar selbst ins Spiel. Katharina nahm den Ball noch nicht auf. Dass in einer Familie nicht immer alle nach einer Pfeife tanzten, das wusste sie selbst nur zu gut. Angenommen, Lucas sagte die Wahrheit, dann hatten Beitle und seine Tochter Bianca in dem Streit um Für und Wider dieser automatisierten Tiermastanlage zusammengehalten, während Lucas Übereinstimmungen mit Laura fand … waren die beiden so zusammengekommen?

»Wie hat Bianca denn darauf reagiert? Wenn die beste Freundin einem plötzlich in den Rücken fällt?« Oder waren die etwa gar nicht so dicke, hatten sie das am Morgen in Hohenheim nur gespielt?

Lucas lachte. »Wenn sie das gewusst hätte, sie hätte ihr bestimmt die Freundschaft gekündigt. Ich hatte den Eindruck,

Laura wollte sich ein bisschen dranhängen an eine Freundin, die immer tolle Einladungen in Clubs bekam und genug Geld hatte, jedes Wochenende zu feiern.« Er senkte die Stimme. »Wir wollten Papa eins auswischen und haben die Aktion deshalb gemacht, damit alle Bescheid wissen. Aber es kam anders.«

Dranhängen an die reiche Freundin … war das der Grund, dass Lucas nicht mehr mit Laura zusammen war? Katharina gab sich naiv. »Ist Laura Ihre Freundin?«

Lucas lächelte. »Süßes Mädel. Wir waren nicht lang zusammen, haben gemerkt, dass es nicht so passt. Sie wollte auch nicht, dass ich ins Ausland gehe.«

Verletzte Eitelkeiten oder wirklich nur das entspannte An- und Entbandeln unter jungen Leuten? Doch nichts in Lucas' Verhalten wies darauf hin, dass er mehr als ein paar schöne Erinnerungen mit ihr verband.

»Was haben Sie noch gegen die Pläne Ihres Vaters unternommen?«, warf Samuel ein.

»Leider kam mein Costa-Rica-Aufenthalt dazwischen, deshalb ist es bei der halbherzigen Geschichte auf dem Acker geblieben. Die anderen wollten meines Wissens nach noch Flugblätter an die Anwohner verteilen beim Auftakt der 750-Jahr-Feier.« Lucas lachte freudlos. »Wenn sie es geschafft hätten, wäre das ein Skandal geworden. Dann hätte Paps mich wohl endgültig enterbt.«

Da hatten sie also ihre ›Öko-Aktivischda‹. Leider klang das Ganze ziemlich unspektakulär, nicht mal eine Flugblattaktion bekamen sie ohne Lucas organisiert. Ob er die Wahrheit sagte?

»Wer war denn noch dabei?«, fragte Samuel. »Sie und Laura, …«

»Ben und Lauras neuer Freund waren noch dabei. Wobei Ben uns nur die Plakate gedruckt hat.«

»Benjamin Häberle?«

»Woher kennen Sie Ben? Hat er super umgesetzt, gell? Tamino hatte ihn mal angeschleppt, als er noch hier war.« Ein kurzes Lächeln huschte über Lucas' Gesicht, dann allerdings schien er sich daran zu erinnern, dass es seinen Vater, den Konflikt, den Mann auf dem Plakat nicht mehr gab, und seine Augen begannen feucht zu glitzern. »Konnte ja keiner wissen, dass es ein Verrückter so persönlich nehmen würde …«

Was musste Lucas für ein schlechtes Gewissen haben, jetzt, da er diese Aktion mit dem Tod des Vaters in Zusammenhang brachte. Die Beklemmung schnürte Katharina den Atem ab. »Wer sagt denn, dass der Mord an Ihrem Vater mit dem Bauprojekt zusammenhängt?«, überlegte sie laut. »Er hatte eine Menge Kontakte, Angestellte, Geschäfts- und … womöglich Liebesbeziehungen.« Das Thema war unangenehm, aber wenn jemand etwas von seinen Umtrieben wusste, dann ein Sohn, der den Vater gut kannte und allem Anschein nach richtig einschätzte.

»Ach ja.« Lucas schnäuzte sich laut in ein schon mehrfach gebrauchtes Taschentuch und brauchte einen Moment, bis er weitersprach. »Die Leute fanden ihn immer alle toll. Ein richtiger Macher, so was kommt an in der Gesellschaft, dem verzeiht man alles. Wie er sich hier zu Hause benommen hat, das interessiert keine Sau.«

»Und Sie wollten alles ganz anders machen«, mutmaßte Samuel.

»Da haben Sie recht.« Lucas ballte eine Faust. »Es gibt so viel Unrecht. Babys, die ohne Nestwärme aufwachsen. Hebammen die sich selbst versichern müssen, förderungswürdige Kinder, die keine sinnvolle Vorbereitung auf die Schule bekommen. Und dann fließen Gelder in solche Projekte.«

Da sprach der angehende Sozialpädagoge. Im Prinzip war alles nachvollziehbar. Die Wut, die Lucas den Werten seines Vaters entgegenhielt, ließ nachvollziehen, wie die Gespräche wohl verlaufen sein mochten.

»Also«, fasste Samuel mit Blick auf seine Aufschriebe und ohne Fingerspitzengefühl zusammen, »dann waren bei der Aktion Sie dabei, Laura und ihr Freund und Ben Häberle.«

»Ben nicht, der hat sich nur um die Plakate gekümmert. Hat einen Plotter und den Blick für das richtige Motiv.«

»Und Lauras Freund …?«

Lucas überlegte kurz. »Wir hatten die Aktion ja schon geplant und wollten nicht zu viele Leute mit reinziehen. Je weniger wussten, dass ich mit drinstecke, desto besser. Ben hatte es seinem Cousin aber schon erzählt, und der war Feuer und Flamme …«

»Christian.«

»Genau, so hieß er. Ich weiß gar nicht, ob Laura und er zu dem Zeitpunkt schon zusammen waren. Sie wollte mich eifersüchtig machen, glaube ich.«

»Na, jetzt ruhen Sie sich erst mal aus. Vielleicht kommen wir morgen noch mal auf Sie zu.«

Katharina und Samuel verabschiedeten sich eilig.

* * *

»Klar, wohin es jetzt geht, oder?«, fragte Katharina, als sie über den Hof gingen.

»Chris Ge«, grinste Samuel.

»Der Mann mit dem Tisch.«

»Jetzt, wo du es so sagst … Aber andererseits ist es fast fünf, und wir sind schon den ganzen Tag unterwegs«, nölte er.

»Morgen darfst du zu deiner Blaulichtparty, mein Schatz. Heute haben wir womöglich ganz woanders Blaulichtparty, bei diesen neuen Hinweisen.«

Vorausgesetzt, Laura wollte Lucas eifersüchtig machen, und Christian, der Cousin von Ben, war verliebt in das Mädchen. War das schon ein Motiv für eine derart grausame Tat, zusammen mit der Wut auf Beitles geheimes Projekt?

Andererseits hatte Samuel ja recht, es war nicht viel Zeit gewesen zum Verschnaufen seit ihrem Besuch in Hohenheim am Morgen. Zuerst das wenig erfolgreiche Gespräch mit Bianca, dann die Recherche in der Direktion, die erfolglose Suche nach Frau Schmied, der Besuch der Krömerschen Garage und schließlich das Gespräch mit Lucas. Nach normalen Maßstäben hätten sie ihren Feierabend mehr als verdient. Andererseits: Was sollte Katharina zu Hause in ihrer leeren Stuttgarter Altbauwohnung bei ihrem vertrockneten Kaffeestrauch. Besser, sie hatte Ablenkung.

Katharina sah auf die Uhr und legte ihr Holster um. Sie und Samuel hatten beschlossen, die Waffen zur Sicherheit anzulegen, falls sie Christian im Haus der Eltern antreffen sollten. Inzwischen war es halb sechs, als sie über den Feldweg an den Kreuzen vorbeigingen. Mit leiser Befriedigung stellte Katharina fest, dass das Schild sich wieder dem Boden entgegenneigte, zumindest ein bisschen. Sollte der Herr Streifenpolizist ihr doch eine Rechnung schreiben.

»Schau mal her!«, rief Samuel alarmiert und riss Katharina aus ihren Gedanken. Er war ein Stück vorausgegangen und saß nun in Hockstellung auf dem mit aufgeweichtem Schlamm überzogenen Weg.

»Was ist denn hier passiert? Der Weg war doch blitzesauber.«

»Feldarbeit«, Samuel zuckte die Schultern. »Aber guck mal, hier. Länger als einen Tag kann es nicht her sein.« Er deutete auf eine Stelle im Acker, in die fein säuberlich der Abdruck eines Schuhs gedrückt war. Ein gut sichtbarer Querstreifen trennte den Absatz vom Vorderteil der Sohle.

»Lloyds.«

Nach etwa fünf Metern verloren sich die Spuren wieder. Katharina drehte auf dem Fuß um, um das Plakat mit dem Abdruck zu holen.

»Die Spur im Dreck passt genau.« Samuel hielt das Plakat neben den Abdruck.

»Nix Dreck, wertvoller Ackerboden. Was würdest du essen, wenn es keine Bauern gäbe?«

»Ach Katharina, meine kleine Landwirtin. Komm, lass uns keine Zeit verlieren. Fahndung nach Krömer muss raus.«

»Hast du die rahmengenähten Budapester schon wieder vergessen?«, fragte Katharina. »Derjenige, der sich diese Schuhe an dem Plakat abgeputzt hat, muss bei der Protestaktion dabei gewesen sein. Es war nicht Krömer, und Lucas Füße sind nach meiner Einschätzung größer. Also weiter.«

Katharina widerstand dem Impuls, sich anzuschleichen. Wenn die Gehringers am Fenster saßen, hatten sie sie schon lange entdeckt. Doch diesmal bewegte sich der Vorhang im ersten Stock nicht. Erst am Wochenende würden die Uhren auf Sommerzeit umgestellt, und so würde es bald dunkel werden. Doch kein Licht hinter dem Fenster verriet, ob jemand zuhause war.

»Ich schau mich mal hinter dem Haus um.« Damit verschwand Samuel. Da Katharina keine Lust hatte, allein vor der Tür zu warten, folgte sie ihm. Und fand ihren Kollegen an einem dieser mit Stein gefassten Misthaufen, die sie schon in Sielmingen gesehen hatte. Er hielt ein Seidentuch in der Hand.

»Kommt dir das bekannt vor?«, fragte er.

Katharina schüttelte den Kopf.

»So eins hat unsere Frau Schmied beim Kehren auf dem Hof über den Lockenwicklern getragen.«

Katharina erinnerte sich an alles, an Lockenwickler, Kittelschürze, Hörgerät, das Schrubben, ihre peinliche Verwechslung der alten Dame mit der Witwe, aber an das Tuch mit den etwas verblichenen Farben, einen von Kinderhand bemalten, feinen Seidenstoff, konnte sie sich beim besten Willen nicht erinnern. »Bist du sicher?«, fragte sie.

»Sicher oder nicht, wenn ein solches Tuch hier an einem Nagel hängengeblieben ist, könnte unsere Agathe in Not sein.«

Katharinas Herz tat einen Hüpfer. War es möglich, dass die Seniorin hierher gekommen war, um einer Spur zu folgen? Sie hatten ihr zwar nicht gesagt, dass der Geländeplan sich auf die Äcker an dieser Stelle bezog, aber vielleicht hatte sie es inzwischen selbst herausgefunden. Katharina schaute an der Hauswand hoch. Keine Hinweise. Ein kleines, von innen zugeklebtes Fenster knapp über dem Boden, daneben ein vergitterter Lichtschacht, der wohl nachträglich verbreitert worden war. Auf dem Boden davor ebenfalls Schlamm, durch den sich eine Spur zog, als ob jemand ausgerutscht wäre.

»Siehst du das?«

Samuel runzelte die Stirn. »Ist wohl jemand ausgerutscht. Sieht aber nicht frisch aus. Kleine Schuhgröße, etwas Absatz. Agathe Schmied?«

»Also, ich weiß nicht …« Katharina war nicht überzeugt von der Theorie. Was hätte Frau Schmied hier auf dem Feld gesucht, ausgerechnet nach ihrer Pediküre? Sie musste tatsächlich eine weitere Spur gefunden haben, wenn sie wirklich hier aufgekreuzt war. Oder Hinweise unterschlagen. Vielleicht vertat sich Samuel aber auch, und das Tuch gehörte einem Kind, das es beim Spaziergang hier verloren hatte.

Sie ging in die Hocke und untersuchte das Fenster, vor dem die Spur verlief. Fest verschlossen, das Glas mit undurchsichtiger Folie abgeklebt. Moment. Da war etwas gewesen. Ein Schrei? Das Hintergrundgeräusch der Fahrzeuge machte es unmöglich, das Gehörte zu verorten.

»Verdammte Autos, wie kann man nur in dieser Ecke wohnen?«, fluchte Katharina.

»Und das von einer Stuttgarterin«, bemerkte Samuel. »Du meinst wohl das Flugzeug. Oder den Fendt.«

Und tatsächlich stieg eben eine Delta in die Luft, danach brummte es beharrlich weiter, bis schließlich ein Traktor über die Kuppe rumpelte.

»Herr Sauter.« Katharina stand auf und klopfte den Dreck von ihrer dunklen Hose.

»Woher weißt du …?« Samuels misstrauischer Blick traf sie, und Katharina fühlte sich wie ein Filderstadt-Insider.

Der Traktor näherte sich tatsächlich mit erstaunlicher Geschwindigkeit und zog aufgrund dieses Kraftakts dicke Rauchschwaden hinter sich her, die die Landschaft im Nebel versinken ließen. Praktisch, so sparte man schon die Pestizide. Mit einem Ruck hielt der Bauer neben ihnen an und winkte mit strahlendem Lächeln, das den Blick auf Gold und große Zahnlücken freigab. »Ha, butz mer d'r Socka! Onser scheenes Freulein isch wieder doh! Beim Fenschderln?«

»Grüß Gott, Herr Sauter!« Katharina trat neben das Führerhaus. Bei der Erwähnung seines Namens breitete sich das Strahlen auf seinem wettergegerbten Gesicht aus. »Haben Sie gestern auf dem Feld hier eine ältere, vielleicht desorientiert wirkende Dame bemerkt?«

Leider dachte Herr Sauter nicht daran, sein lärmendes Fahrzeug abzustellen, vermutlich ging das Ding dann nie wieder an. Er legte den Kopf schief und brüllte herunter: »Freilich! So a renitende Seniorin? A klois Mütterle, die war bei uns aufm Hof.«

Kein Zweifel, die Beschreibung passte.

»Wann etwa?«, brüllte Samuel zurück.

»Geschdern nochmittag. Die isch oifach in die Scheier nei ond hat sich umgschaut. Ohne zom Froga!«

»In die …«

»Scheune«, schrie Samuel.

»Die Gosch hätt' mr ihra extra dodschlage müssa! Wie

meira Anneliese, gotthabsesälig. Sie hot behauptet, sie will Kardoffla kaufa. In meim Schuppa! Beim Jauch im Pferdeschdall war se au scho ond hot behauptet, dass se a Schbitzkraut brücht. So an Bleedsinn! I han se dann zom Kurfeß nomgschickt, bevor die mer noh des Schdroh klaut.«

Der Bauer hob die Hand zum Abschied, schenkte Katharina einen letzten tiefen Blick und ließ seinen Sechszylinder aufheulen, um weiterzurauschen. Die Beamten duckten sich, während ihnen Qualm und Erdklumpen um die Ohren flogen. Sie beobachteten, wie der Bauer direkt vor einem heranrasenden Auto die Hofwiesenstraße querte, in die Mörikestraße bog und das Hupkonzert hinter sich mit der um einiges lauteren Traktorhupe parierte.

»Gut, dass er sein Luftgewehr nicht dabeihat«, stellte Katharina fest und stutzte. »Wieso hast du eigentlich schon wieder mehr verstanden als ich? Irgendwas verheimlichst du mir doch!«

»Ich passe mich halt an. Du, ich geh mal kurz rüber zum Hofladen, ob den Leuten dort was aufgefallen ist.«

Damit war er weg. Katharina sah ihrem Kollegen nach, unschlüssig, was sie jetzt tun sollte. Die umstehenden Bäume hatten ihre noch kahlen Äste ausgebreitet, als ob sie den Platz mit den Kreuzen beschützten. Einzelne Strahlen der tief stehenden Sonne schoben sich durch die Wolken, und der Sandstein wirkte unter Flechten und Moos aus der Ferne, als ob er von einem inneren Gleißen erhellt würde. Der kleine Hügel strahlte eine Zeitlosigkeit aus, die beruhigte. Genau diese Wirkung war es, die Katharina klarmachte, dass ihre Zeit ablief. Sie mussten sich bewegen, etwas tun. Falls es wirklich Agathe Schmied gewesen sein sollte, die am gestrigen Nachmittag hier aufgetaucht war, dann war es wahrscheinlich, dass sie immer noch in der Gegend war. Und hoffentlich lag sie nicht etwa mit dem Gesicht nach unten in einer Ackerfurche.

Womöglich hatte sich die Seniorin in einer Scheune eingesperrt. Es blieb nichts anderes übrig, als die Höfe in der Umgebung abzugehen. Je länger sich das alles zog, desto unwahrscheinlicher würde es werden, sie lebend zu finden. Schweren Herzens meldete sich Katharina auf dem Bernhäuser Revier und gab Bescheid, dass sie Unterstützung bei der Vermisstensuche benötigten.

Wo blieb Samuel nur? Katharina umrundete das Haus der Gehringers und drückte auf die Klingel. Der vertraute Vorhang blieb regungslos. Bewegte sich dahinter nicht jemand? Eine Silhouette, die nur zu erahnen war, offensichtlich bemüht, weit genug vom Fenster entfernt zu bleiben.

Mit Nachdruck klingelte sie noch einmal. »Frau Gehringer?«

Nichts. Wollten die sie veräppeln? Katharina klopfte. »Öffnen Sie!« Sie drückte ihr Ohr gegen die Tür, aber das konstante Hintergrundrauschen machte es unmöglich, etwas zu hören. »Bei Gefahr im Verzug treten wir die Tür ein!«, drohte sie schließlich laut.

Da endlich, jemand machte sich an der Tür zu schaffen. Um zu zeigen, wie ernst sie es meinte, hieb Katharina mit geschlossener Faust gegen das Holz.

Die Tür öffnete sich einen Spalt breit. Es war Gundula Gehringer, die durch den Schlitz schaute.

»Ich bin alleine. Mein Mann kommt später wieder«, flüsterte sie mit brüchiger Stimme.

»Ist alles in Ordnung mit Ihnen?« Katharina drückte die Tür gegen den schwachen Widerstand von Frau Gehringer auf und betrat den Flur. Frau Gehringer wich zurück wie ein waidwundes Reh. Etwas stimmte nicht. Aber was? Von oben drang eine warme Luftströmung aus dem Wohnbereich, aber nirgends brannte Licht. Katharina sah, dass die Tür zum Keller geöffnet war, doch auch dort lag alles im Dunkeln.

Frau Gehringer stand mucksmäuschenstill da und hielt mit den Händen ihre Ellenbogen fest. Ihr rastloser Blick wanderte die Treppe hoch, dann wieder die Stufen des Kellergeschosses hinunter. Ihr dauergewelltes Haar stand wild ab, das Apfelgesicht fleckig, die Augen gerötet und wie von Schlaflosigkeit und Panik geweitet.

»Frau Gehringer, wo ist Ihr Mann?« Katharinas griff nach ihren Schultern und schüttelte sie. »Wer war das oben am Fenster?«

Die Frau öffnete den Mund, doch sie sagte nichts. Ihr leerer Blick fixierte Katharina. Die zwang sich, nicht zu fest zuzudrücken. Sie nahm die Hände von Frau Gehringers Schultern und atmete tief ein.

Da, ein Ächzen, es kam vom Keller her. Der Schrei vorhin, sie hatte sich nicht getäuscht. Katharina löste sich und machte einen Schritt zur Treppe. Nun war es Frau Gehringer, die nach ihrer Hand griff. »Bitte, gehen Sie nicht!«

Katharinas Atem setzte für einen Moment aus. Also würde sie die alte Dame dort unten finden. Wahrscheinlich tot.

»Passen Sie auf. Mein Mann liegt am unteren Ende der Treppenstufen.«

Erst jetzt bemerkte Katharina, dass ihre Wangen tränenüberströmt waren. Hatte diese unauffällige Frau etwa beide auf dem Gewissen? Sie schaute fassungslos in Gundula Gehringers Gesicht.

Auf einmal war alles klar. »Ihr Sohn?«, fragte Katharina tonlos. »Christian?«

Frau Gehringer nickte und senkte ihren Kopf aufs Brustbein, während sie leise schluchzend nach oben ging.

»Ist er noch unten?«

Keine Antwort. Katharina trat noch einen Schritt auf die Kellertreppe zu. Langsam gewöhnten sich ihre Augen an das Dunkel, aber sie konnte nur die ersten Stufen erkennen. Sie unterdrückte den Impuls, eine Warnung zu rufen oder das Licht anzuschalten. War Christian noch im Haus? Was hatte er mit seinem Vater gemacht? So oder so, sie musste dem Mann helfen. Vielleicht hatte der Sohn sich in einem Raum verschanzt und noch nicht bemerkt, dass sie hier war. Der Keller musste eher schmal und langgezogen sein, wenn sie die Dimensionen des Hauses richtig einschätzte.

Mit Sicherheit war es vernünftiger, hier oben auf Samuel zu warten oder gleich Verstärkung aus der Direktion anzufordern.

Das Stöhnen holte Katharina ins Hier und Jetzt zurück. Sie nahm eine Bewegung am unteren Ende der Treppe wahr. Herbert Gehringer lebte! Katharina konnte nicht länger warten. Sie zog ihre Waffe aus dem Holster und stieg langsam Stufe für Stufe hinunter. Je weiter sie kam, desto stärker wurde der Gestank nach Blut und Erbrochenem. Herr Gehringer lag ruhig da. Sollte sie nicht doch Licht anmachen? Warum war es nur so dunkel hier? Keine Türen, keine Fenster. Wie im Heim eines Massenmörders. Katharina schob den Gedanken weg und bückte sich, um Gehringer die Hand auf die Stirn zu legen. »Es wird alles gut«, flüsterte sie.

Die Muskeln des Mannes spannten sich bei der Berührung an. Er hatte sie wahrgenommen und versuchte, den Kopf zu heben. Ein erstes gutes Zeichen. Katharina nahm die Hand weg und wischte die klebrige Flüssigkeit, die an ihren Fingern haftete, an der Hose ab. Ruhig bleiben. Ihre Augen gewöhnten sich langsam an die Dunkelheit, und so konnte sie zumindest Kleinigkeiten erkennen, sich ein Stück weit orientieren. Die Treppe mündete also in einen schmalen Gang, der geradeaus ins Dunkel verlief. Sie erhob sich und bemerkte nun auch den schmalen, hellen Spalt am Ende des Ganges. Zwei Türen gingen nach links ab, eine nach rechts, an der Wand stand ein Regal. Der Geruch wies auf den Betrieb einer Ölheizung hin. Beton, der abgewetzte Läufer darüber vermittelte ein bisschen Wohnlichkeit. An der rechten Wand ein gerahmtes Bild. Das alles nahm Katharina nur am Rande wahr, sie wartete auf eine schnelle Bewegung aus dem Nichts oder das winzigste Geräusch. Wo steckte er, hatte Christian das Haus wirklich schon verlassen? Katharina arbeitete sich weiter vor.

Schweiß machte ihre Handflächen kalt und rutschig. Bisher war ihr immer klar gewesen, wen es festzunehmen galt. Bei Christian Gehringer hatten sie nichts, bis auf diese Facebook-Einträge und die vagen Aussagen von Lucas Beitle. Keine Zeit, sich auf diesen Täter vorzubereiten. Ein Verdacht war mit einem Schlag zur Gewissheit geworden, und einer, vielleicht zwei weitere Tote würden auf sein Konto gehen. War es schon zu spät?

In diesem Moment schrillte ein heller Ton durch den Gang. Die Türklingel! Katharina presste sich an die Wand und verharrte neben dem Regal. Es war bis obenhin vollgeladen mit Werkzeug und Brettern. Klingeln, Schritte auf der oberen Treppe, dann drang Samuels Stimme an ihr Ohr. Man hörte das alles verdammt gut hier unten. Sie atmete laut aus. Was sprach er mit der Gehringer? Erst jetzt kam es Katharina in den Sinn, dass dies hier womöglich eine Falle war. Hatte sie überhaupt auch nur einen Moment in Betracht gezogen, dass Gundula Gehringer sie vielleicht in einen Hinterhalt locken wollte? *Du beginnst Fehler zu machen, weil dir die Sorge um eine alte Frau die Sicht vernebelt.*

Regungslos lauschte Katharina weiter den leisen Stimmen. Hoffentlich wartete Samuel, anstatt den gleichen Fehler zu machen und ihr in den Keller zu folgen. Hoffentlich tat er etwas Sinnvolleres als sie und verständigte die Kollegen. Vielleicht waren auch die Bernhäuser schon da, um auf den Feldern nach Agathe Schmied zu suchen.

Egal. Katharina musste schnell machen. Mit der linken Hand packte sie ein schweres Werkzeug, das sich als Rohrzange herausstellte. Natürlich nur zur Sicherheit. Bestimmt konnte sie damit in dieser Enge schneller agieren als mit ihrer Waffe. *Red' dich nicht raus, du willst gar nicht schießen.* Sie war auf sich gestellt und sie musste schnell sein. Für Frau Schmied, für Herrn Gehringer.

»Katharina?«, rief eine allzu bekannte Stimme vom oberen Ende der Treppe.

Sie antwortete nicht und schickte ein Stoßgebet zum Himmel, dass Samuel wartete, anstatt ihr zu folgen.

Langsam tastete sie sich weiter. Die Tür, der schmale helle Schlitz. Keine Bewegung durch den Spalt zu sehen, keine Schatten. Katharina tastete sich weiter, die Pistole in der Rechten schussbereit, die Rohrzange in der Linken hoch erhoben. Tausend Mal hatten sie diese Situation im Schießstand durchgespielt. Katharina schwitzte. Sie war ausgebildet, sie konnte das. Nur noch etwas mehr als ein Meter trennte sie von der Tür. Sie hielt inne. Kein Laut, auch hinter ihr nicht. Samuel hatte verstanden. Noch ein Schritt, noch einer. Anhand der Scharniere erkannte sie, dass die Tür sich nach innen öffnen ließ. Katharina nahm jedes weitere Detail wie aus der Zuschauerperspektive wahr. Sie sah, wie ihr Ellenbogen die Klinke berührte, sie langsam nach unten drückte, hörte ihre eigene Stimme sagen: »Ich komme jetzt rein, bitte bleiben Sie ruhig.« Sie nahm den muffeligen Geruch eines schlecht gelüfteten Zimmers wahr, sah an der Wand gegenüber ein Keyboard, eine Tapete, die sich an den Rändern löste, alte Musikplakate, Jimi Hendrix, Led Zeppelin, ein Mischpult.

Noch einen Schritt hinein. Immer noch keine Regung. Ein Einzelbett mit gammeligen Decken unter dem zugeklebten Fenster, nur an den Rändern drückte schwach ein letzter

Rest Tageslicht herein. Ein Waschbecken. Katharina sprang mit einem Satz ins Zimmer und schrie »Halt!«. Dann sah sie den schmalen Körper auf dem Boden liegen. Reglos. Dunkles Haar klebte am Kopf, die Haut bleich, die Augen geschlossen, wie schlafend. Überall noch dunklere Spuren. Blut.

Und trotzdem erkannte sie den jungen Mann sofort.

Sie spürte die Bewegung neben sich mehr, als dass sie sie hörte. Leises Scheuern von Stoff auf Stoff. Ein Windhauch. Lautes Schnauben. Etwas bewegte sich rasend schnell auf ihren Kopf zu. Dann ein dumpfer Ton, gleichzeitig erfasste sie stechender Schmerz.

Das Letzte, was Katharina hörte, war eine bekannte Stimme: »Ihr Verbrecher! Euch krieg i älle!«

Dann wurde es dunkel.

* * *

»Frau … Bolizischdin?«

Katharina versuchte, die Gesichter zu erkennen, die auf sie herunterschauten. Rasender Kopfschmerz, dazu ein warmes, feuchtes Gefühl auf dem Gesicht, der Geschmack von Blut im Mund.

»Frau Schmied, ich muss Sie festnehmen.« Die Stimme zitterte, doch sie erkannte sie sofort. Samuel.

»Ich habe Ihnen ein Kühlpack gemacht.« Eine Frauenstimme. Jemand drückte Katharina etwas Kaltes auf die Stirn.

Wie das brannte! »Nein!« Sie wehrte ab, versuchte, sich zur Seite zu drehen und spürte eine Hand, die ihren Arm fixierte. Katharina öffnete erneut die Augen, und Silhouetten wurden zu Gesichtern. Diese Schmerzen.

Der junge Mann am Boden ächzte, und die alte Frau holte aus, um ihm mit einem Holzstock auf den Kopf zu schlagen. Die Frau kreischte, Samuel hechtete über Katharina hinweg.

»Sind Sie wahnsinnig?«, hörte sie ihn. »Frau Schmied, Sie bringen ihn noch um! Geben Sie endlich das Ding her!«

»'s dud mir leid, aber wenn Sie den net endlich feschdnemmet, dann tötet der uns noh alle!«

»Wie soll er uns denn bitte töten?«, fluchte Samuel. »Mein Gott, nimm mir doch endlich mal jemand dieses Weib ab! Die gehört sediert!«

Langsam nahmen die Personen Gestalt an. Katharina beobachtete wie durch dichten Nebel, wie Samuel und die Frau mit der Alten rangen, um ihr etwas aus der Hand zu reißen. Nur widerstrebend gab sie den Stock schließlich frei. Der Mann auf dem Boden stöhnte leise.

»I han mi nur verteidigt! Die wolltet mi älle umbringa!«

Katharina schloss ihre Augen, zu stark pochte der Schmerz. Da, wo normalerweise ihr Kopf hätte sein müssen, fühlte sich alles matschig und schwindelig an. Sie wollte schlafen, nur schlafen.

Eine Woche später

Als Katharina ihren Dienst in der Direktion wieder antrat, begleiteten sie die kritischen Blicke der Kollegen. Unauffällig sah zugegebenermaßen anders aus, denn ein dicker Verband zog sich über Stirn und Ohren. Arbeit trotz Krankschreibung, so etwas wurde nicht gern gesehen. Wenn Katharina aber daheim auf dem Sofa abwartete, würde es sich anfühlen, als ob sie mitten im Fall gegangen wäre. Sie bliebe mit der Leere und Enttäuschung zurück, auf der Zielgeraden von einer wahnsinnigen Alten niedergestreckt worden zu sein.

Soko-Leiter Hartwaldt hatte seinen Schreibtisch schon geräumt, alle wichtigen Verhöre waren natürlich in der Woche gelaufen, die sie mit malerischem Blick auf Feld und Wald in der Filderklinik verbracht hatte. Fall abgeschlossen, Akte zu. Pah!

Samuel hatte sie mehrfach besucht, wobei die ersten Tage im Nebel lagen und Katharina sich über Blumengrüße ihrer Eltern wunderte und über ein glitzerndes Prinzessinnenbild ihrer Nichte. Nougatpralinen von Lorenz und ein Frauenroman von seiner Viola. Waren die alle zu Besuch gekommen? Ein Blumenstrauß, dessen Karte sie offensichtlich abgerissen hatte. Alexander? Sie erinnerte sich nicht, was wohl diesem rührigen Oberarzt zu verdanken war, der sie beim Versuch, das Krankenhaus nach der Erstaufnahme gleich wieder zu verlassen mit harmlos aussehenden Tabletten ruhiggestellt hatte. Dermaßen vernebelt war es unmöglich gewesen, sich zur Wehr zu setzen. Dabei hatte ihr ja eigentlich nichts gefehlt. Bis auf die Kopfschmerzen, die minimalen Gedächtnislücken, und übergeben hatte sie sich auch nur einmal. Und die Wunden, die die rostigen Krampen, die vorne in Agathe Schmieds Holzstock gesteckt hatten, in ihre Stirn gerissen hatten.

Nicht zu fassen, wer Katharina da am Ende niedergestreckt hatte. Nicht Christian Gehringer, der blutende Verletzte am Boden, der seinen Meister in der wehrhaften Agathe gefunden hatte, sondern die alte Frau selbst, die in der Kellerwohnung wohl geglaubt hatte, ihr Leben verteidigen zu müssen.

Samuel empfing Katharina mit strengem Blick, ermahnte sie mehrfach, dass sie noch eine weitere Woche krankgeschrieben sei. Nachdem sie aber an ihrem Schreibtisch sitzen blieb, brachte er sie notgedrungen auf den neuesten Stand. Dankenswerterweise hatte er im ersten Stock Kaffee für sie beide geholt, und nun saßen sie im Großraumbüro, in dem wieder alles so aussah wie vor der Soko Beitle.

»Und dann hat sie den Gehringer die Treppe hinuntergestoßen?«, fragte Katharina ungläubig.

Samuel schüttelte den Kopf. »So ganz funktioniert das Ding zwischen deinen Ohren noch nicht.«

Sie rührte in ihrem duftenden Kaffee und hing tristen Gedanken nach, während sie in den Nebel draußen blickte, der sich wie eine Decke über die Neckarkanäle und rund um St. Dionys gelegt hatte.

»Würdest du dich über positive Nachrichten freuen?«

Katharina schluckte eine Schmerztablette und zuckte mit den Schultern.

»Etwas Begeisterung bitte!« Samuel nervte mit seiner blöden Fröhlichkeit. Katharina überlegte eine bissige Erwiderung, aber eine bissige Erwiderung, für die man erst nachdenken musste, war nie gut. Außerdem pochte es bei der kleinsten Anstrengung immer noch hinter ihrer Stirn.

Mit dramatischem Blick schaute der nervigste aller Kollegen auf die hässliche Bürouhr, ein Relikt aus den Siebzigern, bei der jede Minute ein Plättchen umklappte und eine neue Zahl freigab. »Fast neun. Jetzt geht's gleich los.«

»Was denn?« Katharina verdrehte die Augen.

Samuel zuckte mit den Schultern. »Komm mit, wir haben dir was aufgehoben.«

Auf dem Gang kam ihnen Karin Kaspars entgegen und nickte Katharina aufmunternd zu. »Gute Arbeit!«

Katharina bedankte sich und blieb dann stehen, so dass Samuel auf sie auflief. »Pass doch auf!«

»Was macht denn die Kaspars noch hier?« Katharina beobachtete, wie die Frau um die Ecke bog. »Die Soko ist doch beendet.«

»Nicht – ganz!« Samuel zog verheißungsvoll die Augenbrauen hoch.

Sie erreichten das Verhörzimmer. Katharina warf einen Blick hinein. Gunther Hartwaldt verlas gerade eine Belehrung. Tatsächlich, der Soko-Chef saß drinnen, und ihm gegenüber Christian Gehringer. Der hagere Mann sah, gelinde gesagt, nicht gerade gut aus. Den Kopf genauso wie sie mit einer Bandage umwickelt, das linke Auge blau unterlaufen, wirkte er, als sei er im Stadion eines der beiden mehr oder weniger erfolgreichen Stuttgarter Clubs zwischen rivalisierende Hooligans geraten. Den Blick hatte er gesenkt, die Züge um den Mund waren hart.

»Schön, Sie zu sehen«, knurrte Hartwaldt. »Hinsetzen.«

Katharina schaute stumm zu Samuel, der sich ebenfalls setzte und zu ihr hinüberbeugte. »Falls du fragen wolltest: Wir haben nicht extra auf dich gewartet. Dem Gehringer ging es noch schlechter als dir, den konnte der Krankenwagen erst heute transportieren. Hat einiges einstecken müssen.«

Das also war Christian Gehringer. Beitles Mörder? Alles deutete darauf hin. Wie weit waren sie schon mit ihm? Üblicherweise wurden Tatverdächtige auf der Krankenstation verhört, sobald die Ärzte grünes Licht gaben. Katharina nahm die Protokollantin mit ihrem kleinen Notebook und die Handschellen um Gehringers Handgelenke wahr. Ein Wachbeamter saß in der Ecke. Dies war also bereits der offizielle Termin. Jetzt musste Gehringer seine Aussage bestätigen. Katharinas Herz machte einen Sprung. Sie hatte das richtige Gespür bewiesen, ausgerechnet heute, an diesem verregneten, nebligen Donnerstag, zurück zur Arbeit zu kommen.

Während Gehringer mit monotoner Stimme erzählte, beobachtete Katharina den Mann, der, wenn man genau hinschaute, doch entfernte Ähnlichkeit mit seinem Vater hatte. 50 Kilo weniger als Gehringer senior, dazu ein distanzierter, kalter Blick, schmale Lippen. Seine gefesselten Hände, die er unter dem Tisch in den Schoß gelegt hatte, zitterten. Eine Gestalt, die vom Äußeren her in der Pubertät steckengeblieben war, die man auf den ersten Blick nicht diesem Elternhaus zurechnen würde.

Monoton erzählte Christian Gehringer von seiner Wohnung in Leinfelden, und dass er den Tatabend mit einem Freund im Tonstudio, das er sich zu Jugendzeiten im Plattenhardter Keller eingerichtet hatte, verbracht hatte. Anscheinend war viel getrunken und etwas geraucht worden, sie hätten an einem »Clubhit« gefeilt. Gegen 23 Uhr hätten sie das Haus verlassen, um noch ein bisschen im Billardcafé abzuhängen und anschließend heimzufahren. Seine Eltern hätten sich zu diesem Zeitpunkt schon hingelegt gehabt.

Beim Verlassen des Hauses hätte Christian zwei dunkle Gestalten auf dem Feld beobachtet, und beim Vorbeigehen sofort erkannt, dass es sich um Beitle handelte. Um irgendwelche Baubestimmungen sei es bei der lautstarken Diskussion gegangen, und Beitle hätte darauf verwiesen, dass die ihm scheißegal seien. Bei Christian wäre die Wut hochgekommen und der Plan gereift, ihn zur Rede zu stellen.

»Zwischen zur Rede stellen und umbringen besteht ein gewisser Unterschied«, merkte Katharina an.

»Ich kannte ihn ja schon aus meiner Schulzeit, da hab' ich als Aushilfe in seinem Restaurant gejobbt. Was für ein Arschloch. Schreien und Rumkommandieren. Und alles hat nach seiner Pfeife getanzt.« Gehringer drückte die Spitze seines Schuhs in den Boden. Lloyds, tatsächlich.

»Außer Ihnen natürlich«, warf Hartwaldt ein.

»Zu mir hat er gesagt, dass ich es so zu nix bringen würde. Meine Schwester hat ihre Ausbildung bei ihm geschmissen, aber mit mir konnte er das nicht machen.« Trotzig fixierte er den Soko-Leiter, der ungerührt zurückstarrte.

»Und weiter?«

»Nichts weiter«, antwortete Christian. Stattdessen fragte er nach dem Schmerzmittel, mit dem man so schön fliegen konnte. Ohne das Zeug würde er kein Wort mehr sagen.

Katharina erhob sich, um dem Sanka-Fahrer Bescheid zu geben, aber Hartwaldt machte eine kurze Geste, dass sie sitzen bleiben solle. Er blätterte in einem braunen Ordner, den er sich ohne Zweifel aus dem Archiv hatte kommen lassen. Christian Gehringer schaute demonstrativ in die andere Richtung.

Ein Klicken, als Hartwaldt das Aufnahmegerät auf dem Tisch drückte. Die Schreiberin warf ihm einen entsetzten Blick zu, der Wachmann dagegen verzog keine Miene.

»Schmerzmittel gibt's nicht, aber ein paar zusätzliche Schmerzen wären drin.« Der drohende Blick Hartwaldts genügte, um Gehringer zum Weiterreden zu bewegen. Wieder drückte er die Taste des Pocket Memo.

»Na gut, na gut ...« Offensichtlich glaubte der junge Mann tatsächlich, dass ein deutscher Polizist Gewalt anwenden würde. Katharina schüttelte den Kopf. Wie oft Hartwaldt damit noch durchkommen würde?

Christian erzählte, wie er sich von seinem Kumpel verabschiedet habe mit den Worten, er wolle lieber heimfahren, weil ihm schlecht sei. Dann sei er zu seinem Auto gegangen, von dort dann aber zurück zum Feld, bis sich Beitle und der andere schließlich voneinander verabschiedeten.

»Dann bin ich dem Beitle bis zu seinem fetten Wagen gefolgt und habe ihn gestellt.«

Jetzt wurde es interessant. »Hat er sich denn stellen lassen?«, fragte Katharina.

»Er wollte die Polizei holen – ausgerechnet der! Stellen Sie sich das mal vor. Das hab' ich ihm gesagt, das soll er mal schön machen. Dann hat er mir gesagt, ich solle mich zurück in die Gosse verziehen. Und frech ins Gesicht hat er mir gelogen. Dass ich zu viel in dem Greenpeace-Käseblatt gelesen hätte.« Christian Gehringer rang ganz offensichtlich mit der Fassung. »So ein Arschloch.«

»Und dann?«

»Dann hat er mich weggestoßen. Wie einen Straßenköter.«

»Und Sie haben ihn …«

»Auch gestoßen. Und ich hab' ihm gesagt, dass ich alles weiß über sein Projekt. Und dass er diesmal nicht davonkommt.« Jetzt wurde es interessant.

Katharina hielt die Luft an. »Und dann?«

»Dann hat er mich am Kragen gepackt. Das hat er sich so gedacht. Ich hab' ein bisschen mehr Kraft als der Fettklops, auch wenn man's mir nicht ansieht.«

»Wie wollen Sie das denn gemacht haben?« fragte Hartwaldt.

Er zuckte mit den Schultern. »Ich habe einen Kyusho-Punkt erwischt und es hat hässlich geknackt. Dann ist er einfach nach hinten gekippt und hat sich nicht mehr bewegt.«

Alle Achtung, dann kannte er sich mit den Vitalpunkten des Körpers aus. Anders hätte der Schlaks gegen den massiven Beitle wohl nicht den Hauch einer Chance gehabt. »Und dann haben Sie ihn auf einem Finger auf den Hügel befördert?«

»Meinen Sie, ich heb mir einen Bruch? Ich hab' eine Schubkarre geholt.«

»Und Zahnstocher«, merkte Samuel an. Katharina lief es eiskalt über den Rücken.

Christian Gehringers Gesicht verzerrte sich zu einer Grimasse, als ob er gleich weinen würde. Doch es kamen keine Tränen. Was wollte er ihnen vorspielen? Den armen Jungen, der zufällig den Tod eines miesen Geschäftemachers verschuldet hatte? Katharina ballte die Hände zu Fäusten.

Hartwaldt kam ihr zuvor. »Und deshalb haben Sie ihn gewürgt, getreten und schließlich an die Kreuze gebunden. Und ihm die Zahnstocher durch die Augenlider getrieben.«

Gehringers Mimik veränderte sich innerhalb einer Millisekunde. »Was hätte ich denn machen sollen? Wenn ich das fette Schwein auf dem Parkplatz hätte liegen lassen, hätte doch keiner erfahren, was er auf dem Kerbholz hatte. Das hätten sie totgeschwiegen. Der hat doch alle geschmiert. Wir hatten eine Flugblattaktion geplant, um alle zu informieren. Und dann ist das eben passiert, bevor wir was reißen konnten. Alles für die Katz.«

Katharina schüttelte fassungslos den Kopf.

»Er war doch eh tot«, meinte Gehringer trotzig in die Stille hinein.

»Nein, das war er nicht!«, erwiderte Samuel.

»Wie bitte?« Man hätte ihm die Überraschung fast abnehmen können. Fast.

Hartwaldt schob den braunen Ordner demonstrativ zu Christian hin. »Erzählen Sie uns doch noch ein bisschen zu Sina.«

»Lassen Sie meine Schwester da raus!«, brüllte er.

Hartwaldt nahm den Ordner in die Hand und blätterte darin. »Eigentlich ist der Vorfall schon lange verjährt, aber anscheinend passiert in Filderstadt so wenig, dass die alten

Unterlagen immer noch im Archiv waren. Ihre Eltern haben eine Anzeige gegen Beitle zurückgezogen …«

»Und dafür haben sie sich einen Daimler gekauft, jawohl.« Christian hielt seinen Kopf und sah aus dem Fenster.

»In dieser Anzeige ging es …«

»Beitle hat Sina in der Ausbildung bedrängt und missbraucht.« Blut lief Christian aus der Nase, und der Beamte im Hintergrund sprang auf, um den Arzt zu holen.

»Gleich.« Hartwaldt bedeutete dem Mann zu warten. »Was wollen Sie uns sagen?«

»Sina und ich waren immer wie Zwillinge. Und während ich nur als Kellner bei Veranstaltungen für Beitle gejobbt habe, war der Service Sinas Ding. Sie hat ihre Ausbildung bei Beitle angefangen. Kein halbes Jahr später habe ich sie nachts heulend in der Küche gefunden.« Er wischte sich das Blut mit dem Taschentuch ab. »Wir sind aufs Plattenhardter Revier und haben ihn angezeigt, aber kurz danach hat mein Vater einen grünen SL vor der Tür gehabt. Sina hat sich danach ganz verschlossen und die Ausbildung abgebrochen. Gleich nach ihrem 18. Geburtstag ist sie rüber in die Staaten und meldet sich seitdem nicht mehr. Und alles nur wegen diesem Arschloch.«

Christian schluchzte, und Blut mischte sich mit Rotz. »Der Mann muss ins Krankenhaus«, drängte Katharina.

»Gleich«, erwiderte Hartwaldt.

»Nicht mal erinnert hat er sich an mich.« Christian lachte kalt auf. »Und Sina, sagte er, die hätte sich an ihn und seinen Erfolg dranhängen wollen.«

»Und dann baut er Ihren Eltern noch diese Schweinefarm vors Haus,« Samuel nickte.

»Und Ihre Freundin findet seinen Sohn cooler«, vermutete Katharina.

Christian antwortete nicht mehr.

Hartwaldt beendete die Aufnahme nun endgültig und nickte den anderen zu. Gemeinsam verließen sie das Verhörzimmer und mit jedem Schritt, den sie sich vom Verhörraum entfernte, fiel der Druck von Katharina ab. Nach Hause. Sie gehörte ins Bett oder wenigstens aufs Sofa. Egal, wie leer und still es war. Unter den mitleidigen Augen der Kollegen packte sie ihre Sachen zusammen und holte sogar den abgelaufenen Joghurt aus dem Kühlschrank. Jetzt war es Zeit, körperlich und seelisch wieder auf die Reihe zu kommen.

»Komm, ich begleite dich raus, damit du den Weg auch findest«, Samuel hielt Katharina ihre Jacke hin.

»Gehen wir noch ein paar Meter?«, fragte sie.

Schweigend spazierten sie ein Stück am Neckarkanal entlang. Katharina blendete das Verkehrsrauschen, das Hupen und das freudige Gejohle einer Kindergartengruppe aus. Sie zog die klare Luft tief in ihre Lungen hinunter. Der plötzliche Sauerstoffschock verstärkte nur das Pochen hinter ihrer Stirn.

»Was meinst du zu Christian Gehringer?«, fragte sie und hielt sich die Stirn.

Samuels Blick folgte einer Ente, die sich die Strömung hinuntertreiben ließ. »Ein Problem hat der mit Sicherheit. Aber irgendwie auch nachvollziehbar. Der hat seit Jahren eine Riesenwut auf den Beitle im Bauch gehabt, dann kam noch der Bau dazu, und er hat den Grund für seinen Ärger vor die Flinte bekommen. Nur, wenn es wieder Ärger gibt, würde ich ihm nicht gern in die Quere kommen.« Er schwieg einen Moment lang. »Was war jetzt eigentlich mit Alexander?«

Sie zog die Schultern hoch. »Er meint, er hätte nichts falsch gemacht. Und seinen Job hat er offensichtlich noch. «

Zum Glück stellte er keine weiteren Fragen. Sie kehrten dem Kanal den Rücken und verabschiedeten sich am Eingang zum Parkhaus. Endlich konnte sie in ihren Golf steigen und nach Hause fahren, mit gutem Gewissen die zusätzliche Woche Krankschreibung mitnehmen.

Samuel bog um die Ecke, doch plötzlich hielt er inne. Katharina folgte seinem Blick. »Oh nein! Das sind doch …«

»Katharina, hiergeblieben!«, befahl Samuel.

»Pustekuchen! Die haben uns doch gar nicht gesehen.« Sie beeilte sich, ungesehen ins Parkhaus zu kommen, doch ihr lieber Kollege stellte seinen Fuß vor ihren.

»Zu spät! Sie kommen schon die Treppe runter«, behauptete er. Blitzte da etwa Schadenfreude in seinen Augen?

»Sensationsgeiler Mistkerl! Willst du zugucken, wie sie mich noch mal verprügelt?«

»Könnte schon sein! Kleine Schläge auf den Kopf erhöhen bekanntlich das Denkvermögen … Ach, guten Morgen, Frau Beitle! Hallo, Frau Schmied!« grüßte er so laut und überrascht, dass die Damen sie auch ja bemerken mussten. »Ich habe Sie fast nicht erkannt!«

Vorsichtig steckte Katharina den Kopf an ihrem Kollegen vorbei. Frau Schmied, das betagte Flintenweib, schlich mit gesenktem Büßerhaupt die Treppe herunter, während ihre Tochter sie mit entschlossenem Gesichtsausdruck vor sich her scheuchte wie ein Bauer seine Kuh beim Almabtrieb. Richtig in Schale geworfen hatte sich die alte Dame mit ihrem halblangen Faltenrock, der weißen Bluse und dem bunt bestickten Trachtenjäckchen.

Irene Beitle bedankte sich überschwänglich für die hervorragende Arbeit der Ermittler bei der Aufklärung des Verbrechens an ihrem Ehemann – und vor allem ihren herausragenden Einsatz beim Auffinden der Mutter. »Und jetzt du, Mutti!«, herrschte sie Agathe Schmied an, die mit der intensiven Betrachtung der Pflastersteine zu ihren Füßen beschäftigt war.

»Entschuldiget Se …«, nuschelte die alte Dame.

»Noch mal«, drängte die Tochter. Katharina und Samuel sahen sich an.

»Also jetzt … Irenele! Bitte entschuldiget Se meinen Angriff, liebe Frau Boli…«

»Die hoißt Frau Bundschuh«, half Samuel freundlicherweise weiter.

»Was soll schon wieder dieses Schwäbisch?«, fragte Katharina irritiert.

»So schwätzet mer hier halt«, erklärte Frau Schmied mit einem Blick, der für ›Reigschmeckte‹ reserviert war.

Katharina lachte. »Also mein Kollege ist alles, aber kein …«

»Des hört mer doch, dass der net aus'm Ausland kommt!«, insistierte Frau Schmied und sah Samuel direkt an. Der schaute kleinlaut zu Katharina.

»Na gut«, meinte er schließlich. »Um es kurz zu machen: Meine Eltern kommen von der Alb. Punkt. Und nein, ich möchte nicht weiter drüber reden.«

Nicht zu fassen. Bevor Katharina sich weitere Gedanken über dieses Geständnis machen konnte, redete Irene Beitle schon wieder weiter. »Wir waren schon bei Ihren Kollegen und haben ihnen unseren Dank ausgesprochen. Und dieses Gesockse …«, Frau Beitle warf einen unbestimmten Blick in die Ferne, »das hatte jeden Schlag meiner Mutter verdient.«

»Wie geht es Lucas denn?«, fragte Katharina schwach.

»Der erholt sich so langsam. Es hat ihn sehr getroffen, dass sein Freund zu einer solchen Tat fähig war … Dass sein Papa nicht mehr da ist, um die Streitereien gut zu machen, das setzt ihm schon arg zu … In zwei Tagen fliegt er wieder.«

Katharina betrachtete die Frau, die tatsächlich besser, ja fast erholt aussah. Der ungesunde Teint war verschwunden, auch beim Friseur schien sie gewesen zu sein. Keine Frage, Herr Gotthelf tat ihr gut.

Frau Schmied machte einen verschämten Schritt nach vorne und streckte Katharina ein Päckchen in Goldpapier und heller Schleife entgegen. »Frau Bolizischdin? I han Ihna a baar Bombohla mitbrocht …«

* * *

»Hast du jetzt nicht ein paar Tage frei?«, fragte Katharina Samuel, als sie den beiden Frauen hinterhersahen, die Richtung Einkaufspassage davongingen: Frau Beitle wie immer, als ob sie einen Stock im Rücken hätte, und Agathe Schmied in ihrem typischen Watschelgang.

»Hab' ich verschoben, ich gehe erst in zwei, drei Wochen in Urlaub.«

»Willst du nicht deine lieben Eltern auf der Alb besuchen?«, stichelte sie.

»Ha noi, i will mit d'r Angie zom Schifahra.«

»Lass das«, Katharina schüttelte sich. So ein Gauner! Da hatte Samuel, seit sie ihn kannte – und das waren immerhin auch schon drei Jahre – immer einen auf Großstädter gemacht. Tja, am Ende hatte wohl jeder ein dunkles Geheimnis.

»Dann fahrt ihr also gemeinsam in Urlaub? Das ist ja schon fast Beziehungsstatus.«

»Ach, so weit würde ich nicht gehen …«, wiegelte Samuel ab.

»Ich überlege, ob ich vielleicht auch ein paar Tage einreiche.«

»Du willst Skifahren? In deinem Zustand?«

Die Kirchturmglocken von St. Dionys schlugen laut. Viel zu laut. Katharina stöhnte und kniff die Augen zusammen.

»Vielleicht fahre ich ein paar Tage zu Lorenz und der Bande.« In der kleinen Einliegerwohnung würde sie niemand stören. Bis auf Lena, aber die kam morgens auch erst nach halb sechs.

»Erscheint mir ungeeignet, um dich zu erholen.«

»Endlich mal klares, berechenbares Chaos.« Und nicht die Stille in der leeren Wohnung in Stuttgart-West.

Katharina öffnete die schöne Verpackung und ließ sich eins der klebrigen Bonbons mit Honiggeschmack auf der Zunge zergehen, als sie sich in den dichten Verkehr Richtung Stuttgart einordnete. Jetzt gab es nur noch eins zu tun: auf dem Weg nach Hause die Pizza abzuholen, die sie eben bestellt hatte. Dann würde sie eine Literflasche Cola und ein Glas auf den Tisch stellen, irgendein bekloppptes Fernsehprogramm einschalten und so lange dösen, bis der Abend kam. Klang nach dem besten Plan der letzten Wochen.

Nachwort und Dank

Sämtliche Figuren in diesem Buch sind frei erfunden, alle Ähnlichkeiten zu lebenden Menschen zufällig. Die Kollegen vom Filderstädter Gemeinderat, die ich schon kennenlernen durfte, würden ein Projekt wie ein Nutzviehhochhaus bestimmt nicht unterstützen. Auch die Villa von Beitle gibt es nicht, nur die Kläranlage im Bombachtal, die übrigens vollkommen legal erbaut wurde.

Zum Entstehen eines Buches tragen immer viele Menschen bei. Zuerst möchte ich mich bei Frau Kimpel vom Silberburg-Verlag für ihre wundervolle Arbeit bedanken, bei meiner Lektorin Frau Dr. Besenfelder, die mit scharfsinnigem Blick alle Fehler ausgemerzt und auch beim Schwäbisch nicht nachgelassen hat, sowie bei Frau Menczel und den anderen Mitarbeitern, die ihre Arbeit im Hintergrund versehen.

Dann bedanke ich mich bei Martina und Bernhard, der Polizeidirektion Esslingen, beim Revier Filderstadt und beim Präsidium Reutlingen fürs Beantworten von fachlichen Fragen.

Vielen Dank auch den Filderstädtern, die mir mit viel Insiderwissen weitergeholfen haben: Stadtarchivar Dr. Nikolaus Back, den Kleintierzüchtern Plattenhardt, die mir bei der örtlichen Recherche spontan ihre Pforten geöffnet haben, Karin und Rolf Kley sowie Brigitte Jauch.

Nicht zu vergessen die unverzichtbaren Testleserinnen: Karin, Dorothea, Roberta, Petra und Bettina.

Natürlich geht auch ein großes Dankeschön an meine Familie für gute Nerven und tolle Unterstützung sowie an alle, die zum Entstehen des Buches beigetragen haben und hier nicht namentlich erwähnt sind.